新文学选集

叶圣陶选集

开明出版社

作者像

与夫人胡默林女士合影

手 迹

出版说明

新中国成立不久,中央人民政府文化部就成立了"新文学选集编辑委员会",负责编选"新文学选集",文化部部长茅盾任编委会主任,出版总署副署长叶圣陶、中宣部文艺处处长、作协党组书记兼副主席、《文艺报》主编丁玲、文艺理论家杨晦等任编委会委员。"新文学选集"1951年由开明书店出版,是新中国第一部汇集"五四"以来作家选集的丛书。

这套丛书分为两辑,第一辑是"已故作家及烈士的作品",共12种,即《鲁迅选集》《瞿秋白选集》《郁达夫选集》《闻一多选集》《朱自清选集》《许地山选集》《蒋光慈选集》《鲁彦选集》《柔石选集》《胡也频选集》《洪灵菲选集》和《殷夫选集》。"健在作家"的选集为第二辑,也12种,即《郭沫若选集》《茅盾选集》《叶圣陶选集》《丁玲选集》《田汉选集》《巴金选集》《老舍选集》《洪深选集》《艾青选集》《张天翼选集》《曹禺选集》和《赵树理选集》。

"选集"的编排、装帧、设计、印制都相当考究。健在作家选集的封面由本人题签。已故作家中,"鲁迅选集"四个字选自鲁迅生前自题的"鲁迅自选集",其他作家的书名均由郭沫若题写。正文前印有作者照片、手迹、《编辑凡例》和《序》；"已故作家"的"选集"中有的还附有《小传》，《序》也不止一篇。初版本为大32开软精装本，另有乙种本（即普及本）。软精装本扉页和封底衬页居中都印有鲁迅与毛泽东的侧面头像，因为占的版面较大，格外引人注目。毛泽东在《新民主主义论》中称鲁迅"是文化新军的最伟大和最英勇的旗手"，"是中国文化革命的主将"，"不但是伟大的文学家，而且是伟大的思想家和伟大的革命家"，"鲁迅的方向，就是中华民族新文化的方向"，刊印鲁迅头像是为了突出鲁迅在新文学史上的权威地位，将鲁迅头像与毛泽东头像并列刊印在一起，则寄寓着以鲁迅为代表的"五四"新文学发展的最终方向，就是走向1942年以后的文艺上的"毛泽东时代"。学习毛泽东《在延安文艺座谈会上的讲话》，实践毛泽东提出的革命文艺发展的正确方针，是新中国文学发展的必由之路。

"已故作家"中，鲁迅、朱自清、许地山、鲁彦、蒋光慈五人"因病致死"；瞿秋白、郁达夫、闻一多、柔石、胡也频、洪灵菲、殷夫七人都是"烈士"，是被反动派杀害的。鲁迅和瞿秋白是"左联"主要领导人；蒋光慈、洪灵菲、胡也频、柔石、殷夫都是"左翼作家"。闻一多、朱自清是"民主主义者和民主个人主义者"，但他们"在美国帝国主义者及其走狗国民党反动派面前站起来了"，"闻一多拍案而起，横眉怒对国民党的手枪，宁可倒下去，不愿屈服。朱自清一身重病，宁可饿死，不领美国的'救济粮'。他们是我们民族的脊梁"，"表现了我们民族的英雄气概"。① "已故作家"和"烈士作家"选集的出版,"正说明了中国人民的、革命的文学和文化所走过来的路,是壮烈的"②。

"健在作家"中郭沫若位居政务院副总理兼文教委主任,是国家领导人。茅盾"是党的最早的一批党员之一,曾积极参加党的筹备工作和早期工作",③ 又是新中国的文化部部长、作家协会主席,身份特殊。洪深、丁玲、张天翼、田汉、艾青、赵树理等都是党员作家。叶圣陶、巴金、老舍、曹禺等人在文学上的成就自不待言,又都是我党亲密的朋友,是"进步的革命的文艺运动"(茅盾语)的参与者,是"革命文艺家"④。

"健在作家的作品",由作家本人编选,或由作家本人委托他人代选。"已故作家及烈士的作品",由编委会约请专人编选。《郁达夫选集》由丁易编选、《洪灵菲选集》由孟超编选,《殷夫选集》由阿英编选,《柔石选集》由魏金枝编选,《胡也频选集》由丁玲编选,《蒋光慈选集》由黄药眠编选,《闻一多选集》和《朱自清选集》均由李广田编选,《鲁彦选集》由周立波编选,《许地山选集》由杨刚编选。编委会约请

---

① 毛泽东:《别了,司徒雷登》,《毛泽东选集》第4卷,人民出版社1991年版,第1496页。

② 冷火:《新文学的光辉道路——介绍开明书店出版的"新文学选集"》,《文汇报》1951年9月20日第4版。

③ 胡耀邦:1981年4月11日在沈雁冰追悼会上的致词。

④ 冷火:《新文学的光辉道路——介绍开明书店出版的"新文学选集"》,《文汇报》1951年9月20日第4版。

的编选者多为名家,且与作者交谊深厚,对作者的创作及其为人都有深切的了解,能够全面把握作家的思想脉络,准确地阐述其作品的文学史意义。《鲁迅选集》和《瞿秋白选集》则由"新文学选集编辑委员会"编选,规格更高。

这套丛书的意义首先在于给"新文学"定位。《编辑凡例》中说:"此所谓新文学,指'五四'以来,现实主义的文学作品而言";"现实主义是'五四'以来新文学的主流";"新文学的历史就是批判的现实主义到革命的现实主义的发展过程"。这种独尊"现实主义的文学"的做法,把浪漫主义、象征主义以及意识流小说等许许多多优秀的文学作品挡在"新文学"的门槛之外了,在今天看来不免"太偏",可在新中国成立伊始的"大欢乐的节日"里,似乎是"全社会"的"共识"。《编辑凡例》还说:"这套丛书既然打算依据中国新文学的历史发展的过程,选辑'五四'以来具有时代意义的作品",使读者"藉本丛书之助","能以比较经济的时间和精力对于新文学的发展的过程获得基本的初步的知识",从而点出了这部"新文学选集"的"文学史意义":编选的是"作品",展示的则是"新文学的发展的过程"。把"现实主义的文学"作为"新文学"的主流,以此来筛选作品;重塑"新文学"的图景;规范"新文学史"的写作;建构"新文学"的传统;回归"完整的理论体系和最高指导原则";为新中国的文学创作提供借鉴和资源,乃是这套"新文学选集"的意义和使命所在,因而被誉为"新文学的纪程碑"。

遗憾的是这套丛书未能出全。"已故作家及烈士的作品"

只出了11种,《瞿秋白选集》未能出版。瞿秋白曾经是中共的"领袖",按当时的规定:中央一级领导人的文字要公开发表,必须经中央批准。再加上瞿秋白对"新文学"评价太低,他个别文艺论文中的见解与"左翼"话语相抵牾,出于慎重的考虑,只好延后。健在作家的选集也只出了11种,《田汉选集》未能出版。他在1955年人民文学出版社出版的《〈田汉剧作选〉后记》中对此做了解释:

> 当1950年新文学选集编辑委员会编选五四作品的时候,我虽也光荣地被指定搞一个选集,但我是十分惶恐的。我想——那样的东西在日益提高的人民的文艺要求下,能拿得出去吗?再加,有些作品的底稿和印本在我流离转徙的生活中都散失了,这一编辑工作无形中就延搁下来了。

"作品的底稿和印本"的"散失",并不是理由;"惶恐"作品"在日益提高的人民的文艺要求下,能拿得出去吗?",这才是"延搁"的主因。出版的这22种选集中,《鲁迅选集》分上、中、下三册,《郭沫若选集》分上、下二册,其馀20位作家都只有一册,规格和分量上的区别彰显了鲁迅和郭沫若在我国现代文学史上崇高的地位,鲁迅是新文化运动的旗手和主将,郭沫若是继鲁迅之后的又一位"主将"和"向导"①,从而为鲁郭茅巴老曹的排序定下规则。

　　鉴于这套丛书的重要意义,本社依开明版重印,并保留原有的风格,以飨读者。

开明出版社

---

　　① 周恩来:《我要说的话》,重庆《新华日报》1941年11月17日第1版。

编辑凡例

一、此所谓新文学，指"五四"以来，现实主义的文学作品而言。如果作一个历史的分析，可以说，现实主义是"五四"以来新文学的主流，而其中又包括着批判的现实主义（也曾被称为旧现实主义）和革命的现实主义（也曾被称为新现实主义）这两大类。新文学的历史就是从批判的现实主义到革命的现实主义的发展过程。一九四二年毛主席在延安文艺座谈会的讲话发表以后，革命的现实主义文学便有了一个新的更大的发展，并建立了自己完整的理论体系和最高指导原则。

二、现在这套丛书就打算依据这一历史的发展过程，选辑"五四"以来具有时代意义的作品，以便青年读者得以最经济的时间和精力获得新文学发展的初步的基本的知识。本来这样的选集可以有两种方式，一是按照作品时代先后，成一总集，又一是个别作家各自成一选集；这两个方式互有短长，现在所采取的，是后一方式。这里还有两个问题须要加以说明。第一，这套丛书既然打算依据中国新文学的历史发展的过程，选辑"五四"以来具有时代意义的作品，换言之，亦即企图藉本丛书之助而使读者能以比较经济的时间和精力对于新文学的发展的过程获得基本的初步的知识，因此，我们的选辑的对象主要是在一九四二年以前就已有重要作品出世的作家们。这一个范围，当然不是绝对的，然而大体上是有这么一个范围，并且也在这一点上，和《人民文艺丛书》作了分工。第二，适合于上述范围的作家与作品，当然也不止于本丛书现在的第一、二两辑所包罗的，我们的企图是，继此以后，陆续再出第三、四……等辑，而使本丛书的代表性更近于全面。

三、本丛书第一、二两辑共包罗作家二十四人，各集有为作家本人自选的，也有本丛书编委会约请专人代选的，如已故诸作家及烈士的作品。每集都有序文。二十馀年来，文艺界的烈士也不止于本丛书所包罗的那几位，但遗文搜集，常苦不全，所以现在就先选辑了这几位，将来再当增补。

新文学选集编辑委员会
一九五一年三月，北京

自　序

　　我写小说，并没有师承，十几岁的时候就喜欢自己瞎摸。如果不读英文，不接触那些用英文写的文学作品，我决不会写什么小说。读了些英文的文学作品，英文没有读通，连浅近的文法都没有搞清楚，可是文学的兴趣引起来了。这是意外的收获。当然，看些翻译作品也有关系。翻译作品，在我青年时代看起来，简直在经史百家以外另外有一种境界。我羡慕那种境界，常常想，如果表现得出那种境界，多么好；现在想起来，短篇小说这一类东西，我国绝对没有固然不能说，但是，严格的说，确是我国向来没有的，因而叫我感觉新鲜。感觉新鲜，愿意试一试，那是青年们通常的心情。南方的青年冬天跑到北京，看见许多青年人都在北海溜冰，不是急于要搞一双溜冰鞋也去试一试吗？

　　我不善于分析，说不出凭我这一点浅薄的教养，肤泛的经验，狭窄的交游，为什么写小说会偏于"为人生"的一路。当时仿佛觉得对于不满意不顺眼的现象总得"讽"它一下。讽了这一面，我期望的是在那一面，就可以不言而喻。所以我的期望常常包含在没有说出来的部分里。我不大懂得什么叫做写实主义。假如写实主义是采取纯客观态度的，我敢说我的小说并不怎么纯客观，我很有些主观见解，可是寄托在不著文字的处所。曾经有人批评我厌世，我不同意，可没写什么文章，只把一本小说集题作"未厌集"，又给并无其处的斋名题作"未厌居"。我是这么样想的：假如我果真厌世，尽可以把一切事情看得马虎，看得稀松平常，还来说它干吗？何况我的小说不尽是"讽它一下"的东西，明白写出主观见解的也有。

现在回头想一下，我似乎没有写什么自己不怎么清楚的事情。换句话说，空想的东西我写不来，倒不是硬要戒绝空想。我在城市里住，我在乡镇里住，看见一些事情，我就写那些；我当教师，接触一些教育界的情形，我就写那些。中国革命逐渐发展，我粗浅地见到一些，我就写那些。小说里的人物差不多全是知识分子跟小市民，因为我不了解工农大众，也不了解富商巨贾跟官僚，只有知识分子跟小市民比较熟悉。当然，就是比较清楚的事情，比较熟悉的人物，也没有写好。人家问我对于自己的小说哪一篇最满意，我说没有一篇满意的。人家总以为我说客气话，其实决不是客气话。虽说我不善于分析，不会作批评，自己的成就怎么样总还有个数，这是起码的一点自知之明。我的小说，如果还有人要看看的话，我希望读者预先存这么样一种想法：这是中国社会二三十年来一鳞一爪的写照，是浮面的写照，同时搀杂些作者的粗浅的主观见解，把它当文艺作品看，还不如把它当资料看适当些。

对于小说，推广开来说，对于其他体裁的文艺作品，我有这么样的想法。我想用毛主席《实践论》里的语汇来表达。文艺必须以感性认识为基础，没有感性认识，那是个空架子，根本说不上什么文艺。但是单凭感性认识还不够，必须把感性认识提高到理性认识，那才更接近实际，更富于真理性。还有一层，在提高到理性认识的时候，仍旧要凭感性认识表现出来，不能够光拿个理性认识给人家。以上说的很抽象，可是文艺跟理论文的区别以及跟普通文章（非文艺）的区别就在这上头。要具体的举例的说当然也可以，请容许我贪图省事。不说吧。

为什么要说前面一段话呢？因为我要说明我的小说为什么写不好。我因种种的修养不够，对于事情跟人物只能达到感性认识的阶段，而且只是肤浅的感性认识。有没有偶尔触及理性认识，我不知道，我总承认我的感性认识并没有提高到理性认识，因而没有写出什么属于本质的东西。当然，前面说的理性认识仍旧要凭感性认识表现出来，那更说不上。

现在要我写过去写的那类小说，我还是能写，而且不至于太差，古来"才尽"的说法未必一定靠得住。但是，前面说的自己检讨得来的结论梗在心头十五年以上了，还是写些肤浅的感性认识，还是老的一套，不说读者厌腻，我自己也提不起这股劲儿。你问为什么不自己要求提高呢，问得对。老实说，我跟一切心有馀而力不足的人一样，要求提高是一回事，实际上提不高又是一回事，归根结柢，还是生活方面的问题，实践方面的问题。加上心思偏在旁的事情上的时候多，道路挑熟的走，从前走熟的小说那条路反而生疏了。于是我不再写小说。这也没有什么可惜。好的有意思的小说是人民精神方面的财富，固然越多越好。普普通通不痛不痒的小说可不然，有也罢，没有也罢，总之跟全局无关。我不是故意低估自己的东西，实情是那样。有朝一日，自己认为可以写出比较长进的东西了，哪怕那长进不过一分半分，我是乐于重新执笔的。

小说跟其他文艺作品都一样，写在纸面是文字。文字的底子是什么？是语言。语言是文学作者唯一的武器。解除了这一宗武器，搞不成什么文艺。使不好这一宗武器，文艺也就似是而非。因为世间没有一种空无依傍的，不落言诠的，叫做文艺的东西，文艺就是组织得很惬当的一连串语言，离开了语言，无所谓文艺。咱们决不能作二元论的想法，一方面内容，一方面形式。咱们只能够作一元论的想法，内容寄托在形式里头，形式怎么样也就是内容怎么样；就文艺作品说，所谓形式就是语言。因此文艺作者必须惬当地把握语言，如同必须惬当地把握感性认识跟理性认识一样。这还说得不够精密，应该说，文艺作者如果能够惬当地把握语言，也就是惬当地把握了感性认识跟理性认识。另外一方面，他如果能够惬当地把握感性认识跟理性认识，没有问题他就能够惬当地把握了语言。总起来说，想得好就说得好，说得好就想得好。一了百了，同时解决。

前面一段话是我自己摸索中得来的理解，到现在为止，还以为没有多大错误。因此，听人家说文字不过是小节，重要的在乎内容，我不能够表示同意，虽然我没有写过什么文章表示反对。我并不是不同意内容的重要，认为内容不重要。可是，说文字是小节，不是等于说语言是小节吗？说语言是小节，不是等于说语言无妨马虎吗？马虎的语言倒能够装纳讲究的内容，这个道理我无论如何想不通。按我的笨想法，讲究的内容惟有装纳在讲究的语言里头，才见得讲究，这儿所谓语言，少到一词一句，多到几千言几万言几十万言，一起包括在内。换句话说，讲究的语言就是讲究的内容的具体表现。脱离了语言的内容是什么，我不知道，总之不是文艺了。

根据前面说的理解，我一直留意语言——就是写在纸面的文字。虽然留意，可没有好成绩，不说旁人，我自己也很能够指出这儿不对，那儿不合。这不是我的语言不好，文字不好，实在是我的认识不够。前面不是说过，语言文字跟认识同时解决吗？把语言文字跟认识分开，只在语言文字方面追求，哪儿会有好成绩？我的没有好成绩，正可以证明我在前面说的理解没有多大错误。

这一回编辑《新文学选集》，朋友们说其中该有我的一本，我感觉惭愧。选集已经编过几回，编来编去，总是那几篇自己也不能满意的东西，再来编一本，耗费读者的财力跟脑力，有什么意义？同一的事情，做了又做，同一的道理，说了又说，江浙人叫做"炒冷饭"。饭，当然现煮的好吃，已经是冷饭了，一炒再炒，岂不成了饭渣？还有什么吃头？老实说，我不敢再炒了；幸而得到可敬的朋友金灿然先生的允诺，他代我炒。他把我的东西逐篇看过，认为还可以的，记下篇名来。现在的目录完全依据他的记载，一篇不加，一篇不减。跟以前出过的几本选集比较，取舍很有些出入。他是像我在前面说的，把我的东西当资料看的。除了感谢他的劳力以外，我总之感觉惭愧——冷饭又炒了一回。

叶圣陶　一九五一年二月一日

目 次

出版说明 / 001
编辑凡例 / 007
自序 / 009

短篇小说

一生 / 003
苦菜 / 007
隔膜 / 015
阿凤 / 023
一课 / 028
晓行 / 034
饭 / 042
义儿 / 050

小铜匠／060

校长／067

马铃瓜／079

金耳环／097

潘先生在难中／109

外国旗／130

前途／141

城中／151

在民间／166

搭班子／177

多收了三五斗／187

一个练习生／197

寒假的一天／210

一篇宣言／228

抗争／236

夜／255

赤着的脚／266

某城纪事／269

我们的骄傲／286

春联儿／292

童 话

一粒种子／299

画眉鸟／304

快乐的人／310

稻草人／317

古代英雄的石像／326

皇帝的新衣／332

含羞草／340

蚕儿和蚂蚁／350

绝了种的人／356

附　录

过去随谈／365

随便谈谈我的写小说／373

短篇小说

一　生

　　伊生在农家，没有享过"呼奴唤婢""傅粉施朱"的福气，也没有受过"三从四德""自由平等"的教训，简直是很简单的一个动物。伊自出母胎，生长到会说会行动的时候，就帮着父母拾些稻藁，挑些野菜。到了十五岁，伊父母便把伊嫁了，因为伊早晚总是别人家的人，多留一年，便多破费一年的穿吃零用，倒不如早早把伊嫁了，免得白掷了自己的心思财力，替人家长财产。伊夫家呢，本来田务忙碌，要雇人帮助，如今把伊娶了，即不能省一个帮佣，也得抵半条耕牛。伊嫁了不上一年，就生了个孩子，伊也莫名其妙，只觉得自己睡在母亲怀抱里还是昨天的事，如今自己是抱孩儿的人了。伊的孩子没有摇篮睡，没有柔软的衣服穿，没有清气阳光充足的地方住，连睡在伊的怀里也只有晚上睡觉的时候才得享受，白天只睡在黑蜮蜮的屋角里。不到半岁，他就死了。伊哭得不可开交，只觉以前从没这么伤心过。伊婆婆说伊不会领小孩，好好一个孙儿被伊糟蹋死了，实在可恨！伊公公说伊命硬，招不牢子息，怎不绝了我一门的嗣！伊丈夫却没别的话说，止说要是在赌场里百战百胜，便死十个儿子也不关我事！伊听了也不去想这些话是什么意思，只是朝晚地哭。

有一天伊发现了新奇的事了：开开板箱，那嫁时的几件青布大袄不知哪里去了。后来伊丈夫喝醉了，自己说是他当掉的。冬天来得很快，几阵西风吹得人彻骨地冷。伊大着胆央求丈夫把青布袄赎回来，却吃了两个巴掌，原来伊吃丈夫的巴掌早经习以为常，唯一的了局便是哭。这一天伊又哭了。伊婆婆喊道，"再哭！一家人家给你哭完了！"伊听了更不住地哭，婆婆动了怒，拉起捣衣的杵在伊背上抽了几下。伊丈夫还加上两个巴掌。

这一番伊吃得苦太重了。想到明天，后天，……将来，不由得害怕起来。明天朝晨，天还没亮透，伊轻轻地走了出来，私幸伊丈夫还没醒。西风像刀，吹到脸上很痛，但是伊觉得比吃丈夫的巴掌痛得轻些，就也满足极了。一气跑了十几里路，到了一条河边，才停了脚步。这条河里是有航船经过的。

等了好久，航船经过了，伊就上了船。那些乘客好似个个会催眠术的，一见了伊，便知道是在家里受了气，私自逃走的。他们对伊说道，"总是你自己没长进，才使家里人和你生气。即使他们委屈了你，你是年幼小娘，总该忍耐一二。这么使性子，碰不起，苦还有得吃！况且如今逃了出去，靠傍谁呢？不如趁原船归去罢。"伊听了不答应，只低着头不响。众客便有些不耐烦。一个道，"不知伊想的什么心思，论不定还约下了汉子同走！"众人便哗笑起来，伊也不去管他们。

伊进了城，寻到一家荐头。荐头把伊荐到一家人家当佣妇。伊的新生活从此开始了：虽也是一天到晚地操作，却没下田耕作这么费力，又没人说伊，骂伊，打伊，便觉得眼前的境地非常舒服，永远不愿更换了。伊唯一的不快，就是夜半梦醒时思念伊已死的孩子。

一天，伊到市上买东西，遇见一个人，心里就老大不自在，这个人是村里的邻居。不到三天，就发生影响了：伊公公已寻了来。开口便嚷道，"你会逃，如今寻到了，可再能逃？你若是乖觉的，快跟我回去！"伊听了不敢开口，奔到里面，伏在主母的背后，只是发呆。主母便唤伊公公进来对他说，"你媳妇为我家帮佣，此刻约期还没满，怎能去？"伊公公无可辩论，只得狠狠地叮嘱伊道："期满了赶紧归家！倘若再逃，我家也不要你了，你逃到那里，就在那里卖掉你，或是打折你的腿！"

伊觉得这舒服的境地，转眼就成空虚的，非常舍不得。想到将来……更害怕起来。这几天里眼睛就肿了，饭就吃不下了，事也就做不动了。主人知道伊的情况，心想如今的法律，请求离婚，并不烦难，便问伊道，"可情愿和夫家断绝？"伊答道，"那有不愿！"主人便代伊草了个呈子，把种种以往的事实和如今的心愿，都叙述明白，预备呈请县长替伊作主。主妇却说道，"替伊请求离婚，固然很好，但伊不一定永久做我家帮佣的。一旦伊离开了我家，又没别人家雇伊，那时候伊便怎样？论情呢，母家原该收留伊，但是伊的母家可能办到？"主人听了主妇的话，把一腔侠情冷了下来，只说一声"无可奈何！"

隔几天，伊父亲来了，是伊公公叫他来的，主妇问他，

"可有救你女儿的法子？"他答道，"既做人家的媳妇，要打要骂，概由人家，我怎能作得主？我如今单是传伊公公的话叫伊回去罢了。"但是伊仗着主母的回护，没有跟伊父亲同走。

后来伊家公婆托着邻居进城的带个口信，说伊丈夫正害病，要伊回去服侍。伊心里只是怕回去，主母就替伊回绝了。

过了四天，伊父亲又来了。对伊说，"你的丈夫害病死了，再不回去，我可担当不起。你须得跟我走！"主母也说，"这一番你只得回去了。否则你家的人就会打到这里来！"伊见眼前的人没一个不叫伊回去，心想这一番必定应该回去了。但总是害怕，总是不愿意。

伊到了家里，见丈夫直僵僵地躺在床上，心里很有些儿悲伤。但也想，他是骂我打我的，伊公婆也不叫伊哭，也不叫伊服孝，却领伊到一家人家，受了廿千钱，把伊卖了。伊的父亲，公公，婆婆，都以为这个办法是应当的。他们心里原有个成例：不种了田，便卖耕牛，伊是一条牛，——一样地不该有自己的主见——如今用不着了，便该卖掉。把伊的身值充伊丈夫的殓费，便是伊最后的义务！

一九一九，二，一四。

苦　菜

　　我家屋后有一亩多空地，泥土里时常翻出屋脊的碎屑，墙砖的小块来，表明那里从前也建造过房屋的；短而肥的菊科的野草，是独蒙天择适存在那里的，托根在瓦砾砖块之间，居然将铅色的地铺得碧绿。许多顽皮的小孩子常聚在那里踢铁球，——因为那里僻静，可以避他们父母和先生的眼——将父母给他们买点心的钱做输赢。他们玩得高兴时，便将手里的铁球或拾起小砖投那后屋的檐头和屋面的小雀练眼功。檐头和小雀都没中，却碎了后窗的玻璃。这也不止一次了。

　　我想空地废弃，未免可惜；顽皮孩子虽不觉得可恶，究没什么可爱，何必预备着游戏场供他们玩耍；便唤个竹匠编成竹篱，将那片空地围了起来，觉得比以前安静严密了好些。我更向熟识的农人说起，"我要雇一个人在那里种菜，兼做些杂事，看有相当的人可以荐来试试。"

　　我待雇到了人，让他做主任，我自己做他的副手。劳动是人生的真义，从此可得精神的真实的愉快；那片空地便是我新生活的泉源，我只是热烈而深切地期望。

　　农人福堂因此被荐到我家来了，他的紫赤的皮肤，粗糙而有坚皮的手,茸茸的发,直视而不灵动的眼睛,口四围短而黄的未剃的胡子,都和别的农人没甚分别;但是他还有一种幽郁的神情,将农人固有的特征,浑朴无虑的态度笼罩住。

"你种什么东西都会?"我问他。

"我从小就种田,米麦菜豆都种过,都会。"他的语音含有诚恳的意思,兼欲将他自己的经历称述得详细而动听,但是他仅能说这一句。

"那很好,我屋后那片空地将由你去种。"

他去察看了他新的工作地,回我道,"那里可以画做二十畦。赶紧下秧,二十天之后,每畦可出一担菜,今年天气暖,还来得及种第二批哩。"他说时面作笑容。似乎表示这个于主人有莫大的利益。我也想,"地真足赞颂呀,生生不息,取之无尽! 于此使我更信 Pantheism 了。"

我们最先的工作是剔去瓦砾砖块。福堂带来一柄四齿耙,五斤多重,他举起来高出头顶二尺光景,用力往下垦,四齿齐没入泥里。他那执柄端的左手向上一提,再举起耙来,泥土便松了一方,砖瓦的小块一一显露。力是何等地可贵,他潜藏着时,什么都不与相关,但是他发散开来,可以便什么都变更! 他工作了两点多钟,空地的六分之一翻松了,坐在阶上吸着黄烟休息。

我的希望艳羡的心情,在他下第一耙的时候已欲进溢而出,人生真实的愉快的滋味,这回我可要尝一尝了! 他一停手,我急急地执着耙的柄,学着他那姿势和动作工作起来。但是那柄耙似乎不服从我的样子:我举他起来时,他在空中只是前后左右地摇曳；打地时他的四齿入土仅一寸光景；我再用力将他举起，平而结的泥土上只有四个掘松的痕迹。我绝不灰心，这样总比以前松了些，我更下第二耙，第三耙，……奇怪！那柄耙的重量何以一回一回地加增！不到二十耙，我再也不能举起了。一缕焦烘烘的热从背脊散向全身，似乎每一个细胞都在燃烧着。呼吸是急促了，外面的空气钻入似地进我鼻官，几乎容受不得。两手失了正确的知觉，还像执着那柄耙——虽然已放在地上——所以握不紧拳来。

福堂将烟管在石阶上敲击去里面的烟灰，说道，"这个不是先生做得来的，你还是拣去砖瓦罢。去了砖瓦，待我先爬成几畦，打好了潭，你就可以下菜秧了。"

我既自认是他的副手，我应当服从他的指挥，况且拣去砖瓦一样是一种劳动。那句"就可以下菜秧"又何等地可喜，何等地足以勖勉我！我就佝偻着身子，两手不停地拾起砖瓦，投在粗竹丝的大畚箕里。他继续他先前的工作，手里那柄耙一上一下，着地的声音沉重而调匀，竟像一架机器。

我踏在已拣去砖瓦的松软的泥土上，鞋面没了一半，似乎踏着鹅绒的毯子。泥土的气息一阵一阵透入鼻官，引起一种新鲜而快适的感觉。蚯蚓很安适地蛰伏着，这回经了翻动，他们只向泥土深处乱钻；但是到后半段身体还赤露着的时候，他们就不再钻了。菊科的野草连根带叶地杂在泥里，正好用作绿肥；他们现在是遭逢了"人为淘汰"了。

我不觉得时间在那里移换；我没有一切思虑和情绪。我化了！力就是我，我就是力。力的我的发展就是"真时"，就是思虑和情绪，更何用觉知辨认呢？这等心境，只容体会，不可言说。

"先生，你可以歇歇了，"福堂停着工作在那里唤我，我才回复了平时的心境。腰部酸痛了，两腿战战地不能再立了，脑际也昏晕而作响。我便退到阶前背靠着门坐下，闭着眼睛养神。这时我才感觉那从未感受的健康的疲倦。

两天之后，二十个畦都已下了菜秧。我看福堂造畦，心里很佩服他。他不用尺量，只将耙轻轻地爬剔，自然成了极正确的长方形的畦；而且各个畦的面积都相等呢。他又提起石潭槌来在畦上打成一个一个的潭，距离也无不相等，每畦恰是一百个。至于下秧是我的工作了；将菜秧放入潭里，拨些松泥掩没了根部，就完事了；但在我却不能算是轻易的事。插满了一畦，我又提一桶水来灌溉，那些菜秧自离母土，至少已经一天，应是饥渴了。

我站在畦间的沟里四望，嫩绿的叶一顺地偃在畦上，好似一幅图案画，心中起一种不可名言的快感。我以前几曾真将劳力成就过一件事物？现在那些菜，却领受了我劳力的滋养了。据福堂说，隔上两三天，他们吸足了水，就能复原发起来。此后加上粪肥，便轰轰地生长，每天要换一个样子呢。

菜园里更没有繁重的工作了。每天晨晚由福堂浇一回水，有时他蹲在畦间捉食叶的小虫。我家事务简单，他往往大半天空闲着，于是只是坐在廊下吸烟，一管完了又一管，他那副幽郁的神情和烟管里嘴里缭绕的烟气总将他密密地笼罩住。

我天天去看手种的菜，距下秧的时候已是十五六天了，叶柄还是细细的，叶瓣也没有长大许多，更有呈露淡黄色的，这个很引起我的疑惑。福堂懒懒地向我说，"这个大约因为这里是生地的缘故。但二十天之后，三棵一斤总有的。"他这句话，超过预料的成熟期至半个月，成色又打了三折，不由我不摇动对于他的坚信。这里是生地，他来时不是不晓得。他从小就种田，根据着他的经验以推测种植的成绩，也不至相差到三分之二。他究竟为了什么呢？

我细看叶瓣，几乎瓣瓣有小孔，前几天固也有发见，但如今更是普通而稠密了；有些瓣子上多孔通连，成为曲线描绘的大窟窿。我满腔的惋惜，不禁责福堂道，"你捕虫太不留心了，菜竟被吃到这般地步。"

"这个不容易呀！"他勉强笑着，翻转一瓣叶子，就见一黑色的幼虫坠下，他检寻了一会，"在这里了，"从泥上拾起那条虫，掷在脚下踏烂了。有时一匿下去就寻不见，只得舍了他，一会儿又在那里大吃了！

我想他时间尽多，慢慢地细细地捉虫，一定不至于此；又不是十亩八亩一个人照顾不周。以我主观的意见替他想，他过的是最有意思最有趣味的生活，就应当勤于他的职务，视为唯一的嗜好。何以他喜欢吸黄烟胜于农作？何以他绝不负职务上的责任，对于菜的不发育和被损害又全无同情心呢？

我再四推想，断定他是"怠业"了。他于种植的技术，一定有许多未精明之处；于他现在的职务，又一定没有做得周到完密；否则成绩何至这么坏？但是为了什么呢？

福堂依他的老例，坐在廊下吸烟，我乘着没事，问他家里的状况,他就告我以下的话。

"我家里有四亩田,是爷传下来的。我种这四亩田,到今二十多年了,我八岁上爷就死了。我听你先生说,种田最有滋味,这话不大对。……滋味呢,固然有的,但是苦,苦到说不出!我夜夜做梦,梦我不种田了。真有这一天,我才乐呢。

"我终年种田,只有一个念头刻刻迫着我,就是'还租'!租固是应当还的,但我要吃,我要穿,我也想乐乐,一还租,那些就不能够了,没有了!只有四亩田,哪里能料理这许多呢!

"我二十岁上生了个女儿,这是天帮助我的,我妻就去当人家的乳母,伊一个人倒可抵六七亩田呢。伊到今共生了六胎,二三四五全是女,都送给人家养去,第六胎是个男。伊生了这个男孩,照例出去当乳母,由大女儿看守着他,时时调些米浆给他吃。

"他生了不满四个月,身上有些发热,不住地啼哭。我不懂为什么,教大女儿好好抱着他,多给他吃些米浆。但是他的啼哭总不肯停,夜里也没一刻安静,声音慢慢地变得低而沙了。这么过了三天,他就死了!待我入城喊他母亲,伊到家时,他的小眼睛已闭得贴紧了!……"

福堂不会将更哀伤的话讲述他的不幸了。但是足够了,这等没有修辞工夫的话,时时可以从不幸的人们口里听见的,里面深深地含着普遍而摧心的悲哀,使我只是瞪视着庭中的落叶,一缕奇异而深刻的悲绪,徬徨惆怅,无有着处。

福堂再装上一管烟,却不燃着吸,继续说:

"伊从此变了个模样了！伊不常归家，到了家只是哭，和我吵闹。这也不能怪伊，伊和我一样地舍不得这个儿子。但是我向谁去哭，和谁去吵闹？

"今春将大女儿嫁了，实在算不得嫁，给夫家领了去就是了。但我的肩上总算轻了些。

"家里只我一个人！

"先生，你若是不嫌我，我愿意长在这里，四亩种不得的田，我将转给他人去承种了。"

我才明白，他厌恶种田，我却仍使他种田，便是不期然而然怠业的缘故。

我所知于人生的，究竟简单而浅薄，于此更加自信。我和福堂做同一的事务，感受的滋味却绝对相反，我真高出于他么？倘若我和他易地以处，还没他这般忍耐，耐了二十年才决然舍去呢！偶然当一柄耙，种几棵菜，就自以为得到了真实的愉快，认识了生命的真际，还不是些虚浮的幻想么？

从"种田的厌恶种田便致怠业"，推行出"作工或教书的厌恶作工或教书便致怠业"，更可归纳一个公式："凡从事 X 的厌恶 X 便致怠业。"人们在无穷尽的路中，频频被不期然而然的怠业羁绊住两条腿，不能迈步前进，是何等地不幸和可耻！

X 决无可以厌恶的地方，可厌恶的乃是纠缠着 X 的附生物。去掉这附生物，才是治病除根的法子！

艺术的生活：……

那些鸷远而僭越的忧虑，一霎间在我心里风轮似地环转。我就觉这个所谓"现在的我"，是个悲哀，怅惘，虚幻，惭愧……的集合体！

又隔了二十多天，园里的菜真离了土了，叶瓣是薄薄的，一手可以将叶柄捏拢来；平均四棵重一斤。煮熟了尝新，味道是苦的。

以后我吃味道不好的菜蔬和果子，或是遇见粗制的器物，就联想到我家自己园里的苦菜，同时那些骛远而僭越的忧虑便在我心里风轮似地环转。

一九二一，二，六。

隔　膜

　　我的耳际只有风声，水声，仅仅张得几页帆呢。从舱侧玻璃窗中外望，只见枯黄而将有绿意的岸滩，滩上种着豆和麦的田畦，远处的村屋，竹园，丛林，一棵两棵枯死的树干，更远处刻刻变幻的白云，和深蓝的天，都相随着向我的后面奔去。好顺风呀！使我感一种很强烈的快慰。但是为了什么呢？我自己也不能述说。我将要到的地方是我所切盼的么？不是。那里有什么事情将要做么？有什么人必欲会见么？没有。然而为什么快慰呢？我哪里能够解答！虽然，这很大的顺风总该受领我的感谢。

　　照这样大的风，一点钟时候我的船可以进城了。我一登岸，就将遇见许多亲戚朋友；我的脑子将想出不同的许多意思，预备应对；我的口将开始工作，尽他传达意思的职务。现在耳目所接触——风声，水声，和两岸景物——何等地寂静，闲适。但这个不过给我一个休息罢了，繁扰纷纭就跟着在背后。正像看影戏的时候，忽然放出几个大字，"休息十分钟"，于是看客或闭目养神，或吸烟默想，略舒那注意于幻景的劳倦。然而一霎时灯光齐灭，白布上人物重又出现，你就不得不用你的心思目力去应付他了。

我想我遇见了许多亲戚朋友将听见些什么话？我因为有以往的经验，就可以推测将来的遭逢，而为预言。以下的话一定有得听见，重复地听见："今天来顺风么？你那条路程遇顺风也还便利，逆风可就累事了，六点钟还不够吧？……有几天耽搁？想来这时候没事，可以多盘桓几天。我们难得叙首呢。……府上都安好？令郎会走了？话都会说了？一定聪慧可喜呢。……"这等话我懒得再想下去，便是想到登岸的时候也不会完。我一登岸，唯一的事务就是答复这等问题。我便要说以下的话："今天刚遇顺风。我那条路程最怕是遇着逆风，六点钟还不够呢。……我大约有一星期耽搁。我们可以畅叙呢。……舍下都安好。小儿会走了，话说得很完全，总算是个聪慧的孩子。……"

我忽然起一个奇异的思想：他们的问题既是差不多的，我对于他们的答语也几乎是同一的，何不彼此将要说的话收在蓄音器里，彼此递寄，省得屡次复述呢？这个固然是一劳永逸的办法，但是问题的次序若有颠倒，答语的片子就不容易制了。其实印好许多同样的书信也就有蓄音器的功用，——所欠缺的也只在不能预决问话的次序。然则彼此会面具有意义，大家运用着脑子，按照着次序一问一答，没有答非所问的弊病，就算情意格外浓厚。但是脑子太省力了。我刚才说他"将要想出不同的许多意思"，其实那些意思以前就想好，不用再想了，而且一辈子可以应用；他的任务，只在待他人问我某话时，命令我的口传达某一个现成的意思出去就是了。我若取笑自己，我就是较进步的一架蓄音器或是一封印版的书信。我做这等器物已是屡次不一次了。

果然，不出我所料，我登岸不满五点钟，已听了五回蓄音器，我的答片也开了五回。

现在我坐在一家亲戚的书斋里，悬空的煤油灯照得全室雪亮，连墙角挂着的那幅山水上的密行题识都看得清楚。那位主人和我对面坐着，我却不敢正视他，——恐怕他也是这样——只是相着那副小篆的对联作无意识的赏鉴；因为彼此的片子都开完了，没有了，倘若目光互对而没有话讲，就有一种说不出的不好意思，很是难受，不相正视，是希望躲避幸免的意思。然而眼珠真不容易驾驭，偶不留意就射到他的脸上，窥见乌黑的胡须，高起的颧颊，和很大的眼珠。不好了，赶紧回到对联上，无聊地想那"两汉"两字篆得最有结构，作者的印泥鲜明净细，倒是上品呢。

我如漂流在无人的孤岛，我如坠入于寂寞的永劫，那种孤凄徬徨的感觉，超于痛苦以上，透入我的每一个细胞，使我神思昏乱，对于一切都疏远，淡漠。我的躯体渐渐地拘挛起来，似乎受了束缚。然而灯光是雪亮，果盘里梨和橘子放出引人食欲的香气，茶杯里有上升的水汽，我和他对面坐着，在一个极漂亮的书斋里，这分明是很尊敬的款待呀！

他灵机忽动，想起了谈资了，他右手的大指和食指捻着胡须就道，"你们学校里的毕业生有几成是升学的？"他发这个端使我安慰和感激，不至再默默地相对了，而且这是个新鲜而有发挥的问题。我便策励自己，若能努力地和他酬对，未始不可得些趣味。于是答道，"我那地方究竟是个乡村，小学毕业的就要拣个职业做终身的依托，升入中学的不到十分之二呢。"完了，应答的话尽于此了。我便大失所望，当初不料这个问题仅有一问一答。

他似乎凝想的样子，但从他恍然若初醒的神情答个"是"字上以为推测，知他的神思并不属于所发的问题。"是"字的音波扩散而后，室内依然是寂寞，那种超于痛苦的感觉又向我压迫，尽管紧密拢来。我竭力想和他抵抗，最好灵机一动，也找出些谈资来。然而我和醉人一般散乱而麻木的脑子里哪里能够想出一句话呢？那一句话我虽然还没想出，但必是字典上所有的几个字，喉咙里能发的几个声音拼缀而成的，这是可以预言的。这原属很平常，很习惯，算不得什么的事，每小时不知要拼缀几千百回，然而在此地此时，竟艰难到极点，好奇怪呀！

我还得奖赞自己，那难到极点的被我做成功了，我从虚空的波浪似的脑海里竟把捉住一句具体的话！我的两眼正对着他的面庞，表示我的诚意，问道，"两位令郎都进了工业学校，那里的功课还不差么？"这句话其实从刚才的一问一答上聊想起来的，但平时的聊想思此便及彼，现在却是既断而复续的了。

"那里的功课大概还不差。我所以送儿子们进那里去，因为举了业一定有事务派任，觉得比别处稳妥些。但是我现在担任他们的费用是万分竭力的了！买西文书籍一年要化六七十元，应用的仪器不可不买，一枝什么尺便需二十元，放假时来回的川资又需百元，……需……元，……需……元，……"我的注意力终于荒散，所以对于他的报销账渐渐地模糊了。

　　这是我问他的，很诚意地问他的，然而听他的答语时，便觉得淡漠无味，终至于充耳不闻，莫怪我刚才答他时，他表现出恍然若初醒的神情答一个"是"字。

　　我现在又在一位朋友家里的餐室里了，连我一共是七个客，都在那里无意识地乱转。圆桌子上铺着白布，深蓝色边的盆子里盛着色泽不同的各种食品，银的酒杯和碟子在灯光底下发出僵冷的明亮。仆人执着酒壶，跟在主人背后，主人走到一个位子前，取起酒杯，待仆人斟满了酒，很恭敬的样子，双手举杯过额，向一客道，"某某兄，"就将杯子放在桌上。那位"某某兄"遥对着主人一揖。主人取起桌上摆的箸，双手举过了额，重又放在原处。"某某兄"又是一揖。末了主人将椅子略动一动，便和"某某兄"深深地对揖。这才算完了一幕。

　　轮到第七幕，我登场了。我曾看过傀儡戏，一个活人扯动傀儡身上的线，那傀儡就会做拂袖，捋须，抬头，顿足种种动作。现在我化为傀儡了，无形的线牵着我，不由我不俯首，作揖，再作揖，三作揖。主人说，"你我至熟，不客气，请坐于此。"然则第一幕登场的那位"某某兄"是他最不相熟的朋友了。

　　众人齐入了座。主人举起酒杯，表现出无限地恭敬和欢迎的笑容向客人道，"春夜大家没事，喝杯酒叙叙，那是很有趣的。"客人都擎起酒杯，先道了感谢，然后对于主人的话一致表示同情。我自然不能独居例外。

　　才开始喝第一口酒。大家的嘴唇都作收敛的样子，且发出喋喋的声音，可以知喝去的量不多。举箸取食物也有一定的步骤，送到嘴里咀嚼时异常轻缓。这是上流人文雅安闲的态度呀。

　　谈话开端了，枝枝节节蔓延开来，我在旁边静听，只不开口，竟不能回溯怎样地推衍出那些话来。越听下去，越使我模糊，几乎不辨他们所谈的话含的什么意思，只能辨高低宏细的种种声浪里，充满着颂扬，谦抑，羡慕，鄙夷……总之，一切和我生疏。我真佩服他们，他们不尽是素稔的，——从彼此互问姓字可以知道——偶然会合在一起，就有这许多话讲。教我哪里能够？但我得一种幽默的启示，觉察他们都是预先制好的蓄音片，所以到处可开，没有阻滞。倘若我也预制些片子，此刻一样可以应用得当行出色，我就要佩服自己了。

　　我想他们各有各的心，为什么深深地掩埋着，专用蓄音片说话，这个不可解。

　　他们的话只是不断，那些高低宏细的声浪又不是乐音，哪里能耐久听！我觉得无聊了，我虽然在众人聚居的餐室里，我只是孤独。我就想起日间在江中的风声，水声，多么爽快。倘若此刻逃出这餐室，回到我的舟中，再听那爽快的音调，这个孤独我却很愿意。但是怎么能得逃，岂不要辜负了主人的情意？而且入席不到一刻钟呢！计算起来，再隔两点钟或者有散席的希望。照他们这样迟迟地举杯举箸，只顾开他们的蓄音片，怕还要延长哩。我没有别的盼望，只盼时间开快步，赶过了这两钟点。

　　那主人最是烦劳了：他要轮流和客人谈话，不欲冷落了一个人，脸儿笑着向这个，口里发沉着恭敬的语音问那个，接着又表示深至的同情于第三个的话。——"是"字的声音差不多每秒内可以听见，似乎一室的人互相了解，融为一体了。——他又要指挥仆人同客人斟酒；又要监视上菜的仆人，使他当心，不要沾污了客人的衣服；又要称述某菜滋味还不恶，引起客人的食欲。我觉察他在这八面兼顾的忙迫中，微微地露出一种恍忽不安的神情。更看别人，奇怪！和主人一样，他们满脸的笑容里都隐藏着恍忽不安的分子。他们为了什么呢？难道我合了"带蓝眼镜的看出来一切都作蓝色"这句话么？

席间惟我不开口，主人也遗忘了我了。一会儿他忽然忆起，很抱歉地向我道，"兄是能饮的，何不多干几杯？"我也将酒食之事遗忘了，承他提醒，便干了一杯。

明天早上，我坐在一家茶馆里。这里头的茶客，我大都认识的。我和他们招呼，他们也若有意若无意地同我招呼。人吐出的气和烟袋里，人口里散出的烟弥满一室，望去一切模糊，仿佛是个浓雾的海面。多我一个人投入这个海里，本来是极微细的事，什么都不会变更。

那些茶客的状态动作各各不同：有几个执着烟袋，只顾吸烟，每一管总要深深地咽入胃底。有几个手支着头，只是凝想。有一个人，尖瘦的颧颊，狡猾的眼睛，踱来踱去寻人讲他昨夜的赌博。他走到一桌旁边，那桌的人就现出似乎谛听的样子，间或插一两句话。待他转脸向别桌时，那人就回复他先前的模样，别桌的人代替着他现出似乎谛听的样子，间或插一两句话了。

一种宏大而粗俗的语声起在室的那一角,"他现在卸了公务,逍遥自在,要玩耍几时才回乡呢。"坐在那一角的许多人哄然大笑,说的人更为得意,续说道,"他的公馆在仁济丙舍,前天许多人乘了车马去拜会他呢。"混杂的笑声更大了,玻璃窗都受震动。我才知那人说的是刚死的警察厅长。

　　我欲探求他们每天聚集在这里的缘故,竟不可得。他们欲会见某某么?不是,因为我没见两个人在那里倾心地谈话。他们欲讨论某问题么?不是,因为我听他们的谈话,不必辨个是非,不必要什么解答,无结果就是他们的结果了。讪笑,诽谤,滑稽,疏远,是这里的空气的性质。

　　这里也有个热情的希望的笑容,在一个人脸上,当他问又一个人道,"你成了局么?"

　　"成了,"这是个随意的很不关心的答复。问的人顿时敛了笑容,四周看顾,现出和那人似乎不相识的样子。

　　有几个人吐畅了痰,吸足了烟,喝饱了茶,坐得懒了,便站起拂去袖子上的烟灰,悄悄地自去了,也没什么留恋的意思。

　　我只是不明白……

一九二一,二,二

阿　凤

　　杨家娘，我的同居的佣妇，受了主人的使命入城送礼物去，伊要隔两天才回来。我家的佣妇很艳羡的样子自语道，"伊好幸运，可以趁此看看城里的景致了！"我无意中恰听见了这句话，就想，这两天里交幸运的不是杨家娘，却是阿凤，伊的童养媳。

　　阿凤今年是十二岁，伊以往的简短而平凡的历史我曾听杨家娘讲起过，伊本是渔家的孩子，生出来就和入网的鱼儿睡在一个舱里。后来伊父死了，渔船就换了他的棺。伊母改嫁了一个铁路上的脚夫。脚夫的职业是不稳定的，哪里能带着个女孩子南北迁徙，况且伊是个消费者。经村人的关说，伊就给杨家娘领养，——那时伊是六岁。杨家娘有个儿子，今年二十四岁了，当时伊想将来总要给他娶妻，现在就替他准备着，岂不便宜省事。阿凤就此换了个母亲了。

　　现在伊跟着杨家娘同佣于我的同居。伊的职务是汲水，买零星东西，抱主人五岁的女孩子。伊的面庞，有坚结的肌肉，皮色红润，现出活泼的笑意。但是若有杨家娘在旁，笑容就敛了，因为伊有确实的经验，这个时候或者就有沉重的手掌打到头上来。那得不小心防着呢？

杨家娘藏着满腔的不如意，说出来的话几乎句句是诅咒。阿凤就是伊诅咒的资料。若是阿凤吃饭慢了些，伊就说，"你是死人，牙关咬紧了么！"若是走街太匆忙，脚着地发出蹋蹋的声音，伊又说，"你赶去寻死么！"但是伊这些诅咒我猜想并不含有怨怒阿凤的意思；因为伊说的时候态度很平易，说过之后便若无其事，工作，算买东西的账，间或凑主人的趣说几句拙劣的笑话，然而也类乎诅咒，都和平时一样了。伊的粗糙沉重的手掌时时要打到阿凤的头上，情形正和诅咒相同。当阿凤抱着的主人的女孩子偶然啼哭时，杨家娘的手掌便很顺手地打阿凤头上。阿凤汲水满桶，提着走时泼水于地，这又当然有取得手掌的资格了。工作暇时，杨家娘替阿凤梳头，头发因久不梳乱了，便将木梳下锄似地在头上乱锄。阿凤受了痛楚，自然要流许多眼泪，但不哭，待杨家娘一转身，伊的红润的面庞又现出笑容了。

阿凤的受骂受打同吃喝睡觉一样地平常，但有一次，最深印于我的心曲，至今还不能忘。那一天饭后，杨家娘正在拭一个洋瓷的锅子，伊的手一松，锅子落了地。伊很惊慌的样子取了起来，细察四周，自慰道，"没有坏！"那时阿凤在旁边洗衣服，公平和抵抗的意念忽然在伊无思虑的脑子里抽出一丝芽来，伊绝不改变工作的态度，但低语道，"若是我脱了手，又要打了！"这句话声音虽低，已足以召杨家娘的手掌。"拍！拍！……"每打一下，阿凤的牙齿一咬紧，眼睛一紧闭，——再张开时泪如泉涌了。伊这个态度，有忍受的，坚强的，英雄的表情。伊举手痛处，水滴淋漓，从发际下垂，被于面，和眼泪混合。但是伊不敢哭。我的三岁的儿子恰站在我的椅子前，他的小眼睛本来是很灵活的，现在瞪视着他们俩，脸皮紧张，现出恐欲逃的神情。他就回转身来，两臂支在我的膝上；上唇内敛，下唇渐渐地突出，"拍！拍！"的声音送到他耳官里还是不断，他终于忍不住，上下唇大开，哭了，——我从他这哭声里领略人类的同情心的滋味。他将面庞伏在我的膝上。……后来阿凤晒衣服去，杨家娘便笑道，"团团，累你哭了，这算什么呢？……"阿凤晒了衣服回来，便抱主人的女孩子，见杨家娘不在，又很起劲地唱学生所唱的《青蛙歌》了。

杨家娘这等举动似乎可以称为"什么狂"。我所知于伊的一些事实，是伊自述的，或者是伊成为"什么狂"的原因，伊的儿子学习的木工，但是他爱好骨牌和黄酒胜于刀锯斧声。有一回，他输了钱拿不出，因此和人家撕打，给警察拘了去，警察要他孝敬些小费，他当然不能应命，便将他重重地打了一顿。伊又急又气，只得将自己积蓄的工资充警局的罚款，赎出伊受伤的儿子。调理了好多时，他的伤是全愈了，伊再三叮嘱他，此后好好儿作工，不要赌。孰知不到三天，人家来告诉伊，他又在赌场里了！伊便赶到赌场里，将他拖了出来，对他大哭。过了几天，同样的报告又来了；并且此后屡有传来。伊刚听报告时，总是剧烈地愤怒；但一见他竟说不出一句斥责的话，有时还很愿意地给他几百文，教他买些荤菜吃。——这一些事实，不知就可以激成"什么狂"么？

杨家娘既然受了使命出去，伊的职务自然由阿凤代理。阿凤做一切事务比平日真诚而迅速，没有平日的疏忽，懈缓，过误。伊似乎乐于做事，以做事为生命的样子。不到下午三点钟，一天的事务完了，只等晚上烧晚饭了。伊就抱着主人的女孩子，唱《睡歌》给伊听。字句和音节的错误不一而足，然而从伊清脆的喉咙里发出连缀的许多声音，随意地抑扬徐疾，也就有一种自然的美。主人的女孩子微微地笑，教伊再唱。伊兴奋极了，索性慈母似地拍着女孩子的身体，提高了喉咙唱起来，和学生起劲时忽然作不规则的高唱一般。

伊从没尝过这个趣味呢。平日伊虽然不在杨家娘跟前，因为声音是可以传送的，一高唱或者就有手掌跟着在背后，所以只是轻轻地唱。现在伊才得尝新鲜的趣味！

唱了一会，伊乐极了，歌声和笑声融合，末了只馀忘形的天真的笑声，杨家娘的诅咒和手掌，勉强做粗重工作的劳苦，伊都疏远了，遗忘了。伊只觉伊的生命自由，快乐，而且是永远的，所以发出心底的超于音乐的赞歌，忘形的天真的笑声。

一只纯白的小猫伏在伊的旁边。伊的青布围裙轻轻动荡，猫的小爪似伸似缩地想将他攫住，但是终于没有捉着。伊故意提起围裙，小猫便立了起来，高举前足；一会儿因后足不能持久，点一点地，然后再举。猫的面庞本来有笑的表情，这一只的白皙而丰腴，更觉得娇婉优美。他软软地花着眼睛看着伊，似乎有求爱的意思。伊几曾被求爱，又几曾施爱？但是，现在猫求伊的爱，伊也爱猫，被阻遏着的人类心里的活泉，毕竟涌溢了！伊平日常常见猫，然而不相干，从今天此刻才成为真的伴侣！

伊就放下女孩子，教伊站在椅旁。伊将围裙的带子的一端拖于地上，引小猫来攫取。小猫伏地不动，蓄了一会势，突前攫那带子。伊急急奔逃，环走室中，小猫跳跃着跟在背后，终不能攫得。那小猫的姿态活泼生动，类乎舞蹈；又合有无限的娇意。伊看了说不出地愉快，更欲将他引逗，两脚不住地狂奔，笑着喊道，"来呀！来呀，"汗珠被于伊的面庞，和平日的眼泪一样地多；伊吁吁地喘，仿佛平日汲水乏了时的模样，然而伊哪里肯停呢？

这个当儿，伊不但忘了诅咒，手掌，和劳苦，伊并自己都忘了。世界的精魂若是"爱"，"生趣"，"愉快"，伊就是全世界。

一九二一，三，一。

一 课

　　上课的钟声叫他随着许多同学走进教室里，这个他是习惯了，不用思虑，纯由两条腿做主宰。他是个活动的孩子，两颗乌黑的眼珠流转不停，表示他在那里不绝地想他爱想的念头。他手里拿着一个盛烟卷的小匣子，里面有几页嫩绿的桑叶，有许多细小而灰白色的蚕附着在上面呢。他不将匣子摆在书桌上，两个膝盖便是他的第二张桌子。他开着匣盖眼睛极自然地俯视，心魂便随着眼睛加入小蚕的群里，仿佛他也是一条小蚕：他踏在光洁鲜绿的地毯上，尝那甘美香嫩的食品，何等地快乐！那些同伴极和气的样子，穿了灰白色的舞衣，做各种婉娈优美的舞蹈，何等地可亲，

　　许多同学，也有和他同一情形，看匣子里的小生命的；也有彼此笑语，忘形而发出大声的，也有离了坐位，起来徘徊眺望的。总之，全室的儿童没有一个不动，没有一个不专注心灵于一件事。倘若有大绘画家，大音乐家，大文学家，或用彩色，或用声音，或用文字，把他们此刻的心灵表现出来，没有不成绝妙的艺术，而且可以统用一个题目，叫做"动的生命"。然而他那里觉知环绕他的是这么一种现象，而自己也是

动的生命的一个呢？他自己是变更了，不是他平日自己，只是一条小蚕。

　　冷峻的面容，沉的脚步声，一阵历乱的脚声，触着桌椅的声，身躯轻轻的移动声，忽然全归于寂静，那些接触于他的耳目，使他由小蚕回复到自己。他看见那位方先生——教理科的——来了，才极随便地从抽屉中取出一本完整洁白的《理科教科书》，摊在书桌上。那个储藏着小生命的匣子，现在是不能拿在手中了。他乘抽屉没有关上，便极敏捷地将匣子放在里面。这等动作，他有积年的经验，所以决不会使别人觉察。

　　他手里不拿什么东西了，他连绵的深沉的思虑却开始了。他预算摘得的嫩桑叶可以供给那些小蚕吃到明天。便想，"明天必得要去采，同王复一伙儿去采。"他立时想起了卢元，他的最亲爱的小友，和王复一样，平时他们三个一同出进，一同玩耍，连一歌一笑都互相应和。他想，"那位陆先生为什么定要卢元买这本英文书？他和我合用一本书，而且考问的时候他都能答得出来，那就好了。"

　　一种严重高响的语音振动着室内的空气，传散开来，"天空的星，分做两种：位置固定，并且能够发光的，叫做恒星；旋转不定，又不能发光的，叫做行星。……"

　　这语音虽然高响，送到他的耳官里便化而为低微，——距离是非常接近呢。只有模模糊糊断断续续的几个声音，"星……恒星……光……行星"他可以听见。他也不想听明白那些，只继续他的沉思。"先生越要他买，他只是答应，略为颠一颠头，偏偏不买。我也曾劝他，'你买了罢，省得陆先生天天寻着你发怒，'他也只颠一颠头。那一天，陆先生的话真使我不懂，什么叫做'没有书求什么学'？什么叫做'不配'？我从未见卢元动过怒，他听到这几句话的时候却怒了。他的面庞红得像醉人，发鬓的近旁青筋胀了起来，眼睛里淌下泪来。他挺直了身躯，很响地说，'我没有书，不配在这里求学，我明白了！但是我还是要求学，世界上总有一个容许我求学的地方，'当时大家都呆了，陆先生也呆了。"

"……轨道……不会差错……周而复始……地球"那些语音又轻轻地激动他的鼓膜。

"不料他竟实行了他的话！明天他就没有来，一连几天没有来。我到他家里去看他，他的母亲说他跟了一个亲戚到上海去了。我不知他现在做什么？他为什么肯离开他的母亲？"他这么想，回头望卢元的书桌，上面积着薄薄的一层灰尘，还有几个纸圈儿，几页干枯的小桑叶，是别的同学随手丢在那里的。

他又从干桑叶想到明天要去采桑，"我明天一早起来，看了王复，采了桑，畅畅地游玩一会，然后到校，大约还不至烦级任先生在缺席簿上我的名字底下做个符号。但是哪里去采呢？乱砖墙旁桑树上的叶小而薄，不好。还是眠羊泾旁的桑叶好。我们一准到那里去采。那条眠羊泾可爱呀！"

"……热的泉源……动植物……生活……没有他……试想……怎样？"方先生讲得非常得意，冷峻的面庞现出不自然的笑，那"怎样"两字说得何等地摇曳尽致。停了一会，有几个学生发出不经意的游戏的回答，"死了！""活不成了！""他是我们的大火炉！"语音杂乱，室内的空气微觉激荡，不稳定。

　　他才四顾室内，知先生在那里发问，就跟着他人随便说了一句"活不成了！"他的心却仍在那条眠羊泾。"一条小船，在泾上慢慢地划着，这一定是神仙的乐趣。那一天可巧逢到一条没人的小船停泊在那里，我们跳上船去，撑动篙子，碧绿的两岸就摇摇地向后移动，我们都拍手欢呼。我看见船舷旁一群小鱼钻来钻去，活动得像梭子一般，便伸手下去一把，却捉住了水草，那些鱼儿不知哪里去了。卢元也学着我伸下手去，落水重了些，溅得我满脸的水。这个引大家都笑起来，说我是个冒雨的失败的渔夫。最不幸的是在这个当儿看见级任先生在岸上匆匆地走来！他赶到我们船旁，勉强露出笑容，叫我们好好儿上岸罢。我们全身的，从头发以至脚趾里的兴致都消灭了，就移船近岸，一个一个跨上去。不好了！我们一跨上岸他的面容就变了。他责我们不该看得生命这么轻；又责我们不懂危险，竟和危险去亲近。我们……"

　　"……北极……南极……轴……"梦幻似的声音有时使他约略听见。忽然有繁杂的细语声打断了他的沉思。他看许多同学都望着右面的窗，轻轻地指点告语。他跟着他们望去，见一个白的蝴蝶飞舞窗外，两翅鼓动得极快，全身几乎成为圆形。一会儿，那蝴蝶扑到玻璃上，似乎要飞进来的样子，但是和玻璃碰着，身体向后倒退，还落了些翅上的白鳞粉。他就想，"那蝴蝶飞不进来了，这一间宽大冷静的屋子里，倘若放许多蝴蝶进来，白的，黄的，斑斓的都有，飞满一屋，倒也好玩，坐在这里才觉得有趣。我们何不开了窗放他进来。"他这么想，嘴里不知不觉地说出"开窗！"两字来。就有几个同学和他唱同调，也极自然地吐露出"开窗！"两字。

方先生梦幻似的声音忽然全灭，严厉的面容对着全室的学生，居然聚集了他们的注意力，使他们弃去那蝴蝶。方先生才斥责道，"一个蝴蝶，有什么好看！让他在那里飞就是了。我们且讲那经度……距离……多少度……"

以下的话，他又听不清楚了。他俯首假做看书，却偷眼看窗外的蝴蝶。哪知那蝴蝶早已退出了他眼光以外！他立时起了深密的相思，"那蝴蝶不知哪里去了？倘若飞到小桥旁的田里，那里有刚开的深紫的豆花，发出清美的香气，可以陪伴他在风里飞舞。他倘若沿着眠羊泾再往前飞，一棵临溪的杨树下正开着一丛野蔷薇，在那里可以得到甘甜的蜜。又不知他还来这里望我么？"他只是望着右面的窗，等待那倦游归来的蝴蝶。梦幻似的声音，一室内的人物，于他都无所觉。时间的脚步本来是幽默的，不断如流地过去，更不能使他有一些儿辨知。

窗外的树经风力吹着，似乎颠头似乎招手的样子舞动，那种鲜绿的舞衣，优美的姿势，竟移动了他心的深处的相思。那些树还似乎正唱一种甜美催眠的歌，使他全身软软的，感动不可说的舒适。他更听得小鸟复音的合唱，蜂儿沉着而低微的祈祷。忽然一种怀疑——人类普遍的玄秘的怀疑——侵入他的心里，"空气传声音，先生讲过了，但是声音是什么？空气传了声音来，我的耳又何以能听得见？"

他便想到一个大玻璃球，里面有一只可爱的小钟。"陈列室里那个东西，先生说是试验空气传声的道理的；用抽气机把里面的空气抽去了，即将球摇动，使钟杵动荡，也不会听见小钟的声音。这个不知可真是这样？抽气机我也看见，两片圆玻璃装在木架子上，但是不曾见他怎样抽空气。先生总对我们说，"一切仪器不要将手去触着，只许用眼睛看！"眼睛怎能代替两耳，看出声音的道理来？"

他不再往下想，只凝神听窗外自然的音乐，那种醉心的快感，决不是平时听到风琴发出滞重单调的声音的时候所能感到的。每天放学的时候，他常常走到野里领受自己的恩惠。他和自然原已纠结牢固了，那人为的风琴哪有这等吸引力去解开他们的纠结呢？

"……"他没有一切思虑，情绪，……他的境遇不可说。

室内动的生命重又表现出外显的活动来，豪放快活的歌声告诉他已退了课。他急急开抽屉，取出那小匣子来，看他的伴侣。小蚕也是自然啊！所以他仍和自然牢固地纠结着。

一九二一，四，三〇。

晓　行

　　朝阳还没升得高，我经过田野间，四望景物，非常秀丽且静穆。一带村树都作浅黛可爱的颜色，似乎正在浮散开来。我便忆起初见西湖时的情绪：那时是初夏的朝晨，出了钱塘门，行尽了一带石壁，忽然间全湖在目。环湖的浅青的山色含有神秘而不可说的美，我止觉无可奈何，但也遗忘一切。这是一种不可描绘的情绪，过后思量，竟是我生享美的很满足的一回。现在那些远处的村树仿佛是连绵的青山，而我所得的印象又与初到西湖时相似，然则我不是野行，竟是湖上荡桨了。我本有点渴忆西湖呢，不料无意间得到了替代的安慰。

　　田里的麦全已割去。农人将泥土翻了转来，更车了河水进来浸润着，预备种稻。已成形而还不曾长足的蛙就得了新的领土。他们狭小的喉咙里发出阔大而烦躁的声音，彼此应和，联成一片。他们大多蹲在高出水面的泥块上，或从此处跳到彼处；头部仰起，留心看去可以见他们白色的胸部在那里鼓动。当我经过他们近旁的时候，他们顺次停止了鸣声，极轻便地没入水中。不一会，我离他们较远，一片噪音又喧闹于我背后了。

　　印有人及家畜的足迹的泥路上，竟没一棵草。两旁却丛生野草，大部分是禾本科的植物，开着各色的小花——除了昆虫恐怕再没有注意他们的了。细小而晶莹可爱的露珠附着在花和叶上，很有可玩的意趣。远处粪肥的气味微微地送入我的鼻官，充满着农田生活的感觉，使我否认先前的假想：我并不在清游雅玩的西湖上。

我走到一个池旁。岸滩的草和傍岸的树映入池中，他们的倒影比本身绿得更鲜嫩，更可爱。这时候池面还没受日光的照耀，深蓝色的静定的池水满含着幽默。池面的一角浮着萍叶，数叶攒聚处矗起些桂黄色的小花——记得前几天还没有呢。偶然有些小鱼游近水面，才起极轻微的波纹，或者使萍花略微颤动。

靠着池的东南岸是一所破旧的农舍，屋后有一个水埠通到池面。我信足走去，已到了那所屋舍的前面。一扇板门开着，里面止见些破的台凳和高低不平的泥地。门旁两扇易板窗都撑起，一个女孩儿立在窗下。屋前一方地和屋的面积一样大，铺着长方的小砖，是他们的曝场。

那女孩儿有略带红色的头发，非常稀疏，仅能编成一条小辫；面孔很瘦削，呈淡黄的色泽，眼光作茫昧的瞪视。她见了我，只对我看着，仿佛我身上丛集着什么疑惑。

我不曾走过这条路，看前面都种着豆，不见通路，疑是不能通过的了。便问她道，"从这里可以到那条河边么？"这个问询减损了她疑讶的神情的大部分，她点头道，"转过去就是。"我答应了一声，再往前走。她又说，"但是豆叶上全是露水，要湿你的衣裳和鞋子。"我说，"不要紧，"就分开两面的豆茎依着很狭的田岸走去。我虽然没有听她的话，心里却感激她对于我——她的不相识者——的好意。

　　走完了种豆的地方便到河岸，我的鞋子和衣裳的下半截真湿了。河水和池水一般地深蓝和静定，但因潜隐的流动有几处发出光亮。对岸的田里有几个农人在那里工作，因田地的空旷显出他们的微小。和平而轻淡的阳光照到田面，就像施与一切以无限的生意，一条田岸，一方泥土，和农人手里的一柄锄头，都似乎于物质里面有内在的精神。

　　我立着望了一会，便沿着河走。在我的前路有两个农人在那里车水：一架手摇的水车设在岸滩，他们俩各执一个柄摇动机关，引河水到田里。不多时我已到了他们俩跟前。一个农人非常高大，露出的皮肤全是酱一般的颜色；面部皱纹很多，有巨大的眼睛和鼻子。他约莫四十多岁。又一个止二十出头的年纪，面目的布置很像城市间的读书人。皮肤也不至于深赤；但是他四肢的发达的肌肉可以证明他是久操农作的人。他们俩止顾工作，非特不交一语，并且不一顾共同操作的伴侣。这个情形无论到什么地方都可遇见，锯开一木的两个木匠，同一作台的两个裁缝，都是好像没有第二人在他们的旁边似的。旁人看着他们，就要想他们何以耐得这般寂寞。其实旁人不就是他们，究竟寂寞与否怎便能断得定呢！

　　水车引起的水经过一条临时掘成的沟流到田里。那条沟横断我的前路，而且有好些湿泥壅在两旁。我提起了衣服，正欲跨过那条沟，那个年长的农人笑着对我说，"须留心跨，防跌跤。"他说时两手停了工作，那个年轻的也停了，繁喧的水车声便划然而止。

我说，"不妨事，我能跨，"身体略一腾跃，已过了小沟。我来这一条未尝走惯的路上觉得一切的景物都是新鲜，看农人车水也有趣味，时光又很早，所以就停了脚步。

他们俩见我过了小沟，便继续他们的工作。那年长的看着我问道，"先生是在那边学堂里的么？"

"是的。"

"那里的学生不止二三百吧？"

"不错，四百有馀。"

"那些学生真闲心，我从你们墙外走过，止听见他们笑和闹，大约不会有逃学的了，是么？"

"逃学的确然没有。"停了一会，我问他说，"今年的麦收成想还不差，结实的时候不曾有过大风雨呢。"

"今年很好，五六年没有这样的收成了。"

"现在你那块田预备种稻了么？"

"是的，"他指着五十步外一方秧田说，"那里的秧已长得这么高，赶紧要分插了。

我望那方秧田，柔细而嫩绿的秧生得非常整齐，好似一方绿绒。那种绿色是自然的色彩，决不能在画幅中寻见，其足以迷醉人的心目。

他接着说，"我们将这田里车足了水，更犁松了泥土，就可以插秧。至迟到后天的下午我们必得插秧。"他说时脸上有一种欣悦的神采，更伴以简朴真挚的微笑。

我说，"此后你们要辛苦了，添水拔草等工作你们天天要做，四无遮盖的猛烈的太阳又专和你们为难。你们以为这些是苦楚不是？"

"我们的日子自然不及你们那么舒服，但是也不见得苦楚。你们看我们以为苦楚，其实我们是惯了。我们乡村里的朋友谁不曾将两腿没在水田里尽浸，谁不曾将身体挺在太阳光中尽炙？我们从小到大都是这样，哪会辨得出苦楚来？"

"你们一定爱你们田里种的东西。"

"那自然，那是我们的性命。我们看他们很顺遂地发达起来，就好比我们的性命更为坚固且长久。前年那些可杀的小虫来吃我们的稻：一块田里的稻都已开着花，忽然每棵稻的中段都折断了，茎也枯萎了。留心看去，都是那些可杀的在那里作恶！我们没有法想，止对着稻田叹气！"他引起了以往的愤恨，语音便沉重且有停顿——这是乡村中人普通的愤恨的征象。

"你们为什么不捕捉？城里曾经派出许多人员教你们预防和捕捉的法子。"

"预防呢，我们不很相信那叫也叫不清楚的药料。晚上点了灯，盛了油，待他们来投死，确是个靠得住的法子，但是要大家一齐做才行——这个怎么做得到呢？独是一两家这么做，自己田里的捉完了，别家田里的吃到没有得吃了，就难民一般地投了来，还是个捉如未捉。"

"前年的灾情真厉害，去年好些吧？"

"好些，"他冷笑着说，"但是总不能灭尽！他们作恶一连十几年，哪一年不和我们为难，至多恶毒得轻些罢了。"

"田主减收你们的田租吧？"

"总算减短些，"他仍旧冷笑。

"减短多少呢？"

"这不一定。我还知道他们里面很有几家专会用取巧的法子，他们所有的田不一会受虫灾，但是被灾的多，便统打九折收租。他们的意思并不是要没受灾害的得些好处，实欲使受灾的更受些灾害！然而他们有他们的说法，'惟有这么才便于计算；否则怎能一块一块田都看到，确定出应收的成数呢？'又有几家，他们先抛大了米价，却挂出牌子来说田租统打七五折，大家听了这一句，以为他们的租轻松些，便争先缴租给他们。到末了他们的收数独多，还是他们占了便宜。"

"前年你的田租打了几折？"

"我么？"他摇动水车格外用力，借此发泄他的不平，"自然是九折！先生可知我种的谁家的田？"

"不知道。"

"邵和之，他的家就在你们学校的东面，先生总该知道？"

我便想起常在沿街的茶馆里坐着的那个人。他每天坐在靠墙角的桌旁，瘦削的两颊向里低陷！短视的眼睛从眼镜里放出冷酷的光；额上常有皱纹，因为在那里思虑；总之，他的面孔的全部全含着计算的意思。我不曾见他和别的茶客谈话，除了和催甲或差吏计议农人积欠的田租的数目。——我所知于他的止有这些，但总算是知道的，便答应那农人道，"我知道。"

"你想，我种的田就是他的，自然是九折了！"

"我不很知道他的底细，他收租很厉害么？"

"厉害，"他停了一会，又说，"田主收租谁都厉害的，手段硬些软些罢了。而他是惯用硬功的大王。"

"怎见得呢?"

"他算出来的数目就好比石头的山,不能移动一分。任你向他诉说恳求,巴望他减短一点,他的头总不肯点一点。欠了他的租,他就派差吏来叫了去,由他说一个日期,约定到那一天必须缴还。他那双眼睛真可怕,望着他怎敢再求,止有答应了下来,回去想法子,借债当东西统都做到,只求不再看他那双可怕的眼睛。"

他们俩停了手,挺一挺腰,望着四围舒一舒气,预备休息一会。河面忽然有一个声音,好似谁投了一块砖石。我无意的自语道:"什么?"看河面时,水花慢慢地扩散开来,最大的一圈已碰着对岸而消灭了。

那年轻的农人作艳羡的语气说,"应是一尾好大的鲤鱼。"他说时注视着河面。

"那位邵大爷,"年长的农人向我说,因为水车停了,显出他的声音的响亮,"他有一次真是石头一般地定心,别人万万学不到。他坐了船到东面杨家村里去收租。一家人家同他约了那一天的期,但是竟没法想,一个钱也弄不到。那个男子情急了。看见船摇进村,便发痴一般地避入屋后的茅厕里。差吏进门要人时,止见一个女人,知是避开了,略一搜寻,便从茅厕里把他拖了出来。那男子十分慌张,嘴里却说,'我已有了钱,今天统可还清。'差吏听说自然放了手。哪知那男子拔脚飞跑,竟望河里一跳!看见的人齐喊起来,一会儿村人都奔了出来。水里的人已冒了几冒,沉向底下去了。那时候邵大爷的舟子见将有人命的交涉，恐怕被村人打沉了他的船，急急解缆想要逃走。你知那位邵大爷怎样？他跨上船头喝住舟子不许解缆。他的脸上全没着急的意思，大声对岸上人说，"欠租是何等重大的罪名！他便溺死了，还是要向他女人算！"那时村人个个着急，听邵大爷的说法又觉得不错，哪还有劲儿打他的船，止拼命将河里的人救了起来。后来那个男子还是卖掉了留着自己吃的一石米。还清了租，才算了结。"

我听了这一段叙述，心里起一种憎恨的情绪，但并不止为那个姓邵的。因此，我低头望着河水——那时已不是深蓝的颜色，因为太阳升得高了，——不答说什么，止发出个"哦"的声音。

"种了这等人的田，客客气气早日还租就是便宜。"他一手撑住在水车的木桩上，以很有经验的神情向我这么说。

"像你，种田过活，还过得去吧？"我恐怕对面的人或者也曾受过严酷的逼迫，所以急切地问他。

"多谢先生，我还算过得去。单靠这几亩田是不济事的。我另有几亩烂田，一年两熟半，贴补我的地方不少呢。"

"那就舒服了，"我如同身受那么安慰。

水车的机关又转动了，河水汩汩地流入田里。我想我的工作快要开始了，怎能止看着他人工作呢？我对那农人说，"他日再同你谈罢。"便向前走去。

水车的声音里，一个似乎很远的人语声——"改日再会"——在我的背后。

一九二一，六，一一。

饭

"现在是上课的时候了！你们的先生呢？"

两间屋子，已经上了年纪，向前倾斜，如人佝偻的样子。门前是通到田岸和村集的泥路。这时候正是中秋的天气。淡蓝的天空浮着鳞纹的白云。朝阳射在几棵柳树上，叶色转成嫩绿，像是春光里所见的。平远的田亩里，稻穗和稻叶一样地轻，微风过时顺风偃倒，遂成波纹。更远的村树像一个大环，静穆且秀美。微微听得犬吠。这真是诗人的节令和境地呵！

可惜住在这里的都不是诗人，屋子里六七个孩子正抱着不可推想的恐怖呢。入秋水涨，他们的田里盛着过量的水，和河水并了家，露出水面的稻止有三四寸长。他们的父母整天愁叹；或者说，"饿死的日子就在眼前了！"

孩子们很以为奇，有的说，"我们种田的，怎会饿死？"父母说，"你不见稻全浸在水里，一粒谷都没有结实么？"有的说"去年很多的谷若不粜去，今年就好了。"父母说，"谁欢喜粜去？你懂得什么！"更有的说，"我们不要到学校，大家拼命踏水车，把水车了出去就得了。"父母说，"车到那里去呢？河面同田水一样平了！"

于是孩子们相信自己的见识不及父母,饿死就在眼前是千真万确的了。他们想,"死像睡眠一样,模糊且黑暗。被它蒙住的时候,饭是吃不成了,玩也玩不成了。并且不能动一动,大概被什么东西缚着,不知几时才得解开?"

他们想得异常害怕,因为饿死究竟是什么滋味实在不能料定,然而它一定要来了!他们不自觉地改掉平常的态度:似乎互相追赶并没什么意思,提高喉咙大喊也觉得不大高兴,反而静默地坐在室内,低低讲捉蟋蟀的经历,声音里含着惊恐且烦闷的气息。

靠左一间屋里架着一个床铺。赤裸的一张桌子靠着床头。墙角堆着锅灶瓶罐薪柴等东西。一切埋藏在阴暗里,不能见清楚的面目。止从不到尺方的壁洞里射进斜方柱体的阳光,照在地上,显出高低不平的泥土。一道板壁把两间屋子分开。右面一间却光亮得多,两面都有板窗,现在正闭着。板壁上一块小黑板歪斜地挂着。十几副桌椅一张破旧的长桌外,屋内更没别的东西,也摆得不十分齐整。

六七个孩子就坐在那些椅子上。他们都歪着身子,面对着面,讲那捉蟋蟀的事情,起先声音很低,讲了一会,他们觉得世界上止有蟋蟀了,便起劲起来。一个孩子拍着桌子高声说,"好一头大蟋蟀!他在玉蜀黍的根的近旁,这么一把就被我按住了。以前的三头都被他咬得要死。他……"

这个当儿,从黑板旁边的门走进一个人。孩子们瞥见,齐对他看,高声讲蟋蟀的也就自然地停了声音。他们对于这个人有点儿知道,但是不大清楚。他们的父母这么说,"这位先生很有点力道，他在衙门里出进，时常同县官讲话。"又说，"他是管先生的先生，先生还怕他。"他们所知于他的止有这少许了。可是，他们并不觉得他可怕，他一身耀眼的衣服倒是很好玩的。

这个人走进室内，随意看了一看，忽然眉头一皱，目光四注，似是侦察而带忿怒的样子。随着发出鄙夷的声气问学生们，就是篇首的两句话。

吴先生一手提着方的竹丝篮，篮里盛着雪里蕻豆腐油瓶等东西，一手提着一条长不到八寸的腌鱼，从烂湿的田岸匆匆走来。他瘦削的面孔红到颈际，失神的目光时时瞪视他的前路，呼吸异常急促，竟成喘息。

原来他已得到了消息。一个妇人告诉他，"你须快一点走，管你的那位先生来了，我刚才看他向学堂走去，他的船就停在东栅外。"这是何等可怕的消息，使他周身起一种拘挛的感觉，脑际全没有意念。他两足的急急搬动，眼睛的频频前望，似乎并不出于他的主宰。

吴先生能得在两间屋子里当教师，很不是容易的事。他由一位绅士恳切地介绍，才得在学务委员处记个名。一线的希望就在他脑子里发起芽来，专等后继的好消息来到。他本来处一个乡村的馆地，一节有五千钱光景的进款。家计的担子压在他肩上，使他觉悟决计支持不下，非得换一条路走不可。新的路已在前面了，他怎不希望着呢？

这么希望了一年，梦里也不曾想到，学务委员竟写了一封信来。里面的话是叫他到他家里去，有事面谈。这分明是绅士的恳切的介绍发生影响了。他把这封信搁了又看好几回，自信料想不错，就得赶紧去才是，但不免怀着一腔的馁怯。

他第三回去的时候，那位学务委员居然在家了。于是他坐在客厅下首的一把椅子上，止点着了一边，上身前俯，保持全体的稳定。他的眼睛本是迷蒙的，现在又止顾下注，或者他所处的客厅和对话的那人都没有看得清楚。那位学务委员穿着汗衫，斜躺在藤椅子上，右手枕着头，眼睛斜睨着他。鄙夷的思想忽然来袭学务委员的心，不知为什么，总觉吴先生不适于自己的眼光。他不情愿的样子说道，"教小孩子不是容易的事呢。"

吴先生汗珠被面，全身感觉不安，心想这确是不容易的事呵，便发很轻的颤音答道，"是。"

"乡立第二国民学校缺一个教员，我想叫你去，——但是，你没有进过师范学校吧？"

"没有，"吴先生异常懊悔，但问句逼迫着，不由得不回答。

"那就为难了，该校学生都是乡村人家的孩子，教员不懂得教授法，简直不会有效果。"

室中静默了一会。吴先生却听得自己的脉搏尽管响了。他好容易鼓着一口气，努力地说，"讲教授法总该有书籍，我可以买一本看看。还愿意得先生的指教。"

"再说罢，"学务委员的话就此止了。

吴先生退出来的时候，觉得希望的芽遭损伤了，失意引他回到昏暗的路去。他恐怖非常，惟有再去请托那位绅士。绅士替他写了一封信。由这封信的引导他又坐在学务委员的客厅里。

"我本想请一个师范毕业生，"学务委员严重的样子说，"现在既有这封介绍信，我就任用了你。"

"没有错，听得很清楚，他答应了，"吴先生这么想。他心里止觉浮荡，回答不出什么。他的头颅却自然地向前俯得更低了。

"我们办学的规矩，非师范毕业生月薪六元。后天你就可以到校开学去。"

吴先生答应了几个"是"，便退出来，他的新生活从此开始了。一个月后，他遇见一桩不可解的事故：他到学务委员家里领薪，拿到了三块钱，还有三块须待十天以后；可是学务委员叫他写了一张十元的收据。"何以数目不符呢？"他这么想。自馁和满足的心使他不敢开口便问，"我不是师范生呵！外边师范生多着呢。六块钱比较以前处馆地优裕得多了。"他就把疑念埋藏在脑子里，带着三块钱回去。

小孩们听了学务委员的问话，三四个发嘈杂的语音回答道，"他买东西去，买豆腐，买葱，"有几个在那里匿笑。

"不成个样子，这时候还不回来，"学务委员喃喃地自语。停了一会，他又问道，"他天天这样的么？"

"天天是这样，他要吃饭呢。"一个拖着大辫子的孩子说。

又一个孩子说，"我的妈妈有时同他带买点东西。"

"不要信他，不过……"

一个耳戴银圈意气很粗的孩子还没有说完，吴先生已赶了进来，两手空着，他的东西大概已在锅旁边了。他看见学务委员含怒的样子立在黑板之侧，简直不明白自己应当怎样才是，身体向左右摇了几摇，拱手附首地招呼。

学务委员点了一点头，冷冷地说，"上课的时间早到了，你此刻才来！"

吴先生颇欲想出几句适宜的话回答，可是哪里想得出，他的踟蹰不宁的态度引得孩子们吱吱地笑。遮饰是无望了，止得颤抖而含糊地说老实话，"我去买东西，不料回来得迟了。"

"买东西！"学务委员的语音很高，"时刻到了，学生都坐在那里了，却等你买东西！"

"以后不买就是了，"吴先生不自主地这么说。孩子们忽然大笑起来，指点着他互相低语道，"先生不吃东西了，先生不吃东西了。"

学务委员觉得吴先生真是个坏教员，越看越不配自己的眼光，因为他不热心于教育，对职务没有尽忠的观念。但是他想到了重要的事情，为此而来的，也就耐着。他站得累了，想得歇一歇，先在一把空椅子面上吹了几口气，又郑重地揽起长褂的后幅，恐怕脏了皱了，然后慢慢地坐下来。他右手支着头，眉头微微皱着，却装作没事的样子说，"你这里太不成个样子，止有这几个学生！日内省视学快来视察，他见学生这么少，就可以断定这是个不良的学校，为你的面子计，你得去借十几个孩子来才行，——不论哪一家的孩子都好，止须教他们坐着不要动。这本不关我的事，和你关切，所以提起一声。"他说完了，左手抚摩上唇，像老人捋须的样子，目光注视着吴先生。

吴先生一身无形的绳索差不多全解除了，觉得宽松了好多；温热的铭感的心换去了恐惧，兴奋到不可说的程度。他虽然不明白怎样去借孩子，但也想不到问了。他止拱手过胸，喃喃地说，"承先生指教！承先生指教！"

　　他忽又想起，"这不是个很好的机会么？去了两回没有遇见，现在他走上门来了。"一种冲动使他随口就说，"上月的……"他才觉得不好意思，便缩住了。

　　"什么？"学务委员以劲捷的语音这么问。

　　"上月的……"吴先生无可奈何，目光不敢正对学务委员，依旧没有勇气说下去。

　　"你尽管说就是了。"

　　吴先生知不说也是个不了，只得硬着头皮说，"请把上月未发的半份薪金见惠。"他再也不能多说一字了。

　　"你有什么用处呢？"

　　"吃用都等着这一笔钱呢。"

　　"你刚才不是买了吃的东西回来么？怎么还等着？"

　　"家里的人——家里还有三口，我怎能止顾自己，他们等着呢。"

　　"吃"字的声浪传到孩子们的耳官格外地清楚，他们看先生和客人谈话本已忘了一切。现在却被唤醒了。拖大辫的孩子牵着前坐的孩子的衣低语道，"听见么？先生家里等着这个人给东西吃，不然，快要饿死了。"

　　戴银圈的孩子不赞成这个推测，斥他道，"先生比我们发财得多，我们的骨头烂了，他肚子还饱胀呢。你偏要乱说！"

"我们一定要饿死烂骨头么?"一个很小的孩子接着问,他有惊怖的眼光。

"你今天回去就没有饭吃,明天饿死,后天烂骨头,烂得像烂泥一样,"戴银圈的孩子非常得意的样子这么说。

很小的孩子不再问了,他已沉入了神秘恐悸的幻想。

吴先生难过极了,他希望孩子们坐着不要动,他们却非但要动,还旁若无人地乱说;对他们看了几眼,全然没有效果。孩子们真顽钝,他们竟不能感应吴先生的心,暂耐这一刻,吴先生止得把手一挥,含怒呵斥道,"静!"

孩子们絮絮的语声像秋雨初收的样子,零零碎碎地停了。大家看了吴先生一眼,略微坐正身躯。椅子不耐震摇,作咭咭格格的呼声。

学务委员放下右手,挺直上体,上眼皮抬了一抬,表示庄严的样子,说,"教员不尽职,照例有相当的惩罚,你今天应当罚俸三分之一!"他在衣袋中摸出一块钱,随手向桌上一掷,清亮的声音引得孩子们同时射出异样的眼光来。他说,"这是你应得的,拿了去罢。"

吴先生哪里料得到有这么一回事!欲待申辩,不但话语说不出,连思路也没有。桌子雪白光亮的究竟是一块大洋呢。他不期然而然地取在手里,手心起冷和硬的感觉。

一九一二,九,二四。

义 儿

　　义儿最喜欢的东西就是纸和笔了：不论是练习英文的富士纸，印画地图的考贝纸，写大楷的八都纸，乃至一张撕下的日历，一叶剩馀的文格，不论是钢笔，蜡笔，毛笔，铅笔，乃至课室内用残的颜色粉笔，一到他的手里，他就如获得世界的一切了。他的右手一把握着笔干，左手五指张开揿住铺着的纸，描绘他理想中的人物屋鸟；他的头总是侧着，一会儿偏左，一会儿又偏右；舌尖露出于上下唇之间，似欲禁止呼吸的样子。他能画成侧形的鲤鱼，俯视形的菊花，从正面看的农屋。他画成一样东西，常常要端相好几回，还加上几笔，或给加上一部分。有时加得高兴了，鲤鱼的鳞片都给画上短毛；菊花的花瓣尽管加多，致全花凑不成个圆形；从烟突喷出的烟越涂越多，所占纸面比屋子还大。他看看这不像一幅画了，就在上面打一个大×，或者撕碎了，叠起来再撕，如是屡屡，以至于粉碎。他留着的画稿都折得很小很小，积存在一个旧的布书包里。

　　他当然同别的孩子一样，欢喜奔跑，欢喜无意识地叫喊，欢喜看不经见的东西，欢喜附和着人家胡闹。但是他不欢喜学校里的功课。他在课室里难得静心，除了他觉得先生演讲的态度很好玩，先生如狂的语声足以迷住他的思想的时候。若是被考问时，他总能够回答，可是止有片段的，不能有完整的答案。所以他的愚笨懒惰等等罪名早在他的几位先生的心里成立了。就是那位图画先生，也说他不要好，止知乱涂，画的简直不成东西。这是的确的，他逢到画图的功课，随随便便临了黑板上先生画的一幅画，缴给先生就是了，从来没有用过一点心，希望它好。

他的父亲早死了，母亲养护着他，总希望他背书像流水一般地快，更读通一点英文，将来好成家立业。但是实际所得的止是失望和悲伤。义儿今年十二岁了，高等小学的二年级生了，赞美他的声息一丝也听不到，却时时听得些愚笨懒惰欢喜捣乱等对于他的考语。她很相信这些考语是确实的，不然，何以义儿回了家总不肯自己拿出书来读，必待逼迫着呢？又何以总是，一字一顿地读，从不曾熟诵如流水呢？他止喜欢捉虫子，钓鱼儿，涂些怕人的东西在纸上，这不是捣乱么？而且有什么用处呢？她想到这等情形时，就很自然很容易地引起旧有的胃病。"我的心全在你的身上，现在给你撕得粉碎了，"她老是向义儿这么说。义儿听了，也不辨这句话何等伤心，止觉得意味非常淡薄，值不得容留在脑子里。所以他一切照平常做去。

有一次他将积蓄着的母亲给他的钱买了匣纸烟匣内的画片，有次他跑到河边，蹲在露出河面的石头上钓鱼，再有几次！他到不知什么地方去逛，直到天黑才回家，都惹起了母亲的恼怒和悲感。她知道同他说伤心的话绝对没有效果，但是总希望得到一点效果，便换了个似乎较有把握的办法，就是打。她的细瘦惨白的手握着一枝量衣的尺，颤颤地在他身上乱抽，因为怨恨极了，用了好多的力气。可是他一声都不响，沉静的面孔，时而一瞬的眼睛，都表示出忍受和不屈的意思。她呼吸很急促，断断续续地问，"可知道你的错处么？下次还敢这样么？"他只当没有这回事，并且偏转他的头。她没有法子了，馀怒里偏萌生一丝智慧来，就说，"假如下次不敢，我就饶恕了你这一次。"这时候他的头或者微微一摇，或者轻轻一点，或者只有摇或点的意思，都可认为悔过的表示，她的手就此停了，她的怨恨就此咽下去了。事情就这样完结了。可是她的失望的心因此而凝固，她相信义儿是个难得好的孩子，想起的时候就默默流泪，怨自己的命运不好，更伤悼丈夫的早死。

　　母亲终究是母亲，虽然觉得今后的失望是注定了。义儿上学校去的时候，她总要问他穿的衣服够不够，肚子吃饱了没有；有时买了一点吃的东西，或是人家送了什么饼饵糖果来，她总把最好的留着给他吃。他是难得好的呢，他是引起自己的失望和悲伤的呢，她却全然不想到了。

　　义儿还有两位叔叔，也是时常斥责他的。不知为什么，他对于那位三叔特别害怕，一看见周身就不自由起来，好像被束缚住的样子。对于他的劣迹，三叔发见得最少，因为他看见他时总是很安定很规矩的。人家发见了义儿的错处，就去告诉三叔，借他来达到训诫他的目的——就是义儿的母亲也常常如此。三叔训诫义儿的时候，义儿的面孔就红了，不敢现沉静的神态了，头也不敢偏转了；三叔教他以后不要再这个样子，他就很低很可怜地答应一声"知道了"。胜利每为三叔所操,他因而发明了处置义儿的秘诀。他向义儿的母亲和旁的人这么说,"处置义儿唯一的方法,就是永远不要将好颜脸对他。我就这样做,所以他还能听我的话。"义儿的母亲对于这句话非常信服,可是她熬耐不住,不能不问暖问饱,留最好的东西给他吃。

一张山水画的明信片,上面有葱绿的丛树,突兀的山石,蓝碧的云天,纡曲曳白的迴泉,义儿从一个同学手里得到了。他快活非常,如得了宝贝,心想临绘一张。不干不净的颜色盒,是他每天携带的,他取了出来,立刻开始工作。一张桌子不过一方尺有馀的面积,实在安放不下墨水瓶,砚台,颜色盒,明信片,画图纸,两条手臂,等等东西。然而一个课室里要布置五六十张桌子,预备五六十个学生做功课呢,怎能顾得各人过分的安适?好在义儿已经习惯了,局促的小天地里他自能优游如意。此刻他将墨水瓶摆在砚台上面,明信片倚于瓶口,就仿佛帖架托着画帖。左手拿着颜色盒,桌子上面就有地位平铺画纸了。他画得非常专心,竟忘了周围的和自己的一切,没有思虑,没有情绪,止有脑和手联合的简单的运动,就是作画。同学的喧声和沉重且急速的脚步,或是走过他旁边的暂时止步而看他一看,于他止起很淡很淡的感觉,差不多春夜的梦一般,迷蒙而杳渺。功课又开始了,同学都上了他们的座位了,英文先生也进了课室了,他周围的空气全变,而他如无所觉,还是临他的画。

竖起的明信片很引人注目,况且义儿是坐着作画的姿势,英文先生一望便明白了。他不免有点恼怒，"他在那里作画，连课本都不拿出来，分明不愿意上我的功课。"他这么想，宏大而严正的呵斥声就从他喉间涌出："沈义，你做什么！现在是什么时候？你的课本哪里去了！你不爱上我的功课，尽管出去，你在课室外画一辈子的图我不来管你，在我的课室里却容不得你这样懒惰捣乱的学生！"同学们听了，有的望着义儿，看他怎么下场；有的故意看书，表示自己的勤勉；更有的相着英文先生红涨的怒容止是轻笑，课室内暂时静默。

义儿被唤醒了，还有几株小树没有画上，他感觉得不快，像睡眠未足的样子。他知道不能再画，便将明片画幅颜色盒放入抽屉里，顺便检出读本来，慢慢地翻到将要诵习的一课。他并不看先生一眼，脸容紧张，有懊丧的神态。这更增加了英文先生的怒意。"早已说过了？若是不愿意，就不必勉强上我的课！你恼怒什么？难道我错怪了你？上课不拿出课本来，是不是懒惰？因你而妨害同学的学习，是不是捣乱？我错怪了你么？"

"是的，没有错怪，"义儿随口地说，却含有冷峻的意味。"现在课本已拿出来了，请教下去罢，时间去得快呢。"同学们不料义儿有这样英雄的气概，听着就大表同情，齐发出胜利的笑声来。刚才的静默的反响就是此刻的骚动了，室内不仅是笑声，许多的足在地板上移动的声音，桌椅被震摇而作的咭咭格格的声音，英文先生掷书于桌并且击桌的声音，混成一片。

英文先生觉得这太不可堪，非叫义儿立刻退出课室，不足以维持自己的威严。他就很决断地说，"你竟敢同我斗口，你此刻就出去，我不要你上我的课！"实在英文先生没有仔细地想，说这句话很危险的，假若义儿不听话，不立刻退出课室，岂不是更损了威严么？果然，义儿听了驱逐的命令，止将身体坐后一点，以为这样就非常稳固了。——他绝对没有出去的意思。同学们的好奇心全部涌起了，先生的失败将怎样挽救，义儿的抵抗将怎样支持，都是很好看的快要表演的戏文。他们望望先生，又望望义儿，身躯频频转侧，还轻轻地有所议论，室内的空气更显得不稳定。

英文先生脸已红了，他斜眼义儿，见他不动；又见许多学生都如带着讥讽的颜色。是何等的侮辱呵！他的血管胀得粗了，头脑岑岑地响了，一种不可名的力驱策着他奔下讲台，一把抓住了义儿的左臂，用力拉他站起来。义儿有桌子做保障，他两手狠命地扳住桌面，坐着不动；他的脸色微青，坚毅的神采仿佛勇士拒敌的样子。英文先生用力狠猛，止将义儿的左臂震摇，桌子便移动了位置；且发出和地板磨擦的使人起牙齿酸麻之感的声音。义儿终于支持不住，半个身体已离开桌子了；桌子受压不平均，忽然向左倾侧。一霎的想念起于英文先生的脑际，以为桌子倒时一定发重大的声音，这似乎不像个样子。他就放了手，义儿的身躯重复移正，桌子便稳定了。课室内的战事于是暂时休止。

同学们观战，早已忘了自己在什么地方了；有的奋一点无所着力的力，同情于义儿的拒敌，有的止觉此事好玩，最好多延长一刻；有的觉得这是个机会，便取出心爱的玩意儿来玩弄，或是谈有趣味的话。总之，在课室之内，上功课的事是没有人想到了。直到先生放手，惊奇的目光又集中于先生之面。

英文先生的手放了，忽然觉得这个动作太没意思，况且许多学生正看着自己的颜面呢。但是，再去抓他也不好，要再抓何必放呢？窘迫的感觉包裹全身，使他不敢正眼看周围诸人。他止喃喃地说，"你不出去也好，我总不承认你留在这里。刚才的事退了课再同你讲。现在且上功课，你不爱上，同学们要上呢。"他很不自然地走回他的讲台。

学校里从此起风波了：英文先生将义儿的事告诉了级任先生，说以后一定不要他上他的课。级任先生口里虽不说什么，心里却异常踌躇，不要他上课就是不肯教他，哪有学校里不肯教学生之理，并且在英文课的时间叫他做什么呢？若是还叫他上英文课，英文先生的面子又怎么顾全？说不定英文先生因此动怒，又生出以外的枝节来。级任先生如受了过大的激刺，觉得满心都是不爽快。他就告诉了义儿的三叔，他们俩本是天天在茶馆里会见的茶友。许多同学呢，他们将义儿的事作为新闻，一散课就告诉别级的同学，像讲述踢球的胜利那么有味，——于是别级同学流动恒变的心里又换了个新的对象了。他们以好奇的心在那里观望；课已退了，英文先生将怎样办理这一件事呢？义儿仍旧取出抽屉里的东西，完成他的画幅，可是心里总觉不安定，有点惊怯，以后将有什么事到临，模糊而不能预料。一块小石的投掷可以激动全世界的水，虽然我们不尽能看见波纹，现在的情形就是这样了。

三叔听了级任先生的诉说，当然痛恨义儿的顽劣；一方面想法解决这件事。他说，由我训诫他，已经不知几回了！当着面他总是很能领受的态度，自称情愿悔改，可是一背面第二个过失就来了。他母亲打他骂他，差不多是每天的常课，更没有什么用处，当时他就不肯说一个改字。我们须得换一个方法才行。"

"是呀，须得换一个方法，"级任先生连连点着头说。"他在课室内这样捣乱，非但同学们和授课的先生受他的累，连我也觉得难以措置。总要使他知所畏惧，以后不敢再这样，才得大家安静呢。"

"英文先生方面，由我去陪罪；为他的话的威信起见，不妨命义儿暂时不上英文课；到那一天，说'你确能改过，英文先生恕你了，'然后再叫他上课。"

"你这办法，解除了我的为难了！"级任先生露出得意的笑容，压在他肩上的无形的重负似乎轻了好多。"就这么办罢。可是怎能使你家义儿确能改过呢？"

三叔轻轻击桌一下，端起茶杯呷了口茶，然后说，"就是你所说的那句话，要他知所畏惧。我想他这么浮动的心情，都由每天同家，常同外面接触而来的。若是叫他住在学校里，和外间一切隔离，过严苦的生活，他一方面浮动的心情渐渐定了，一方面尝到严苦的生活的滋味而觉得怕了，或者不再有什么坏的行为做出来吧。"

"这确是一个办法。就叫他住在我的房间里好了。但是，你先要给他一个暗示，重重地训斥他一顿，使他没有搬进学校就觉得凛然。"

"我知道，我有法子。"

一切的计划都照着三叔进行，义儿搬进学校里住了。他本来很羡慕住校的同学。他常常想晚上的学校里不知怎么情形，课室里点了灯，许多同学坐在一起，不是很好玩么？可是他并不曾向母亲要求过，要在校内寄宿，因为他不能设想这事的可能。现在母亲忽然端整了被褥一切，叫他住在校里，实在是梦想不到的。这就是他往日的学校呀，但在他觉得新鲜。晚饭的铃声，课室里上了火的煤油灯，住校的同学的随意谈笑，夜色的操场上的赛跑，都是他从来不曾经历的。他听着，看着，谈着，玩着，恍恍忽忽如在梦里，悠久而又变换。他在睡眠之前很匆促地摹印一张《洛川神女之图》，到末了画那条衣带，墨色沸了开来，就把全幅撕了；但是他很觉舒适。母亲的唠叨现在是非常之远，好似在她怀抱里的时候的事，画完一幅画，居然没有听见"又在那里涂怕人的东西了"的责骂。更可希望的，一个同学约他明天一早去捉栖宿未醒的麻雀。他在床上想，到哪里去取竹竿，怎么涂上了膏。预备着怎样一个笼子，怎么伸手……渐渐地模糊，不能想了。

　　两三天内，级任先生暗里窥察，希望看见义儿愁苦怯惧的面容。可是事实竟相反，义儿还是往日的义儿，更高兴了一点。

　　当级任先生到茶馆时，三叔就问他，"义儿可又闹了什么事？"

　　"暂时没有，"级任先生微露失望的神态，语音带冷然的调子。

　　"他住在校内觉得怕么？"

"怕?"级任先生斜睨着三叔,"哪有这回事,他还是往日的模样,并且更为高兴。"

"他竟不怕么!"三叔怅然愕视。

一九二一,一〇,二九。

小铜匠

陆根元跟着六七个同学被先生带进高等小学里，觉得与平日有点两样，周身不大舒服，但是形容不出。高等小学里的学生围着相看，都放出好奇的目光。根元只想什么地方有个洞，自己隐藏在那里，不给他们这么看着。然而哪里有个洞呢？只有惘然站在那里，无聊地四顾。继而微微觉得那些目光里更含有高傲的意思，再也不将他容纳进去，他于是深切地感到失望与孤寂了。

他看那高等小学里的运动场也十分可怪，广漠到难以言说。他站在廊下望对面的围墙，低矮且渺茫，他想总有两三里的距离吧。许多学生在场中踢球，足尖着球身，那球突然升腾空际。空洞的音响散布开来，似乎一切都有点震动。他觉得自己的微小，飘飘然几乎没有重量，差不多不能稳定地站着。

幸而他的先生便来招他，一同见那高等小学的先生去。

他的先生平时穿着蓝布的大褂，今天却换了一件新的深蓝纺绸的，还加上一件玄纱的马褂；两衣上纵横褶纹十分清楚，可知被搁在箱子里的时候多了。先生举步时，头向前微俯；脸部的肌肉很宽弛，上唇皮很短，露出深黄的牙齿，仿佛不绝地在那里微笑。不论是谁，总说他是个谦恭不过的人。今天他特意表出他的谦恭，当然立刻使人家觉察了。他带了自己的几个学生走进高等小学的办事室，与室中人相见后，便被让坐在靠窗的椅子上。他只坐着椅子的一角，上体向前；用两手支在膝上，才坐稳了。他和婉且谨慎地说道："敝校只有这几个毕业生。论他们的程度，十分惭愧，大概够不上升入贵校。但是叫他们就此习业，未免太早计了。留在家里，又恐怕荡散了身体。我这么想着，便亲自到各家去劝说，让他们的孩子升学。希望诸位先生鉴谅这一点意思，收容了他们罢！但是，太劳费诸位的精神了。"说罢，他的头俯得更低，上体前屈，算是鞠躬。

一位头发梳得很光，戴着玳瑁边圆眼镜的先生随意答说："他们在本校念书就是了。但是，停一会有个试验请关照他们等着。"

"是，是，"根元的先生连忙答应，仿佛属僚受了上司的命令。

那一天根元的先生到根元家里，根元的母亲正在劈竹作洗帚。这是她每天的功课，一息不停地劈着，可赚三百钱光景。买一点米，买几块豆腐，一家人勉强得以过去。那个镇上，靠这种手工艺为生的不下五十家呢。至于根元的父亲，他从不问米盐的事，只在赌场里看着骨牌和银钱；若逢饭时在家，当然也要吞下两三碗饭。

先生坐定在小竹椅上，便陈述他的来意。愤慨照例是中年人的事，况兼根元的母亲的生活不是优良的，她便回答道，

"不要见怪,先生,读书不是我们的事。你看我们的饭米要这么一刀一刀劈出来,还升什么学!不比他们大户,饭米有佃户送来,银钱有管账先生送来,一切都不用担心。孩子们闲着没事,才去读书,将来做官。"她说着,手中屡屡换取竹片来劈,不肯荒废一点工夫。

先生觉得有点无聊,但爱好学生的心鼓起他再说的勇气。"根元现在所学这一点,实在不够用。升了学,再毕了业,他能耐加增了,定可以帮助你不少。越是境况苦,越是要学,前途才有巴望呢。——难道已找到一种职业预备叫他去学习么?"他自喜游说的技术这么高妙,说罢,堆着笑脸,候她的回答。

她由愤慨而忧愁了;才停了刀,悄然说道,"还没有呢!托过隔壁张先生,不论什么业,只要给饭吃,学得到一点本领,我们便愿意。张先生熟识的人多,面子又大,总能够照顾我们这一点。"

"既然如此,不妨先升了学,免得在家里等待,荡散了身体。张先生那边有了消息,再离开学校,并不嫌晚。至于学费,可以同以前一样,办个全免。"

她才觉得无可无不可,重又工作着,说道,"那么随先生的意罢。"根元因此得与几个同学同进高等小学的门。

此刻根元想着那位头发梳得很光,戴着玳瑁圆眼镜的先生。见他受先生的十分的敬礼,只觉得害怕。更看其他不认识的先生们,个个有种异样的威严,他非常不好过,仿佛周身在那里压迫拢来。

根元有三四天不到学校了。级任先生点名时偶然问起,有几个他的邻居的学生答说,"他的母亲死了。"级任先生随起种浮荡无着的伤感。虽然根元进校还不到一个月,他的母亲平时怎样对他,不得而知,但是儿子与母亲的死别总是可悲的。

第二课正开始,根元推开了室门走进来。他穿着一件宽大的白布长衫,上边很有些油污的痕迹;白带束着,束处成难看的皱褶;然而依旧嫌长,下缘只是在地上扫,他掩上了门,双手下垂,便隐藏在过而宽的衣袖里。当他向先生行了礼,走向他的坐席时,中空的衣袖口轻轻拂动,正像街上走过的道士。这使全堂的同学觉得有趣而低笑了,那笑声普遍而骤止,仿佛初秋的晴天突然洒一阵从云中吹来的细雨。

根元的无表情的脸面与往日一样;只瞪视着前方,口略张开,颧颊微泛红晕,这就是他被笑的羞得了。全堂的同学端相着他的脸面和白衣。他觉得四围全是眼光,于是更为惘然了。

"你的母亲死了?"级任先生忧愁地问。

"死了,"根元很平淡地回答,似乎讲起的是不知谁个的母亲。

"患的什么病?"

"不知道,"根元愚蠢地摇着头。他觉得这差不多被考问功课,怯懦的心使他的头低着;又慢又轻续说道,"只听她说不好过,在床上躺了两天,便死了。"

"葬了么?"

"葬在周家场的坟堆中。"

"家中什么人守着?"

"锁着。"他的手在衣襟那边按了一按,又说,"父亲出去了，锁钥在我的袋里。"

　　级任先生无可再问，望着根元只是出神。他想：根元这么蠢然无知，唯一的母亲离他而去了，他还是绝不伤心，这正是种更深切的悲哀。它织成个致密的网把他网住了，虽然他不自觉察，但已终身不能挣脱。倘若有一天，他忽然觉察自身早给悲哀的网网住了，又将怎样地心碎呢！

　　全堂的同学听着两人的问答，不知道里边含着什么悲哀，单觉锁着门到学校，袋里藏着锁钥，是件有味而可念的事。先生不问了，根元也不答了，他们便继续做他们的功课。

　　此后根元照常到学校。他的功课做得很不好：叫他讲书，不要说了解意义，连一句完全说短句也说不出来；作文簿上只见死苍蝇似的一行行模糊的字迹，难得有一两句被先生保留着。全校的教师都说他是低能儿，难以教导。尤其是教算术的田先生，因他练习演算没有一回算得准，颇有点愤愤。他曾指着根元的额角说，"你这么笨，今生学不会算术了！到学校里来也无谓，希望你不要来罢！"

　　幸而过了重阳以后，根元不到学校了。他那个坐席从此空着，明年春季，一个插班生把它占了！

　　这一天学校里整理房屋，预备暑假后的开学。有几处门窗的旋手和窗钩已经损坏了，须唤个铜匠来重行装过。被唤来的铜匠便是根元。他穿着破旧的青夏布衫，裤管卷到膝上，赤足拖着草鞋，正和平常的小工匠一模一样。他的脸很脏，全蒙着铜污；手里拿着铁椎锤子等工具。

　　他见了学校里的诸位先生，都叫一声，与其他工人招呼他们的雇主一样,漠然而少有情意。羞愧和怯懦现在与他远离了。他不复瞪视着前方,口略张开,颧颊微泛红晕;也不复低着头。他单简的脸上似乎微笑着,不等先生们答应,便走了过去。

他工作了两三点钟工夫,应行修理的门窗都弄好了。他用脏黑的手拭了脸上的汗,带着工具自去。

这真是件细微的事情,但感动了田先生的心。晚上他同几个同事在运动场中乘凉,忽然拍着葵扇说道,"我们不如那个铜匠,不如那个铜匠!"

一个同事正在记认天上的星座,听他突然说这没来由的话,问道,"什么?"

"陆根元这孩子,我们都说他是个低能儿。我们用尽了方法,总不能击开他的浑沌的窍。谁知他学铜匠倒有点近情!今天到这里来作工,几扇门窗上就留着他的手泽了。"

根元的级任先生坐得较远,在一带短篱旁边,篱上蔓延着茑萝,在星光中现出朦胧的影。他听田先生说着,便表示自己的意见:"用尽了方法么?这还不能说。像根元这一类的孩子,我们不能使他们受一点影响,不如说因为我们不曾知道关于他们的一切。我们与他们,差不多站在两个国度里,中间阻隔着一座高且厚的墙。彼此绝不相通,叫我们怎能教得他们好呢!"

田先生不免起了一些讥讽的意思,紧接着说,"你先生何不把这座墙打破了?"说罢,大家默然。他觉得无聊,便又说,"我以为我们与他们的中间并没有什么墙,只是我们所用的教法太柔弱无力了。根元的师父铜匠王三,镇上人都叫他烂醉鬼;但是他教徒弟偏不烂醉。他不问怎样,不所他的说话就是打!这才使徒弟有个惧怕,不敢不用一点心。我们命令学生有他命令徒弟那样有效么?我们也能照他那样做就好了,可惜是不能!"

"这就根本怀疑了?"级任先生失望地说。

田先生不回答。但是他心中想着:"诚然,对于教育早就根本怀疑了。学生如能同艺徒一样,因惧怕先生的责打而绝对服从先生的命令,那多少好呢。当那样的先生才觉得有效而多趣;像现在,算什么呢!"

他望着运动场中夏夜的幽景,又想:"如其自己就是铜匠王三,此刻不在窄隘的小铺子里凑着昏晕的煤油灯工作,便在酒气熏人的酒店里靠着墙壁醉倒了。总之,决不会在这夜景清鲜的运动场中乘凉。"想到这里,他又觉得当学校教师究竟还有些意思。

一九三二,一二,一〇。

校　长

　　叔雅放下吸了小半枝的香烟在一个盛烟灰的盒中，执起笔来，似乎就要写什么在纸面上的样子。可是笔尖还不曾触着纸面，手便缩住了，重又把笔放下；还检起香烟来吸着。

　　凡是艰难的功课，一时解决不了的，人们总要想到这一条路去，"现在解决不了，就待日后解决罢，好在事情并不十分急促，"但是十分急促的一天终于会来的。它既来了，艰难的程度却依然如故，于是除了麻乱地焦虑再没有别的了。现在叔雅就是在这一种境界里；看他黄且干的额上显着好些短条的皱纹，梳好的发搔得蓬蓬的像野草一般，可知他心里怎样地踌躇与焦灼了。

　　径直写下去罢：写是很容易的，可是中间有几张实在不愿意写。若说不要写罢：写这些东西的时期已经到了，又不便失信；而况终于要写的。只是简单不过的几个字罢了，他却觉得比较写一篇万言的论文还要难，这枝笔总是不敢去触着纸面。

　　在三年以前，本地一个高等小学的校长别处去了，他就接任了校长的职务。这当然不是由教育行政机关自动地敦聘的；他想了好许多的法子，借了好许多的力量，才得到这个地位，但是不失为光明的有意义的行径,因为他要当这校长自有他的目标,乃在赚钱吃饭以外。赚钱吃饭实在不是什么可耻可鄙的事,不过若目标专在赚钱吃饭,那就不论什么事总只有一团糟罢了。现在叔雅家里颇优裕,微薄的俸给差不多皮裘的一根毛,增不了多少温暖,所以可说他全然不为赚钱吃饭的事。他的第一个目标是办教育。他相信一个人要自己去找适宜的工作来做,而与他的兴趣能力最适宜的,莫过于教育。第二个目标在他的几个孩子。他想这几个孩子总该有个好的学校,而要学校弄得好,莫过于由自己的手来办理。像这样固然可说自私心的发展,但是要在世间寻出一些例证,如某人作某事完全为不是自私(像他这样的自私),恐怕也非常困难了。

他任职以后,预定了一种新的方针,规画了好些新的办法,正如一艘航海的船鼓轮启程,预料前途有种种的佳境,有丰富的获得,便满心地高兴起来。从事实方面看,这一种高兴似乎并不是空虚的,一切都依着方针的指示在那里进行。教师们空着时聚在一起,不是谈谈实际的教授法,便是自陈对于儿童的新的发见和了解。学生也尽是活动且聪明起来,他们自动地组织体育会从事种种的运动,编辑小新闻纸登载学校里的事务以及自己的文字,又结合团体在学校背后的空地上开垦,种着玉蜀黍马铃薯等等东西。这不是理想学校的芽儿在那里顺遂地透出来么?只须不遇到意外的残害,抽条展叶开花结果是可以断言的事了。

可是一天的午饭过后,回去吃饭的学生还不曾来得多的时候,他无意地走到三年级教室外边,却听见了三个学生的谈话。他还没走到门首，所以他们料不到有人听见。

一个带着笑声说，"昨天他输了七块钱，面孔又涨红了，耳朵也红，颈项也红，眼睛水汪汪的，竟同上课发怒时一般，又是醉鬼模样。他摸出皮夹子……"

"你为什么不叫他算一算连这七块钱的无穷期的复利息一总是多少？"又一个学生抢着说，他很感趣味地使着诙谐的语调。

"他哪里敢说！"第三个学生发声略刚劲，表示他并不怕父亲。"陈先生常常到我们家里来打牌的，我们爹爹常常同他说笑话，说他输了钱躲在预备室的角里哭。我为什么不敢同他说笑话？"

"我不相信，除非待一会上课时，你直捷地问他今天到不到你们家里打牌去。"第三个学生再作有力的挑拨。

"问就问好了，这有什么……"

叔雅听到这里，胸次只觉闷起来；仿佛幻梦的突然惊醒一般。平时的疑念现在明白了，原来陈先生一下课赶紧就走，是打牌去的！这就见得前途颇有点空虚，所谓理想学校的芽儿未必不致枯萎而死。于是忧虑的种子起始埋藏在叔雅的心里了；他不想再听学生的谈话，却踱开去尽是沉思。

沉思的结果与没有沉思一样，觉得还是只作不知的好。但是已经把注意力唤起了，自然而然时时带着侦察的眼光，因此，便发现了意外的新事实：那个教理科的佟先生和教国文的华先生渐渐染了陈先生的习性，也是一下课坐一坐也等不及，马上就走了。而且他们正与陈先生合伙作同样的事，在教员预备室里，时时有零碎的"输五块""赢四块""一副清一色"等等的音响从他们嘴里送出来，待叔雅走进去时，他们便寒蝉似地默着了：这就是个十分明确的证据。

叔雅踌躇再四，总觉一腔的忧虑不吐不快，并且传染病治疗得越早越好，终于请他们三个集在一起谈话。他倾注十分的热诚向他们说，不带一点教训与责备的意味。他说教育事业本身就是一件最有兴趣的东西，要有兴趣就得向它的底里钻去；他说教师是人类的保护者，不单是不该有意地损害人家，更须随时当心，不要无意中损害了人家；他又说为孩子们的前途着想，为自己的职务与尊严着想，希望改一改这一种习惯罢，他一壁说，心里觉得酸酸的，几乎要哭出来，他自己感动极了。

"本来是随意玩玩的，"佟先生为首回答。这就启发了陈先生与华先生，他们也喃喃地说，"不错，本来是随意玩玩的。"

佟先生继续说，态度与声调都是很逊顺的，"现在经先生的提撕，我们才恍然觉悟，知道这件事是不该随意玩的。从此以后，我们再也不愿意做这等不该做的事了。"

陈华两个又喃喃地说了一些"不错""是这样子"的话，仿佛教徒对着神灵的忏悔。

叔雅的眼眶里真个有几滴泪珠子渗出来了，他感激得不可言说，轮流地握他们三个的手，又紧，又震动；断续地说，"日月之食，过去了依然光明。我尊敬三位先生的光明！我们合着伙儿，永远从我们的事业里去寻无穷的兴趣罢！"

这回事情过去之后，叔雅以为偶然的病症已经治好，忧虑是用不到的了。然而事实告诉他这仅不过是一种痴想。那三位先生依然是一下课就走，上课以前总不肯早来一刻，而上课时又总是一种心不在焉的神气。并且其馀的几个教师似乎也传染了他们的性情，做什么事只是把劲儿藏着不肯用；讲书没有从前那样响了，讨论没有从前那样勤了，订正练习簿没有从前那样快了；坐在预备室里，不是默默地抽着香烟，寂寞地敲着桌子，便是两三个人集在一起，议谈闲闻趣事：这不是疫势正在那里蔓延开来么？

这疫病也传染到学生的身上了：体育会的运动只馀"踢高球"一种，因为这一桩只须由三五个高兴地敷衍了场面，其馀就可以坐在杨柳树下随意谈笑了。小新闻纸虽然还有得张贴出来，但是字体愈大愈潦草，远远望去，竟没有什么行款了；而又往往涂上些墨水与红墨水的痕迹。农园里的工作现在成为散乱的奔跑了，他们不拿喷筒，不带地铲，也不看一看他们亲手种下的东西。至于功课内的事情，在叔雅看来，也总带着五六分游惰的气息。

不快意的事情相续而来，正如波浪的叠生，使叔雅更觉得浑身是荆棘了。一天午后，他从街上经过，遇见一个不大稔熟的朋友。很奇怪的，那个人站得远远地，鄙夷地笑着，要想说什么话的样子。叔雅也只得停步，随便问，"近来忙罢？"

"不忙，"那个人随口回答；却悄然的声气续说，"你看见了今天的《地方公报》么？"他的眼睛斜睨着，颧颊上显出几条皱纹，这可见得他的话中有因了。

"没有看见。有什么紧要的事件么？"

"真丑呢，"那个人扮着鬼脸说。"你们学校的名誉扫地了,你将要不敢公然走出来了!"他搔着鬓边,恍然有悟的神气,又说,"原来你还没有看见,那么我不该来多嘴……没有什么……再会了。"他点点头,举步自去。

叔雅摸不着头脑,似乎有什么东西在心头冲动,而周身也不舒服起来。他被人驱遣着似地径奔一家代售《地方公报》的店铺,摸出铜子来向买一份,又是很奇怪的,他觉着那店中人的眼光注定着他,而且有点讥笑的意思。他想那人一定知道他就是名誉扫地那学校的校长了,禁不住脸上就热烘烘起来;只得把报纸卷着,装作没事的样子就走;又仿佛听得那人轻轻的一声冷笑。

离开了那家店面,他匆忙地展开报纸来看。在第二张的一角,他看见那一则与学校有关的新闻了,是用五号字排的,不过占五六行的地位,标题是"教员艳史",它的全文如下:

> 某学校教员华某,小有才华,翩翩自喜,不甘辜负芳时,惯作风流韵事。近与银钱巷某姓女结欢爱之新缘,效鸳鸯之双宿。抛绛帐于脑后,抱朱颜于怀中。在彼固志满计得,特不知教育当局曾否有所风闻,且为教育前途一置想也!

叔雅看罢,心里一阵难过,也不辨是惊是愧是愤;初不料还有这么一桩不曾觉察的可耻事呢!两年有馀的经营,无穷未来的希望,终身以之的兴趣,几个孩子的教育,差不多完全付于破败的船,已在大海洋中沉没了。生趣既尽,只馀怅惘;偷窥路上行人,仿佛全向他作鄙夷不屑的态度,于是更不敢抬起眼光来了。

这天他向夫人说起这件事情；并且说外间的风传，固未必全可信，而现象越来越坏，前途很难设想，只有完全悲观罢了。

他的夫人却笑着答他，不带一点儿惊异与忧虑的样子。她说，"事情倒确然可信呢。大约在一个月以前，李妈就从外边听得了消息，回来说学堂里的华先生勾上了银钱巷里一家人家的小娘子，家里娘子与他拌嘴，他就连家也不回了。这可见这件事知道的人很多，报纸上并非是乱载了。我因为你听见了又要忧闷起来，所以你不提及时，我也不向你特地说起。"

"只有我一个蒙在鼓里！"他凄然默叹。

"我常说你易于感动而缺少坚定的精神，现在又配得上这一句了。其实干一件事，哪有不遇到一些困难挫折的？才感得一点不如意，就是完全悲观，那就终于不会有什么成功了。依我想来，学校的现象渐见不好，可以察出它的病根来，慢慢地把它医好。学生是待学校教育的，并不是改变不来的东西，尽可想些方法让他们换条路走。教员是教育学生的，倘若不胜任时，尽可辞退了另行延请。这么一想，前途总有办法，说什么完全悲观呢？"

"想想也只有这一著，"叔雅用趣味的眼光看着夫人的安定的脸，愤激的感情渐渐地淡薄了。

但是他从种种方面筹想了一回之后，觉得辞退这件事并非是不用顾虑的。他很清楚知道前任校长以前那位顾校长的遭遇：

大约在五六年前，不知为了什么，顾校长把陈先生辞退了。陈先生认识这地方各色的人,他看见了人随便点头,或者应酬几句话,人家也落得同他敷衍,一致称他"陈先生"!这时候他却借此大显神通了。他到不论什么地方,尤其是茶馆和酒店里,总是拉住别人先问,"你知道么,我被那个姓顾的辞退了?"

别人或者说知道,或者说不曾知道,他便义愤满腔的神情,慷慨地说,"这还成什么样子!人家的孩子,他简直看得同小猫小狗一样,全不放在心上,他只知道领薪水,收学费。这等糊涂作事,我是合不来的。他也同我合不来——我们差不多住在两个国度里,——所以他把我辞退了。其实就是他不辞退我,我也要走了。"末后他便带着暗示的声调说,"像我这样,合则留,不合则去,倒也没有问题。只是有孩子交给他去教的,不知道他的实况即是这个样子,那就糟不可言了!"

不到一个月的工夫,这个学校的腐败竟成为大众共喻的事情了。他们当然没有这等闲暇到学校里去考查考查,但是他们尽多工夫来讲起这件事情,而且材料越传越多了。一个说,"里边的二年级生,连'戍'字也不识,只认它是申酉戌亥的'戌'字。"第二个说,"国文是校长教的,他自己就分不清楚这两个字。"又一个说,"他要想占钱,收了人家的书籍费,却发小字烂纸的讲义。糊糊涂涂的油印,怎么能分得清戍字与戌字的笔画呢!"

像这样众口判定的罪状差不多有几十项之多。于是欢喜孩子的父亲就把孩子领了回去,说,"与其被他误事,不如在家里温习温习,有机会再进别的学校罢。"别的父亲想想不错,也叫自己的孩子退了学。有些孩子看着同学退学，同去要求他们的父母说，"现在大家说我们这学校是坏学校，读不好书的，好些同学都告退了，我也不高兴去了。"

顾校长看看学生去了一半，心里不免忧愤；外面的风声自然会逐渐传来，想要辩解，又没有具体的方法。最难堪的，他一走出学校，就仿佛进了仇敌的国土，只看见些冷酷讥讽与鄙夷的目光，又往往听见背后尖刺一般性质的一声"嗤！什么校长！"他受不住了，只得辞了职，离开这地方，回到自己的家乡去。

接着顾校长的就是叔雅前任的校长，他是本地人。陈先生同时复了职，出去的学生大部分也回来了。

叔雅很明白这件事的经过与内里，他想风波起因往往是不及注意的地方，只待一发动就不可收拾了。"假若陈先生把旧的把戏重演一遍呢？……虽然我不是顾校长，但是总有点……"他自己也十分模糊，终于想不清有点什么；然而总觉得辞退这办法须得郑重考虑，又况想要辞退的不止一个人。

相反的意念却也时时要钻出来占一个地位，以为这是绝对不用犹豫的，唯一的办法就是先辞退陈佟华三个。他想，"许多学生的托付，何等重大，岂能让他们吃了亏回去！而且，自己的孩子们总要有个好学校（好学校不容易找呢），比较有把握的自然是亲手办的学校，岂能随随便便地把它弄糟了！倘若不曾觉察，或者已觉察而找不到病源，那也没有法子。现在是觉察了，而且找到根本的病源了，如再因循下去，岂不是我一个人的错失么？良心指导着我，这种错失是不该而且不愿担负的。"他又想着种种理想的计划与实现了这些理想的快适,不禁兴奋起来;只可惜齐腿拦着一些荆棘,不便拔脚便前进。于是又极自然地想到这个答案上去,就是绝对不犹豫地斩去那些荆棘。

两种意念谁也不能争胜,一起一落,循环不歇,却把好些时光送去了。学校里还是这样散漫与懒惰,没有一点振作的气象。

直到现在,暑假期快到了,照例要发出各教员的继任书。于是难题目来了,"写是不能再延的了;对于那三个人,还是一例写下去呢,还是不要致送,藉作一种表示呢?"他这样迟疑时,思想又上了相反的两种循环起伏的老路,所以提起笔来又放下,终于不成径直写下去。

这时候听得门上有指头弹击的声音,叔雅把这些印就的继任书纳入抽屉里,随说,"请进来。"

推门进来的却是佟先生,他有点局促的样子,嗫嚅地说,"先生有事罢?不应该来惊扰先生。"他站住在门口,似乎就想退出去。

"没有事,请在这里坐一歇,"叔雅略微站起身子,一手指着书桌右边的一个椅子。

佟先生才轻轻地把门关上,走到这椅子前,恭敬地坐了下来。停了一息,他婉转地说,"本来也不来惊扰的,因为有点关于功课的事务,是很重要的,必须同先生一商,才敢来惊扰这一回。"

"哦,哦,"叔雅不说别的,心里却想,"居然是关于功课的事务？居然是很重要的？"这种疑念使他昏昏然起来，一时也料不出他将要说起些什么；两个眼球子不自主地注视着他那个带点狡狯的露出上排黄色的牙齿的笑脸。

"理科教授非比别科，"佟先生略微挺一挺胸说，"它最需要实验，最需要实地观察；这样，才能使学生得到真确的知识。倘若不去观察，不去实验，仅仅依据看书本来教来学，这种知识就等于齐东野语，一点不切实际，是没有用处的。你先生也定然是这么想的……"

"哦，哦，"叔雅颠着头，一壁想，"说烂了的套语，做什么特地来演述给我听？"

"讲到我们学校里对于理科教授的设备，虽不能说不注意，但是实施起来，还时时有许多困难，教者觉得寡趣固是小事，学生不得实益却是大事。所以要请先生加增一些设备：显微镜是不可少的，必须购备一架；捕虫的网儿不够分配，希望添制十个；所有的人体模型太简单了，最好换一个细密点的；其馀随后想起了再向先生说，我想就是这几样添置了来，下学期的理科教授已是耳目一新了。"

"下学期？"叔雅觉得这三个字特别激刺，他捷速地想，"你已准备教下去么？我正想不写给你这东西呢！"他的经验又告诉他，佟先生这番说话，并非是中途振作的表示，不过偶尔想到，便搭足架子来陈说，借以见他对于功课并不是漠不关心的罢了。那么怎样答复他呢？这真是个艰难的问题。

"先生以为怎么？这一点事情可以办到么？"佟先生略微坐前，凑近一点叔雅，满脸的恭顺待命的神气。

"下学期总可以商量，"叔雅才一说出口，立刻感觉这个不大妥当，但是已经收不回来了。答应他总可商量，不就是表示下学期仍请他敢理科么？本来还是在犹豫之中，下一个决心，也许真个把他（学校的病菌）辞退了。现在是再不用什么犹豫了，既已表示在先，总不能到后更改，只有与他继续订约罢了。他于是悔恨自己没有随机肆应的才干，又悔恨刚才不该延纳他进来，让他闭口……

佟先生将要起立的样子，轻缓地说，"承先生允许了，觉得十分快慰。先生有事，也不敢多所絮聒了。"他恭敬地行了礼，闭门自去。

叔雅看那扇门重又关上，迷梦似地想，"被他战胜了！"便从抽屉里取出这些的就的继任书，提起笔来，在第一张写上佟先生的名字。这写的动作差不多受的下意识的指挥；他的心思却浪花似地喷散开来，一阵接一阵，迅速且缭乱，无非是学校的腐败，生趣的索然，孩子们的受不到好教育，前途的没有一丝儿希望……

第二、三张写的是陈先生和华先生的名字，他颓丧地叹一口气，便把其馀的也写下去。

一九二三，八，三〇。

马铃瓜

　　从我家到贡院前去，不过一里光景的路，是几条冷落的街巷；有一段两旁种着矮胖的桑树，就有点郊野的意味了。这一夜没有月亮，只见些疏疏的星；淡淡的青空整个儿发亮。树下的草中，那些秋之歌者细细碎碎迷迷恋恋地唱着，繁复的声音和成一片，却盖不过这桑林的寂静。

　　我手里提着个轻巧的竹篮子，中间盛着两个马铃瓜，七八个馒头，一包火腿，还有些西瓜子花生米蜜橄榄之类，吃着消遣的东西。我所刻刻念着的惟有这两个马铃瓜；它们足有饭碗这样大，翠绿的皮上有可爱的花纹，想起时就不自禁地涎沫。前一天我向父亲要求说，要我去，必须带两个马铃瓜。父亲听着笑了，慷慨地答应，"这有什么不可以，两个就是两个。"这天下午，他果真带了两个马铃瓜回来了，交给我说，"放在你的小食篮里罢。"我高兴极了，轻轻地放入篮里，上面盖着些纸，然后再放别的东西，到晚间离家的时候，我就抢着提这篮子，别的东西都让我的舅父去拿。

　　舅父提的是一个小小的书箱子，里边盛着石印的《四书味根录》《五经备旨》《应试必读》《应试金针》《圣谕广训》一类的书，其馀是些纸笔墨盒等东西。这时光我所读过的只有《四书》和《三经》（《尚书》和《礼记》没有读过，直到现在也不曾读），所用的都是塾中通用的本子；在这书箱里的这些书籍，实在连名目也弄不大清楚。只听叔父说，"这回考试开未有之例，入场时不搜检了，可以公然带书去翻。"他便从他的书架子上再理出一些书本，说，"这几种书，合前回县府考带的，一并带了去罢。"于是婶母帮着我把这些书揿在书箱子里。我看看这样细小的字，这样紧密的行款，心想一定是很深很深的东西；至于怎样去翻，简直没有想到。

舅父的又一手拿着一顶红缨的纬帽，这也是叔父的。父亲教我把那黄铜顶子旋去了，只留着顶盘和竖起的一根顶柱。我把它试戴时，帽沿齐着鼻子，前面上截的景物全看不见了；头若向左右转动，它也廓落地旋晃，父亲说，"反正只有入场的时光戴一戴，不妨将就一些。"于是交由舅父拿着。在我们这地方，当舅父的有几种注定的责务，无论如何不能让与别人的，就是抱着外甥剃第一回的头，牵着外甥入塾拜师，以及送外甥去入场应试。这有什样典故在里边，我曾问过好几个长辈，他们都回答不来；只说，"向来是这样的。"直到现在，我还是想不出那所以然。

像这样的黄昏时在街上走，在我的经历中实是稀有的事，只记得有一回吃亲戚家的喜酒，因为看许多客人闹新房，父亲又同几个人猜拳喝酒，回来时也有这样晚了。我的两手捧着好几匣喜果，一条右臂被父亲重重地一把拉着，两旁向后移去的全是些黑黑的影子；父亲那一双手提着的灯笼的光，只照着脚下面盆这样大的一块地，而且昏晕得厉害，我仿佛觉得地面是空虚的，举起脚来只不敢大胆地向下踏。那灯笼动荡着，发出带有幽秘性的寂寞的音乐，又使我淡淡地感到一种莫名所以的恐惧。那街道也似乎变得修长了，尽走尽走，只是个走不到，我再没有这勇气举步了，转身拦住父亲的两腿说，"我要抱，我不走了。"

这一次去应试，我虽是十二岁了，虽是县府试也是这时分去的，然而夜行的不习惯并不减于那回吃罢喜酒归家的时候；听听那些虫声，越见得这路上荒凉极了，因而引起些怅怅的感觉。手里的篮子越来越重，似乎正在增加内容；我想，"假若马铃瓜多了一个，或者多了两个，岂不快活！"这样幻想着，便换过一只手来提挈，一壁询问舅父说，"怎么还走不到呢？"

"快到了，你听那嘈嘈的人声，"舅父带着鼓励的声调说。我才留心听，确有一阵阵的像茶馆里这样的喧声，似乎从天上飘散开来，从这明亮的淡青色的大幕之外。我们的脚步不禁加快且加重起来；我方才听到自己腾腾的脚声，又觉得有点儿劳困的意思。

我们转了一个弯，景象大不同了：人家的门都开着，挂着一盏纸灯笼或是玻璃灯；常常有人出进，也有女人孩子们站着说笑，看热闹，路上来往的人也不少；又有卖点心和杂食的小贩，歇着担子，提起喉咙，或者敲起小铜锣，招揽主顾去买他们的东西。我觉得这景象特别异样，又似与县府试时不同，倒也很有趣致的，可是比拟不来像个什么；又觉得这一切形和声都带点阴森之气，便不自主地拉住了舅父的长衫。

再走前去就是一片旷场，似乎广阔到没有边际的；两根旗杆非常地高，风吹着旗子发出鸷鸟张翼般的声音。在这场中有无数的人在那里移动，我也说不清是多少数目；总之，我仿佛觉得陷入庙会寺集的游众之中了，前后左右都有碰着人身的顾虑，使我只好拉着舅父的衣襟就在原地旋转。

舅父向北面望着说，"时光尚早呢。这一回胡家租着寓所，我们到那里歇歇去。"我也被催眠似地向北面望，好容易站在一个适宜的位置，才从群众的间隙里望见那贡院的大门。许多的人把大门塞住了；有十几根藤条在他们的头顶上抽动，约略听着虎虎的声响，于是他们涌出来一点。门上挂着四盏大的红纸灯，昏黄的光只照着正站在灯下的几个人的头顶；门的里面全然看不出什么，正像张着黑幕。我忽然想，这差不多像城隍庙，但是没有城隍庙那样的修饰和庄严；若逢到庙会的日子，城隍庙前的形形色色比这里好看得多呢，又况一切都是呈露在白昼的光里的。正想时，舅父催我举步，我便跟着他走。

胡家租着的寓所就在贡院的西隔壁，是人家的一间卧房；他们临时做投机事务，把几个房间合并了，空出来的房间就租给考客作寓。胡家弟兄多，又加上送考的人，所以靠墙着壁都搁着门或板，上面铺着席子，预备大家能得有地方睡。这室内搁了这些床铺，只馀沿窗一小方的空地了；就在这地方摆只方桌子，他们围着打牌。

我走进去时，最注目的就是围着桌子的一圈的人，仿佛觉着围得很密很密，就是一粒芥末也决不会从桌子上遗失掉似的。同时听到清脆的骨牌击桌的声音。我本来不明白寓所是什么样子的，至此才明白这样子的就是寓所。更向旁边看时，才看见了这些床铺，便不知不觉地坐在靠右的一个铺上。

舅父向这一圈的人招呼；一壁把书箱子摆在床下，把纬帽摆在床上，又向我提示说，"你的篮子也可以摆在床下。"我实在舍不得放下这篮子，便提起来摆在床上，却依旧捏着它的柄，说，"这样子也好。"我立刻觉着非常口渴，上腭与舌面几乎干且燥了。心想假若取出一个马铃瓜来剖着吃，岂不爽快。已而又想，当着这许多人独吃，当然是不懂规矩；但是如果分赠每人一块，自己就吃不到多少了；又况父亲曾经叮嘱过，这瓜要待进了场吃的。于是只得忍耐住，无聊地借着烛光从稀疏的篮孔里窥那翠绿的瓜皮。

这一圈的人似乎没有瞧见我们，他们击桌面，骂坏牌，揣度，呼笑，与先前一样。只有一个上唇翘着几笔胡子的斜着眼光向我的舅父问道，"这位世兄几岁了？"

"十二岁。"舅父也坐在一个铺上，他屈伸着臂膊，以舒提重很久的劳乏。

那个人捋着胡子趣味地说，"真是所谓幼童了。有没有编红辫线，红辫线？"

这奇怪的问题把我迷惑了：我仿佛全然不知道向来编什么辫线的，一只手便向背后去拉过发瓣的末梢来看，编着的辫线是黑的；我才想起这向来是黑的。

那个人也看清楚了，十分可惜的声气说，"为什么不编了红辫线！这样地矮小，这样地清秀，编了红辫线更见得玲珑可爱呢。说不定大宗师看得欢喜，在点名簿上打个记号，那就运气了。"

又是一个人的声音接着说,"笔下很不错了罢?"

"不见得,"舅父谦逊地回答,"是前年才开笔的,勉强可以写三百个字。这一回本来不巴望什么,意思是叫他阅历阅历,以免日后的怯场的。"

"这是很正当的办法。假若题目凑巧,或许也有点儿巴望。"

我觉得倦了,头部很沉重,只想向前撞去;朦胧中听得不知谁何问说,"这篮子里带些什么东西?"便突然警醒,带着戒备的神气说,"马铃瓜!"原来问我的就是这翘着几笔胡子的人,他离开了一圈的人,笑嘻嘻站在我的面前了。他说,"你倒写意;人家恐怕绞不出心血来,正在那里着急,你却预备着瓜果进去吃。"

舅父接着说,"究竟是孩子……"

我又昏昏,身体斜靠下去,头就搁在窗阑上;人声与牌声似乎渐渐地移远去,只剩极微淡极微淡的一薄层了,腿上和手臂上觉得有点儿痒,大约是蚊虫在那里偷血吃,但是没有力气举起手搔,也就耐着;后来连痒也不觉得了。

我被舅父喊醒时,室内换了一种景象了;那些人正匆忙地向外走,有几个还在披长衫,有几个检点着手提的书箱子里的东西;桌子四角的四支白蜡烛烧剩两寸光景了,火焰被风吹得斜斜的,一顺地淌着烛泪;散乱的许多牌,有些骨面朝上,死白的颜色引逗人的注意。

我的身上受着几阵风,立刻感到一种不爽快的凉意,同时觉得这室内有点儿凄凉,便立起来,提着篮子也向外跑。舅父已经把书箱子提在手里了；他把帽套在我的头上说，"已在那里点名了，戴着罢。"

我跟着舅父走，像个梦游病者似的，不知不觉已进了贡院的大门。只看见仪门之前黑压压的挤满了人，完全是背形；头颈都伸得很长，而且仿佛在那里伸长起来。挂着的红灯笼徐徐摇荡，烛光微弱，不免呈现一种阴惨的景象；靠东面的一盏又已经灭掉了。有些不敢扬起的嘈嘈之声与鞋底控地的声音，在其中却有沉着而带颤的占着三拍的音响超出于众声之外；我因县试府试的经验，知道这是点名，点过一名，从人堆里迸出一声"有！"来，这人堆就前后左右地挤动，同时又听见一声十分恭敬的"某某某保！"叔父告诉我，大考时由廪生唱保，这一定就是了。

舅父递过书箱子叫我提着，可是一只手还帮着我不放，悄悄说，"当心听着。"我便当心急；听听都是些生疏的名字，都不是我。我们的背后却受压迫了；后到的许多人尽把我们向前推，我们只好上前去贴着前人的背后。因此我的过大的帽子搁住在前人的腰部，歪斜得几乎掉下来了；又不能放下手提的东西，其实就是空手，也没有举起手来的馀地，只好歪着头勉强把它顶住。除了前人腰部的一幅长衫布，什么都看不见；四围都是人，胸背和两臂几乎没一处不与他人的身体触着；我觉得气闷极了，仿佛在一个瓮里，不过这瓮壁是软的。然而也挤出了一身汗，刚才着了凉的不爽快，就此不药而愈了。

突然的忧虑涌起于心头，我的腿感觉这竹篮子被挤得几乎成一片了，那么里面的马铃瓜不将破裂且糜烂么！假如破裂且糜烂了，整整的一天用什么东西来解渴！而且事情颇不妙，腿上觉得有点湿润，不就是甜得沁心的麦黄的瓜汁么？连旋一旋身子的主权都没有，只有由这软壁的鬈播荡着，我很恨不能提起篮子来看一看。我又想，"早知如此，刚才在寓所里吃了到也罢了。不会想到特地带了出来，却是这样结果的！"爱惜情深，便把气闷等等忘掉，一切声响也微淡得几乎渺茫了。

　　像在睡梦中被人呼唤似的，我听见几个音响的连续，这是一个人的名字，而且很熟，随即迅疾地觉悟这就是我的名字。舅父的肘臂在我的背上一阵推动，嘴里还说些什么，我听不清了：我顿了一顿，才提高喉咙喊出来"有！"书箱子突然沉重起来，舅父已经放了手了。我明知这时候应当怎样去接卷子，怎样走进仪门去找寻派定的坐位，并且开始过一天的离绝家人与不识者混在一处的特殊生活。但是前面没有路，两旁没有路，背后也没有路，这个鬈竟不肯裂开一丝的缝来。叫我从哪里走前去呢！于是我喊，我用身体撞，舅父也这么做。可是没有效果，只使这人堆又起些波动，并使四围这些人发些喃喃的诅骂。我再当心听时，依然一个一个的名字被唱着，这声音沉着而带颤，与先前一样。我如失了件宝贵的东西，也说不出什么样子，只觉一种很深的惆怅塞在心头。我本来没有这进去的欲望，是父亲叔父们要我进去的，现在进不去了，却又惆怅起来，真难以索解了。这时候我什么都不想，也不想是否就此回家？也不想有无方法可以进去，就只是颓丧地站在那里，舅父却略微低下头来安慰我说，"不要忙，且等着，停忽儿可以进去的。"他一手又帮我把书箱子提了。

渐渐觉得四围疏散一点了，我转动身躯，举起手来把帽子戴正，居然没碰到障碍。嘈嘈之声愈趋微淡，而吏人点名与廪生唱保的声音，却愈益响亮清楚起来。其后大约只三四十人了，我才完全看清楚那摆在中间的围着红桌帏的大桌子；我才看见那坐在桌后的人，圆的眼镜，黑的胡子，一动也不动，仿佛一个塑像。舅父把我推着，我会了意走上前去。末了，这三四十人也陆续转进仪门去了；馀下站在旁边的一些人，我知道他们不是与我同等的，这当儿突然异样地寂静；看看这地方昏暗且空虚，又很像酒阑人散的景象，我的幼稚的心里不禁起了一种莫可名的伤感。

不知怎么一来，一个吏人却把一本卷子授给我；我用提竹篮的一只手接着，便也转向仪门去。舅父帮着我的一只手几时放的，他又是几时与我离开的，我全然不知道。我随即提起竹篮，凑着灯光查看，心里才觉安定且喜悦；原来这篮子没有被挤得扁，翠绿的瓜还是完好地盛在里边。

再过了屏障，眼前一阵昏黑，用力注视，才见暗中站着见个人影，这不由我不突突心跳。仪门的门限已经装上，很高很高，总不在我的胸部以下。我的两肩几乎支不住这两条提重的膀臂，又怎么能用手撑着，使身躯爬过这高高的门限？正在无可奈何，而且不自主地放下两手提着的东西时，一个人影开口了："小孩子，过不去了，我把你抱过去。"他这异方的与玩戏的音调，使我觉得害怕。他就把我拦腰一抱，轻易地举起来，仿佛抱一个很小的孩子，待放下时，已在门限以内。宽大的帽子经这动摇，落在地上，我拾了起来。又想起手里的卷子被捏得很皱了，便把它铺在胸前，摩着使平贴。这当儿那个人又把书箱与篮子给我。

回转身去，别有一种神秘的景象展示在前面。很远很远的一座大堂，近于渺茫了，那边有点点的灯火与些朦胧的人物。甬道两旁的考棚，发出蜂儿闹衙似的声音，齐檐挂着许多小红灯，成为两条梯状的不平行点线。红灯的光照不到甬道的中路；幸有星光把它照得整条发白，使我能得看清卷面上编定的号数，是寅字第十二号。

我于是顺次看小红灯上的字号。十分欣喜，在东首的不知第几盏就是了。鼓着勇气摇晃地走近去，才看清楚这并不是寅字号而是宙字号；又不免起种惘然之感，仿佛荒原深夜找不到客店的倦客。

几经停歇，几经探望，才看见寅字号的红灯在西首徐徐转动，距离大堂与仪门一样远近。我如望见了家门似的，更益奋力奔过去。跨进考棚，寻到第十二号的位置，就把两手的东西一起搁在木板上，深深地透几口气。别的位置上都已坐着人，我也不去注意他们的面目与动作，只觉着四围有这许多人，而我杂厕在他们的群里罢了。当桌子用的木板上点起一枝枝的白烛，火焰跳动且转侧；有几个人特别讲究，把白烛插入玻璃灯中，那就稳定多了。我也从竹篮里取出重重包里的蜡烛，划着燐寸，把它点起，就用烛油胶在木板上，我于是就坐，于是占领了个小世界了。

"马铃瓜！"突然的一念叩我心门，便急忙地搬开摆在篮内上部的杂物，从底下捧出一个可爱的翠绿的瓜来。"先吃半个罢，"这样想时，裁纸刀的尖头已刺入了瓜皮。剖开来时，这鲜明的麦黄的颜色，这西瓜类特有的一种甜味，使我把一切都忘了，起先把小刀划着方块吃，后来把瓜皮切成多块，逐一咬它的瓤。直到完全咬剩薄片的皮，方才想到已吃过了预算的分量。"还有一个呢，"这样一转念，就觉得前途并不空虚；站起来把瓜皮丢在廊下的尿桶里（大约隔十几间考棚有一个尿桶，桶的四围也积满了尿，幸而我这一间离得还算远），把乱纸揩抹了板面，依旧坐着，看一直淌下的烛泪。约略听得外面有些鼓吹之声与炮声，我淡淡地想，"封门了。可惜这时候不能回去看一看家里的情形，不知母亲在床上想我不想，又不知叔父的半夜酒喝罢了没有。"这是真的，不论是谁住惯了家里，一离开家，总不免这样那样想；又明知所想的决不能恰与实相符，于是感得不满足了。

这时候满棚的人忽然齐向甬道望着，我也不自觉地效学他们，只看见一簇的人，急促且沉重的脚步涌向大堂那面去。听别人说，才知道学台坐了藤轿子进去了。停会儿，就有肩着白灯笼的几个人在甬道上慢步走过，灯上写的就是题目。于是两廊下人影历乱起来，尤其是那些层层叠叠的头颅，像蛆虫似地蠢动；更起了一阵模糊的哄哄的声音。我的身子太低了，假若站在廊下，只能看见别人的背心，决没有看到那几盏灯的希望；就爬上桌板，立直了，赶快把题目钞下，笔画歪斜，字体很大，竟写满了一张毛边纸。

第一个经义题就有点生疏，似乎我所读过的经里边没有这么一句的。偶然向前排望，前面这个人从一叠印书中抽出两三本来,签条上仿佛是《礼记》。向来没有作过《礼记》题目,知道它在哪一本上,并且怎么作法呢!但是这种懊丧很轻微的,我本没有立刻要构思的意思,不妨暂且把它搁一边。抛撇不开的还是那个唯一的马铃瓜。"吃完了它,才能定心作文,早一点吃了,好早一点动笔。"我这样想,便伸手入篮里。这回没有作先吃半个的预计,当然一口气把它吃完,咬到末一口时,又感到这瓜太小了,颇可憾惜。

然而牵萦的东西正多呢。琐屑的花生米与西瓜子,又不是赶快嚼得完的,只好一粒一粒地送入口里,消磨这孤独生活里的时光。身体上感觉凉得厉害,手臂与腿都似乎抽搐的样子;而且昏昏的,眼皮重起来了。

似乎不多工夫,甬道中漫着深青的颜色,两廊的椽子瓦片渐渐显露,小红灯里的烛光却大部分灭了。我朦胧地听到嗡嗡之声,同舍的人都已起着草稿,至少也想起了一点意思了;而我还只是一张题目。

"那边有一个冒籍!"突然听见这样一句粗大而含有命令意味的警告。我向声音所自来的那方向看,就在我这间的廊下,站着一个高大的人,眼球很大,放出闪耀的光,脸上的肌肉仿佛全蕴着气力,一手支在柱上,这样粗大的指掌是我从来没有见过的;我觉得这个人很可怕,似乎在不知那所庙里见过的一个青年神像。

同舍的人互相告语说,"冒籍!杜天王又要起劲闹了。"有十来个人便离开了坐位,聚集廊下,一致急促地问,"在哪里?在哪里?"

我听了杜天王这三个字，立刻知道他是什么人。这时候学堂已经办起来了，他是中学堂里的学生。当试期将近，学堂里特地牌示说，凡学生不准去应试。如有更名冒试，查出立即斥退。这大概是这个意思：每人只能走一条进取之路，若想兼走两条，便是取巧占便宜的办法，所以必须禁止的。可是杜天王不管，先报了个更改的名字，到期就请了假出来应试。像这样做的也不止他一个人，他的好些同学以及县立小学堂里的一部分学生，都与他一样地想试走这第二条进取之路。

学生与寻常童生的异点很多，最显著的却有两端：一是排斥迷信的倾向；二是合群新说的崇奉。他们成群结伴地来到贡院前应试而且玩耍，这两种特性就发泄在贡院旁边定慧寺的许多佛像身上。

这寺里有十八尊装金的罗汉像，比人身高大得多，分塑在东西两壁，后面的殿，正中坐着一个巨大的如来像，我们只能看到他的胸部。头部与两肩穿过楼板，占着楼上的空间。我七八岁时，曾跟着伯父去看，觉得有点害怕。

我听人家是这样讲的：杜天王同一群同学去游这寺院，有几个人不免说起泥塑木雕惹人迷信的话，大家便觉得这些人形的泥块真是不可恕的仇敌了。"把它打掉，才能破除愚民的迷信！"杜天王为首这样喊出来。接着就是一阵呼噪，约略是"你若有这胆量，我们合群！合群！"杜天王经这激励，再也忍耐不住，就发出命令去找绳子。在不知什么地方找到了一捆粗棕绳，解开来断成四五条，一齐拦住在如来的腰围与手臂上；又一端由许多人拉着。一声"来！"大家像拔河一般用力，如来就轧轧地响起来，随后就是一阵不预料的崩塌的响声，如来的身躯侧倒了，臂膊残损，面目破碎，而楼板也掉了好几块下来。学生们仿佛得了意外的成功，未尽的勇气正如出洞的兽，只想再寻些敌来吞噬；于是外面十八尊罗汉应这劫数了。他们用同样的方法对付这些罗汉，手段既熟练，工作又较轻，真是十分容易。结果个个罗汉歪斜地倒在地上，有的断了头，有的折了腿，有的露出里面木头成的骨架或空空洞洞的胸腹。

寺里只有一个衰病的僧人；听见学生而且是考童在这里与菩萨作对，他早已开着后门逃走了。后来警察知道了这事，查究谁是为首，便带了杜天王去，但不一会又把他放出来，因为知道他是杜某的儿子，而杜某是了不得的乡绅。从此，人家就上给他"天王"的尊号，他的名字转成被忘却了；若说起杜天王，却没有一个人不知道的。

我早已听熟了这威武的名字，现在占有这名字的人呈现在面前，虽然觉得很可怕，可是舍不得不看。只见他努着嘴略略含怒地回答问的人说，"在阳字号！"他的浓眉似乎渐渐抬高起来，越显得面貌凶狠。他放下支在柱上的手，有力地旋转身子走去。聚集廊下的十来个人也就被牵着似地跟了去。

我自己莫名其妙，同时也跨下坐位，走出号舍，跟在这些人的后面。杜天王又在别个号舍里招人，走到阳字号时，他有七八十个属下了，这真是一支强有力的军队。他是大将，就开始攻击，作军士们的前锋。我从人与人的隙缝中窥见他站在一个人的旁边，这个人背部的侧形很厚，眉头也是圆圆的，知是个胖子，他的低俯的脸略带紫色，虽然与杜天王的一样地广大，但皮肉却是宽弛的。

阳字号里的人齐抬起头来，有的便站起来，廊下与坐位的行间，又骤增了一拥而至的七八十个人；惊异的诧问与愤怒的喃喃混在一起，就把这里的空气摇撼得不安定了。可是大家有种顾忌的裁制力，不肯把声音放得同平常谈话这样响；更兼要听听杜天王说些怎样的英雄的话，恐怕放响了就把他的声音掩没了。

杜天王凛然不可犯的神气，拍着这个人的背心说，"你叫什么？什么地方人？"

这个人的头俯得更低了，身躯似乎在那里蜷缩拢来，像一头伏在猫儿跟前的老鼠。他只是不回答。

"说！快说！"一人哄然喊出来，杜天王又把他的肩膀一拉，大家才看见他的转殷的紫色的脸，于是又喊，"快说！快说！任你装什么腔没有用的！"

这个人愁苦的脸容，几乎要哭出来的样子；可是抵不住群众的威迫，终于很低微很模糊地回答了。我也听不懂他说的什么，但能辨知这是异方的口音。

"不对！"一个锐利的声音紧接着喊出来，随后潮水一般的"不对！"汹涌起来了。杜天王就在这个人的背心上一拳，他又老鼠遇见了猫一般蜷缩拢来。许多人更为密集了，有的贴着他的身躯，有的高高站起在桌板上，上上下下把他围住。我于是再也看不到他的影子；但是，可以听到连续的拳头着背的声音。

被打的默着不作声，挥拳的也只是闷打，一时间转觉异常沉静，只有单调不结实的屯屯的音响。

"还有一本卷子呢！"一个略带哑音的人惊怪地喊着，"啊，还有，不止一本！一、二、三、四、五，一共五本，又姓陆，又姓倪，又姓叶，知道他到底姓什么！"

"岂有此理，既是冒籍，又是抢替！"

"应当把他打个半死，才使他知道犯的是什么罪！"

"好大的胆量，敢于代抢五本卷子，难道他这样胖的身体里，完全装满着文章么？"

"什么文章，完全包着些贼骨头罢了！该打的贼骨头"

"打！"于是拳头着背的声音更急且重了，这个人开始喃喃地号呼，像个沉重的热病者，却并不哀求，也不作什么辩解。

正是一个人喊"在这里不爽快，把他拖出去打"时，从甬道走来两个冠服的人与六七个吏人，我一也不知道这两个是什么官，但是决不是学台。吏人略微呵斥，密密簇聚的人堆自然让出一条路，给他们走近这被打的人去；随后重又围合起来。我虽然想乘机钻进去，只是欠敏捷一点，依旧被屏在圈子之外。于是拣一个空着的座位站在上面，又点起了脚向下望；然而不行，只能约略望见这被打的人露出在衣领外的肥厚的颈项与一段很粗的发辫。

"他是冒籍！……又是抢替！……他共有六本卷子！……这该当什么罪名！"大家错乱地告诉，声音里带着带着示威的意思。接着一阵喧嚷，顾忌的裁判力现在用不到了，所以特别响朗；仿佛觉得空气在那里膨胀开来。

不到一盏茶的工夫，人堆里又让出一条路来了。这个群众共弃的罪犯被夹在吏人的中间，目光注地，迷惘地走着，他的两手提着书篮子帽子之类，臂弯里挟着长衫。几本卷子由一个官拿着，这是重要的赃证。

"嘘——"大众轻轻地发一种驱逐的声音，胜利的鄙夷的眼光望着这胖子的背形，随后就散归各自的号舍。我也靠着廊柱望，心里有点惶惑，不知他们把这胖子带了去将要怎样治罪。他们从甬道走向大堂去，东面号舍顶上透过来的太阳光照在他的头上。这胖子的头似乎向前面折断了，望不见他的后脑与两耳，只看见乌黑而耀光的发辫的根。

我回到号舍，咿唔之声仿佛秋虫一般繁琐了，才想起我还有作文这件事。可是肚子有点饿了，姑且拿出馒头夹着火腿吃。吃得口渴了，又想起马铃瓜来；假若不要急急，留到此时吃，岂不好呢？况且这太阳光带着红的意思，像这样炎热的白天，正是该吃马铃瓜的时候。

大约十一点钟光景，所有的东西都吃完了，连一粒遗留的瓜子也没有了，才开始翻《礼记》。翻不到二十多页，觉得眼前一闪，这句子好熟。再一细想，不就是今天的题目么！于是看下面的注解，于是写下文章的第一句。我在塾中已经成为习惯了，写了一句，再去想第二句；又写了三四句，就要一五一十地数着，看已有了多少字。这回当然也未能外此。大约有了二百字左右的时候，实在再也接不下去了，但是牌示上明明说，"不满三百字不阅，"怎么可以二百字便了呢？我并没有想到自己的文章是什么程度，但是一定要希望他们阅看，这也可说是一个不可解了。

早先缴卷的人一排一排出去了,听见洪重的开门的声音,缥缈的吹打与号炮的声音。午后的炎威与心思的焦灼使我满头身都是汗,看看那些缴了卷出去的人真像自由自在的仙人。

直到号舍里只剩两三个人,听听远处,也是悄悄的只闻鸟雀,甬道中又渐渐地昏暗起来了,我才足成了经义的一百多字,急就了一篇三百零六字的策论,又钞完了指令恭默的一节《圣谕广训》。

匆匆收拾了东西,依然两手提着,寂寂地在甬道中走。仪门早已开直,不复封锁了。我先送过了两手的东西,然后艰困地爬过这高高的门限。头门也是开着;没有吹打,没有号炮,只是寂然。我望见邻家的仆人(是我家托他来接我的)在头门的门限外向我招手,便加快地走去。他接着我的东西,又抱我过这门限。待他放下时,我觉得脚里软软的,仿佛踏在棉被上;仰首看天,昏暗而带黄色,与平日所见不同;口渴极了,心里想,我有很充分的理由,回家去要求父亲再给我买两个马铃瓜。

一九二三,九,一一。

金耳环

他听见同棚的弟兄似乎高兴地告诉他说,"席占魁,你可知道我们快要开出去么?"就仿佛有一道耀眼的金光在前面一闪。

这已是个很久的故事了:他离开了营在路上走时,总看见那些妖形怪状又怪好看的女人。他想,"真要命,惹人的东西这样多!倘若……"他再也不能清楚地想了,只觉得一阵软软的酥酥的,终于咽了几口唾沫。

有这候、他的眼光给粉白的手腕吸住了,那些手腕上戴着黄蜡蜡耀眼的东西。他想,"这一段嫩臂膊多么可爱,又戴着这金的家伙!握一握,亲一亲,应该有顶甜顶好的味儿。"这时候弯曲手指屡屡作把捏的动作,像在那里操练身的体操。

他的排长本来戴一个金戒指,在右手的中指;他也并不在意。当天气突然温暖的一个时令,一天早上上操,排长拔出长刀来指挥,却使他非常地惊异起来。那柄刀映着朝阳,晶光闪烁不定;但是那执刀的手,发出夺目的金光,灿灿的不止一道,尤其觉得庄严且宝贵。他定一定眼,自觉很有把握,并不迷眩了,才向前仔细地看。"还了得,这家伙戴了这么多的戒指，无名指上也是一个，小指头上也是一个，统共是三个！"他开始发见自己的缺点了：就是指头上一个戒指也没有。他想这必须有一个戴着才行；又想起了那些戴着戒指的粉白的手，更觉得非戴一个不可；没有戒指的手，简直不能够举起来托枪。

但是，教他从什么地方去弄一个戒指戴呢？

三年前他在家乡实在没有方法想了：几百里内的麦搁在田里，掉下来就出芽，没有人敢收，因为土匪时时出现，你若在田里收割，说不定突地飞来一颗子弹，教你跌倒在田里。他的母亲舍不得比性命还重的麦，然而又不敢径自去收割，就只有忧急的份儿。不到一个月，她老人家就急死了。他埋葬了母亲，剩下的只有空空的一双手，这怎么得了呢！后来看见离开了家乡到别处去的人越来越多，心头仿佛是，"只有这一条是活路，也出去碰碰运道罢。"在这家乡更有什么值得依依的，他想起要走时拔脚就走。

他跑了一千多里路，来到这地方，无意中遇见了一个同乡，本来有些儿认识的，现在在这地方的营里，谈起了眼前须得想个法子才行的话时，这个同乡慷慨地说，"别的法子也没有；你若要我保举，吃一分粮是拿得稳的。"他为什么不要呢？于是跟着同乡回去；请求的结果，果然得补充一名缺额。

月饷是七块大洋，这是个不小的数目，他觉得很满意。一身军服据说是前任的兵的，现在顶用，须扣还三块钱，他进营的日子是十一月五日，从一日到四日这四天作旷假论，须扣去一块钱；所以第一个月实在只得三块钱。他算了一算，依然觉得很满意,三块钱,总比一个大也没有好多了;况且下一个月就是整整的七块钱。"

但是他吃饭要钱,零用要钱,等不到发饷的日子,早已难住了。就去打听那个同乡,这怎么弄下去呢?同乡笑一笑回答他说,"你不知道,你难道要等到发饷的日子么?照规矩这个月的饷,下月的十号才发,谁有这耐性等!我们逢到十号,二十号,月底,就撮着央求的嘴脸,凑着好话,去向司务长支借,——那些日子,他已经从上头支借来了。不然,我们怎么过呢?可是你要记着,倘若丢得不在这个当口,或者嘴脸不好看一点,话说得差一点,你就借不到了,还要吃他一顿骂。"

他当然感激那个同乡的传授;大着胆子依言而行,果然借到一块钱,他觉得周身都松爽了。住下了几个月以后,又懂得了许多的事情,就一一照办。起先向司务长支借,开口是三块四块。司务长摆出公事的架子,说准规矩没有得借的;又似笑不笑地,表示他的有恩惠,说他从来不肯待亏兄弟们的,既然开了口,拿五毛钱去罢。再经恳求,再经还债,终于支借了一块两块。这样地几回之后,早已加到了七块的数目。再要开口就不漂亮了。于是背着被褥去押当;用完了,又背着不穿在身上的衣服去;也用完了,开始向各处赊欠,卖菜的那里欠两毛,烟纸店里欠三百,好在他们虽然也要追讨,答说没有却是堂而皇之的;这样延到了下月的十号,又如木桶里的鲤鱼得到倒下来的满桶的水了。他也学着火伴的办法,吃得不很好又操练得很辛苦的身体须得调养调养,手头有钱,就请军医先生开一服滋补的药。当去的被褥同衣服呢,谁高兴再去麻烦地赎出夹，爽性尽所有的钱重又买新的。

他的经济状况永久是这样子。虽然觉得手指上非戴个金戒指不可，没有戒指的手简直不能够举起来托枪，可是始终不曾想起怎样把它弄一个来戴。他怎么能够想呢？

但是，现在听见快要开出去的信息，飞快地引起了弄一个求戴的想头；又似乎手指上已经戴着这东西了，周身有一点飘飘然的样子。

他听熟了火伴们讲的关于开拔的故事，常常不很着落地想，假若能得开拔一趟多少好。"现在真个开拔了！"于是捆起才买了两个月的被袱来。

"席占魁，你干什么？"另外一个同棚的弟兄有点儿心羡，眼光直注着他的被袱。

"还不是玩那老套子么？"他含糊地回答，手里正打好绳子的结。

"我不该前几天把被袱先当了！倘若留到今天，至少好……，倒霉！"

席占魁不管这个火伴在旁边叹气，径自背着被袱走出去，觉得营里有点异样：两个三个弟兄聚集一起，不很高声地在那里讲些什么；也有急急忙忙跑出营的，正同他一样想头，也背着被袱衣服一类的东西。他暗暗告诉自己道，"这一回一定戴得成了。金光光的，套在指头上，多漂亮！"这样想时，很有劲地在街上走，犹如大检阅的时候。

粉墙上一个满墙的"当"字在他前面了，仿佛一个大大的贮钱的坛，开着盖，张着口，在那里等他。他走得更其着力,三脚两步,已来到石库门前。门里跑出三个人来,擦肩而过,带笑带骂地咕噜着。他眼角瞥见,知道是同营的。"他们还要早,好乖巧的东西!"便跨进门去,站在高高的柜台前面。

柜台里面一个小伙子正在打呵欠,用手掌拭眼泪,他从手指间窥见了进来的主顾,只作没有看见,就站起来到摆茶壶的地方斟茶去。呵欠似乎有传染性的,旁边一个老伙友随即染到了,也哈哈地打起来。同时他觉得有点倦意,便举起手来往眉目间只是抚摩。

席占魁见一个年轻的走开了,就走向老伙友的前面。看他两手尽管不放下来,未免有些不耐烦,带呼带斥地说,"不做生意么!"随把背着的被袱摔在柜台上。

老伙友觉得周身一凛;同时直觉地想,"又是北方的声音!"放下手时,"当真又是一个!"就跨开一条腿作离开坐位的姿势。但是立刻想起这样很不妙,只得默默地把跨开的腿缩了回来。勉强撮着笑脸说,"做生意,做生意,哪有不做的道理?这条被袱么?你老总预备当多少?"说着,回头来望所有在柜台里的同事,意思是表示现在被困了,正需要强有力的应援。但是所有七个同事都似乎没有听见的样子,喝茶的喝茶,按着算盘发呆的按着算盘发呆,没有一个像要出兵救援的。老伙友着了急,只有暗自诅骂这时辰的不吉利。"偏偏又来一个,偏偏落在我手里,刚才小唐打发那三个,何等不容易,他还是能言舌辩的呢!恶时辰,恶时辰……"

"二十块钱,"席占魁响朗地宣告,

"哪里当得到,"老伙友有点发抖,又轻又不联贯,说了这一句。

"当不到么？依你讲多少？"

老伙友最好不要开口，但是这当儿又不得不开口了。"平常人来当，不过八毛一块；老总们来了，格外优待，至多块八两块：我们这里向例是这样的。"

"我不管，我这条被袱要当二十块！"席占魁重实地拍着柜台上的被袱，扬起了好些尘屑，在斜来的阳光中乱舞。

老伙友似乎心定了许多了；这样的无理勒当，他觉得有纠辩的必要，虽然这重实的一拍颇有点汹汹的意思。他端相着被袱说，"这样的被袱，就是买一条新的，那里消二十块钱？老总，你要明白。你真心要当，照平日的规矩十足估计，格外优待，写了两块钱罢。"

"这老家伙！"席占魁枯黄的脸上耀着铁青的光，"你真个不答应我么？"

老伙友重又觉得眼前的情形很危险；但是口不从心，漏了一句道，"实在难以照办。"

"你不答应也不要紧。我可相信你；这被袱就留在这里，待我们的官长来向你讲话！"席占魁回转身子，向外就走。

这当儿装作没有听见的七个同事再不能旁观了，一齐赶到这老伙友的身旁，把他围着。中间账桌先生尤其发慌，连忙招手喊道，"喂，老总，要多当些，总可商量。请你回转来罢！"

"你不看他穿的是老虎皮，又不想外边的风声是怎样么？做生意不能死板的，随机应变，才是道理。"一个托着水烟袋的中年的伙友轻轻地似埋怨似教训地说。

故意避开的小唐接着说，"像我刚才打发那三个，尽同他们缠，但是没有让他们发怒而走；这原来要用足工夫，耐尽心儿的。"他的腔调颇含骄傲的意味，就是态度也有点昂昂然。

这个老伙友仿佛做了桩错事，低下了头，苍黯的脸上有些发红。

席占魁停了步，却并不转身，只回头说，"你们不答应，还商量些什么？待官长来向你们讲话就是了。"他又举足欲走，颇有点不在乎的样子。

"喂，老总，"账桌先生恳求似地喊，"当五块罢！请你回来，带了票子去。"

"五块？"席占魁觉得有点儿味道了，便又回转头来，"还差得远呢！我不高兴同你们绕圈子，干脆一句，二十块，到底肯不肯？"

"那么就是十块，"账桌先生慷慨地喊了出来。"你老总来了，才这样办，你要懂得我们的好意思。"

"戒指到手了，"席占魁心头一喜，一旋就回转身，笑着走到柜台前面说，"你们这样爽快，我倒不好一定要多少了。这样做生意才对呢。这老头儿只配吃饭，要他干什么呢！"

托着水烟袋的中年伙友凑趣说，"原是呢，他究竟年纪大了。"

另外一个伙友开了票，收藏了柜台上的被袱。账桌先生坐上位子，戴起眼镜登了簿。便从抽屉数出十块大洋来，递伙友；乘便凑近去轻轻地嘱咐道，"待他走了，马上关门停市。"他的眼光从眼镜的上面望了望柜台外的主顾，又连忙说，"再要打个电话给商团本部，请他们想法来这里保护我们。"

席占魁接了几年来从没拿得这么多的十块钱，觉得很重；相那白亮的袁世凯的侧形，又觉十二分有意思。热望的心差不多达到顶点了，他便匆忙地跨着大步奔向一家银楼；那家沿街的玻璃窗内陈列许多银铸的东西，中间有只一尺多高的杯子，常常吸住他的眼光，使他惊讶又妒忌地独语道，"他妈的，这么大这么亮的碗！"

银楼里的伙计检出戒指给他拣选时，他的指头粗，分量较轻的戒指是预备给女子戴的，统都套不上；宽大一点的男子用的，分量又重了，代价就不止十块钱；因此，拣了好一会还没有成交。他不免有点怅惘。"怎么的！怎么的！"只是乱嚷。又从伙计托着的小抽屉中检起一个纸匣子，中间是一对旧式的耳环，一端插入又一端的管子里，取其可以放宽收小。他开了盖取出一个耳环试戴，"妈的，刚刚好，"随即转动那只手，看各各的姿势。

"这不……"

席占魁没有等伙计说下去，带玩带斥地说，"你有这刚刚好的戒指，为什么藏着不早点拿出来？"

伙计也就不说了；随意回答一句，做成了这笔交易。

席占魁在回营的途中，与来时又不相同了：他松松地握着拳；两臂前后动荡，觉得增了许多力气，尤其是右臂。他看路上的人个个都注意他的右手，又羡慕，又惊讶，便感得一种酒醉似的快感，使两手的动荡更为出劲。当一个女人现在他的眼前时，不免迷糊地这么想，"喂，女人……今天……金戒指……他妈的……"

他回营里,一个同棚的弟兄,刚才没有见他出去的,问道,"你到哪里去了?"

"还不是玩那老套子么?"他又含糊地回答。但是马上举出右手来夸耀地说,"你看这东西怎样?"

这个火伴望一望他的铺上,说,"你把被袱买了这东西么?好捣蛋的家伙!可是,不用买只消检的日子就在后头了。一两个算得什么,要检起码检十个八个;顺手一点,就得检它一大串!"

"你讲的是开出去的事情么?"

"照呵!刚才听他们讲,命令明天就下了。"

"不真个开火吧?"

"怎么不真个开火?听他们讲,碧庄那地方上礼拜就开火了。火车不能直开到碧庄,我们得在玉冈下车,再跑到前线去。"

"可怕呢!"席占魁完全把手指上的戒指忘却了,茫然的恐惧从他的心头透出芽来。

"怕也没法,吃这碗饭就得当这项差使,"这一火伴受了他的传染了,声调很不振作。

默默地一会,席占魁自作宽慰道,"什么都靠着运道;我今年的运道还不坏,枪子炮弹不一定会找到我的。"他说着,心想这意思千真万确,一点不错。

"你讲运道,"这火伴如解松了一重束缚,"谁都不能预先知道;可是,谁都能有碰到好运道的巴望。明天开出去,我们的好运道就来了，那也说不定。我们打败了那面的人，我们冲过去（他的声音渐渐洪亮而有力，手握着拳，伸击助势），夺了他们的地方，就什么都是我们的了！"

"不错，到这地步，什么都是我们的了！"席占魁听熟又想惯了的"破城明取，三天封刀"的话，不绝地在他脑中闪现，恐惧心只得避开了；他于是得意地举起手来，看那新戴上的代用戒指。

明天也是很好的天气，席占魁的全营人果真开拔了。乌黑的枪管在阳光中发亮；腰间的水瓶同珐琅杯击触有声，应响着错落不齐的步调。他们的脸上大概是没有表情的，看不出什么哀愁，也看不出什么高兴，只是茫然地寂然地前进而已。他们的家远在几百里或一二千里之外，当然没有携老扶幼来送行的；尤其是席占魁，便在家乡动身，也没有什么人来送行了。要是不然，他们至少要掉几点眼泪呢。他们又不生在鼓励战死的国度里，队伍经过时，路旁的观者只默不作声，惶恐地站着。要是不然，狂热的呼喊，鲜花的赠与，妇女的慷慨地接吻，他们至少要感动得周身活跃呢。

队伍上了火车，车就开了。绿意弥漫的原野在两旁平转；时时有一丛深树或翠竹一闪而过，标识这里有村落在着：曲折的小河细得像衣带，在远处地方发亮。这真是诗趣的境界！但是，弟兄们没有吟过什么诗，并不稀罕那些。他们各怀着自己也说不清的心情，外面却依然随口骂人，谈这个，说那个，同平日相仿。小部分的人给火车的颤动弄得倦了，眼睛才又阖地，在那里打磕睡。

席占魁坐在车箱的角里，也朦胧了好些时了。车身的突然停止使他张开眼来，惘然问身旁的火伴道，"什么地方了？"

这时候差不多大家站了起来，收拾随带的东西，他身旁的火伴正背上先前卸下来的背囊，回答他道，"到玉冈了。"

"阿，玉冈！"席占魁眼前一昏，心口跳得厉害，几乎坐不住的样子。又闭了闭眼睛，才觉得因为可怕的缘故。

其实玉冈距离正在开火的碧庄还有三十里呢：只有轻雷一般的炮声从风中送来，至于危险，可说一点没有。他跟着大队跑近前线，炮声越来越响了，清脆的枪弹声也渐渐地清楚了，淡淡的白烟也看见了，心头反而一步步平静下来；同时仿佛觉得前头正玩着有趣的戏法，颇怀一种看个明白的兴趣。直到散开了队伍，掘临时壕沟，作第三道防线，他的身体坐在壕沟中时，恐怖心生了双翅飞开得远远了。头上是明蓝的天；初秋的阳光斜照这脑后觉得很熟；刺鼻的是泥土的气息；炮声枪声同京和四和子一样地发出些声音，不过腔调不同罢了：这些有什么可怕呢？他于是摸出留在衣袋里的纸烟，点火吸着。一会儿又取刚才领到的面包同牛肉，张开了口大嚼起来。觉得渴了，便倒出水瓶里的水来润喉。以前在营里的日子从没有这样舒服过。

前面第一道壕沟抵御很得力，对面的人一点没有法想。他在后头不用开枪，自有炮队在那里远远攻击，并且回敬对面的炮。他没有事做，便哼起《鲜鲜花》来，"鲜鲜的花儿真好香，香香的姑娘……"

从七千尺的高空掉下一个炸裂弹，正落在这新掘的壕沟里。轰然一声，土块同铁片急激地四面飞射。

一阵的尘灰消散时，离壕沟七八尺远有一条炸断的手臂，断处渍着一滩紫黑的血，皮色灰白，瘦瘪得可怜。这只手的中指上套着个金耳环，在夕阳光中闪耀着。

一九二四，一一，一二。

潘先生在难中

一

车站里挤满了人，各有各的心事，都现出异样的神色，脚夫的两手插在号衣的袋里，睡着一般地站着；他们知道可以得到特别收入的时间离得还远，也犯不着老早放出精神来。空气沉闷得很，人们略微感到呼吸的受压迫，大概快要下雨了。电灯亮了一歇了，仿佛比平时昏黄一点，望去好像一切的人物都在雾里梦里。

揭示处的黑漆版上标明西来的快车须迟到四点钟，这个报告在几点钟以前早就教人家看熟了，现在便同风化了的戏单一样，没有一个人再望一眼。像这种报告，在这一个礼拜里，几乎每天每趟的行车都有；所以本来是难得的事情，大家也习以为当然了。

不知几多人心系着的来车居然到了，闷闷的一个车站就一变而为扰扰的境界。来客的安心，候客者的快意，以及脚夫的小小发财，我们且都不提。单讲一位从让里来的潘先生。他当火车没有驶进站场之先，早已调排得十分周妥：他领头，右手提着个黑漆皮包，左手牵着个七岁的孩子；七岁的孩子牵着他的哥哥（今年九岁）；哥哥又牵着他的母亲，潘师母。潘先生说人多照顾不齐，这么牵着，首尾一气，犹如一条蛇，什么地方都好钻了。他又屡次叮嘱，教大家握得紧紧，切勿放手；尚恐大家万一忘了，又屡次摇荡他的左手，意思是教把这警告打电报一般一站站递过去。

首尾一气诚然不错，可是也不能全乎没有弊端。火车将停时，所有的客人和东西都要涌向车门，潘先生一家的一条蛇是有点"尾大不掉"了。他用黑漆皮包做前锋，胸腹部用力向前抵，居然进展到距车门只两个窗洞的地位。但是他的七岁的孩子还在距车门四个窗洞的地方，被挤在好些客人和坐椅的中间，一动不能动，两臂一前一后，伸得很长，前后的牵引力都很大，似乎快要把臂膊拉了去的样子。他急得直喊："阿！我的臂膊！我的臂膊！"

一些客人听见了带哭的喊声，方才知道腰下挤着个孩子；留心一看，见他们四个人一串，手联手牵着。一个客人呵斥道："赶快放手；要不然，把孩子拉做两半了！"

"怎么弄的，孩子不抱在手里！"又一个客人鄙夷的声气自语，他一方面仍注意在攫得向前进行的机会。

"不，"潘先生心想他们的话不对的，牵着自有牵着的妙用；再转一念，妙用岂是人人能够了解的，向他们辩白，也不过徒劳唇舌，不如省些精神罢：就把以下的话咽了下去。而七岁的孩子还是"臂膊！臂膊！"喊着，潘先生前进后退都没有希望，只得自己失约，先放了手。随即惊惶地发命令道，"你们看着我！你们看着我！"

车轮一顿，在轨道上立定了；车门里弹出去似地跳下许多的人。潘先生觉得前头松动了些；但是后面的力量突然增加，他的脚作不得一点主，只得向前推移；要回转头来招呼自己的队伍，也不得自由，于是对着前头的人的后脑叫喊："你们跟着我！你们跟着我！"

他居然从车门里被弹出来了。旋转身子看，后面没有他的儿子同夫人。心知他们还挤在车中，守住车门老等总是稳当的办法。又下来了百多人，方才看见脚踏上人丛中现出七岁的孩子的上半身，承着电灯光，面目作哭泣的形相。他走前去，几次被跳下来的客人冲回，才用左臂把孩子抱了下来。再等了一歇，潘师母同九岁的孩子也下来了；她吁吁地呼着气，连喊"阿唷，阿唷，"凄然的眼光相着潘先生的脸，似乎乞求抚慰的孩子。

潘先生到底镇定，看见自己的队伍全下来了，重又发命令道："我们仍旧同刚才这样联起来。你们看月台上的人这么多，收票处又挤得厉害，不是联着，就要走散了！"

七岁的孩子觉得害怕，拦住他的膝头说："爸爸，抱。"

"没用的东西！"潘先生颇有点愤怒，但随即耐住，蹲下身子把孩子抱了起来。同时关照大的孩子拉着他的长衫的后幅，一手要紧紧牵着母亲，因为他自己一只手也没得空了。

潘师母向来不曾受过这样的困累，好容易下了车，却还有可怕的拥挤在前头，不禁发怨道："早知道这样子，宁可死在家里,再也不要逃难的了!"

"悔什么!"潘先生一半发气,一半又觉得怜惜。"到了这里,懊悔也是没用。并且,性命到底安全了。走罢,当心脚下。"于是四个一串向人丛中蹒跚地移过去。

一阵的拥挤,潘先生如在梦里似的,出了收票处的隘口。他仿佛急流里的一滴水滴,没有回旋侧向的馀地,只有顺着大众的势,脚不点地地走。一会儿,已经出了车站的铁栅栏,跨过了电车轨道,来到水门汀的旁路上。慌忙地回转身来,只见数不清的给电灯光耀得发白面孔以及数不清的提箱与包裹,一齐向自己这边来,忽然觉得长衫后幅上的小手没了,不知什么时候放了的,心头惆怅到不可说,只无意识地把身子乱转。转了几回,一丝影踪也没有,家破人亡之感立时袭进他的心门,禁不住渗出两滴眼泪来,望出去电灯人形都有点模糊了。

幸而抱着的孩子眼光敏锐,他瞥见母亲的疏疏的额发,便认识了,举起手来指点道:"妈妈,那边。"

潘先生一喜,但是还有点不大相信,眼睛凑近孩子的衣衫擦了擦,然后望去。搜寻了一歇,果然看见他的夫人呆鼠一般在人群中瞎撞,前面护着那大的孩子,他们还没有跨过电车轨道呢。他便向前迎上去连喊着"阿大",把他们引到刚才站定的旁路上。于是放下手中的孩子,舒畅地吐一口气,一手抹着脸上的汗说:"现在好了!"的确好了,只要跨出那一道铁栅栏,就有人保着险,什么兵火焚掠都遭遇不到;而已经散失的一妻一子,又幸福得很,一寻即着:岂不是四条性命,一个皮包,都从毁灭和危难的当中检了回来么?岂不是"现在好了?"

"黄包车！"潘先生很入调地喊着。

车夫们听见了，一齐拉着车围拢来，问他到什么地方。

他昂起一点头，似乎增加好几分威严，伸出两个指头扬着说："只消两辆！两辆！"他想了一想，续说："十个铜子，四马路，去的就去！"这分明表示他是个"老上海"。

辩论了好一会，终于讲定十二个铜子一辆。潘师母带着大的孩子坐一辆，潘先生带着小的孩子同黑漆皮包坐一辆。

车夫刚欲拔脚前奔，一个背枪的印度巡捕一臂在前面一横，只得缩住了。小的孩子看这个人的形相可怕，不由得回过脸来，贴着父亲的胸际。

潘先生领悟了，连忙解释道，"不要害怕，那就是印度巡捕，你看他的红包头。我们因为本地没有他，所以要逃到这里来；他背着枪保护我们。他的胡子很好玩的，你可以看一看，同罗汉的胡子一个样子。"

孩子总觉得怕，便是同罗汉一样的胡子也不想看。直到听见当当的声音，才从侧边斜睨过去，只见很亮很亮的一个房间一闪就过去了；那边一家家都是花花灿灿的，都点得亮亮，他于是不再贴着父亲的胸际。

到了四马路，一连问了八九家旅馆，都大大的写着客满的牌子；而且一望而知情商也没有用，因为客堂里都搭起床铺，可知确实是住满了。最后到一家也标着客满，但是一个伙计懒懒地开口道："找房间么？"

"是找房间，这里还有么？"一缕安慰的心直透潘先生的周身，仿佛到了家的样子。

"有是有一间，客人刚刚搬走，他自己租了房子了。你先生若是迟来一刻，说不定就没有了。"

"那一间就是我们住好了。"他放了小的孩子，回身去扶下夫人同大的孩子来，说："我们总算运气好，居然有房间住了！"随即付车钱，慷慨地照原价加上一个铜子；他相信运气好的时候多给人一些好处，以后好的运气回继续而来的。但是车夫却不知足，说跟着他们回来回去走了这多时，非加上五个铜子不可。结果旅馆里的伙计出来调停，潘先生又多破费了四个铜子。这房间就在楼下，有一个床，一盏电灯，一桌，两椅，此外就只有烟雾一般的一间的空气了。潘先生一家跟着茶房走进去时，立刻闻到刺鼻的油腥味，中间又混着阵阵的尿臭。潘先生不快地自语道："讨厌的气味！"随听见隔壁有食料投下油锅的声音，才知道原是一间厨房。再一思想，气味虽讨厌，究比吃枪子睡露天好多了；也就觉得没有什么，舒舒泰泰在一张椅子上坐下。

"用晚饭吧？"茶房摆下皮包回头问。

"我要吃火腿汤淘饭，"小的孩子咬着指头说。

潘师母马上对他看个白眼，凛然说："火腿汤淘饭，是逃难呢，有得吃就好了。还要这样那样点戏！"

大的孩子也不懂看看风色，央着潘先生说："今天到上海了，你可给我吃大菜。"

潘师母竟然发怒了，她回头呵斥道："你们都是没有心肝的，只配什么也没得吃，活活地饿……"

潘先生有点儿窘，却作没事的样子说："小孩子懂得什么。"便吩咐茶房道:"我们在路上吃了东西了,现在只消来两客蛋炒饭。"

茶房似答非答地一点头就走,刚出房门,潘先生又把他喊回来道:"带一斤绍兴,一毛钱熏鱼来。"

茶房的脚声听不见了,潘先生舒快地对着潘师母道:"这一刻该得乐一乐,喝一杯了。你想,从兵祸凶险的地方,来到这绝无其事的境界,第一件可乐。刚才你们忽然离开了我,找了半天找不见,真把我急得要死了;倒是阿二乖觉(他说着,把阿二拖在身边,一手轻轻地拍着),他一眼便看见了你,于是我迎上来,这是第二件可乐。乐哉乐哉,陶陶的一杯。"他作举杯就口的样子,迷迷地笑着。

潘师母不响,她正想着家里呢。细软的虽然已经带在皮包里以及寄到教堂里去了,但是留下的东西究竟还不少。不知王妈到底可靠不可靠;又不知隔壁那家穷人家会不会知晓他们一家统出来了,只剩个王妈在家头看守;又不知王妈睡觉时,要不要忘记关上一扇门或是一扇窗。她又想起院子里的三只母鸡,没有做完的阿二的裤子,厨房里的一碗白鸭……真同通了电一般,一刻之间,种种的事情都涌上心头,觉得异样地不舒服;便叹口气道:"不知弄到怎样呢!"

两个孩子都怀着失望的心情,茫昧地觉得这样的上海没有平时父亲嘴里的上海来得好玩而有味。

疏疏的雨点从窗外洒进来,潘先生站起来说:"果真下雨了,幸亏在这住下,"就把窗关上。突然看见本来给窗子掩没的《旅客须知单》,他便想起一件顶紧要的事情,一眼不眨地直注着那单子看。

"不折不扣,两块!"他惊讶地喊。回转头时,眼球瞪视着潘师母,一段舌头从嘴里伸了出来。

二

明天早上,走廊中茶房们正蜷在几条长凳上熟睡,狭得止有一条的天井上面很少有晨光透下来,几许房间里的电灯还是昏黄地亮着。但是潘先生夫妇两个已经在那里谈话了;两个孩子希望今天的上海或许比昨晚的好一点,也醒了一歇了,只因父母教他们再睡一会,所以还躺在床上,彼此呵痒为戏。

"我说你一定不要回去,"潘师母焦心地说。"这报纸上的话,知道它靠得住靠不住的。既然千难万难地逃了出来,哪有立刻又回去的道理!"

"料是我早先也料到的。顾局长的脾气就是一点不肯马虎。'地方上又没有战事,学自然照常要开的,'这句话确然是他的声口。这个通信员我也认识,就是教育局里的职员,又哪里会靠不住?回去是一定要回去的。"

"你要晓得,回去危险呢!"潘师母凄然地说。"说不定三天两天他们就会打到我们那地方去,你就回去开学,有什么学生来念书?就是不打到我们那地方,将来教育局长怪你为什么不开学时,你也有话回答。你只要问他,到底性命要紧还是学堂要紧?他也是一条性命,想来决不会对你过不去。"

"你懂得什么!"潘先生颇怀着鄙薄的意思。"这种话只配躲在家里，伏在床角里，由你这种女人去说：你道我们也说得出口的么！你切不要拦阻我（这时候他已转为抚慰的声调），回去是一定要回去的；但是决定没有一点危险，我自有保全自己的法子。而且（他自喜心思的灵捷，微微笑着），你不是很不放心家里的东西么？我回去了，就可以自己照看，你也得定心定意住在这里了。等到时局平定了，我马上来接你们回去。"

潘师母知道丈夫的回去是万无挽回的了。回去能得照看东西固然很好；但是风声这样地紧，一去之后，犹如珠子抛在海里，谁保得定必能捞回来呢！生离死别的哀感涌上她的心头，再不敢正眼看她的丈夫，眼泪早在眼角边偷偷地想跑出来了。她又立刻想起这不大吉利，现在并没有什么不好的事情，怎能凄惨地流起泪来。于是勉强忍住，聊作自慰的请求道："那么你去看看情形，假使教育局长并没有照常开学这句话，如还来得及，你就趁了今天下午的车来，不然，趁了明天的早车来。你要知道（她到底忍不住，一滴眼泪落在手背，立刻在衫子上擦去了），我不放心呢！"

潘先生心里也着实有点烦乱，局长的意思照常开学，自己万无主张暂缓开学之理，回去当然是天经地义，但是又怎么放得下这里！看他夫人这样的依依之情，决计一走，未免太没有恩义。又况一个女人两个孩子都是很懦弱的，一无依傍，寄住在外边，怎能断言决没有意外？他这样想时，不禁深深地发恨：恨这人那人，调兵遣将，预备作战，恨教育局长主张照常开课，又恨自己，没有个已经成年，可以帮助一臂的儿子。

但是他究竟不比女人，他更从利害远近种种方面着想，觉得回去终于是天经地义。便把恼恨搁在一旁，脸上也不露一毫形色，顺着夫人的口气点头道："假若打听明白局长并没有这意思，依你的话，就趁了下午的车来。"

两个孩子约略听得回去和再来的话，小的就伏在床沿作娇道："我也要回去。"

"我同爸爸妈妈回去，剩下你独个住在这里，"大的孩子扮着鬼脸说。

小的听着，便迫紧喉咙喊作啼哭的腔调，小手擦着眉眼的部分，但眼睛里实在没有眼泪。

"你们都跟着妈妈留在这里，"潘先生提高了声音说。"再不许胡闹了，好好儿起来待吃早饭罢。"说罢，又嘱咐了潘师母几句，径出雇车，赶往车站。

模糊地听得行人在那里说铁路已断火车不开的话，潘先生想，"火车如果不开，倒死了我的心，就是立刻免职也只得由他了。"同时又觉得这消息很使他失望；因想他若是运气好，未必会逢到这等失望的事，那么行人的话也未必靠。欲决此疑，只希望车夫三步并作一步跑。

他的运气诚然不坏，赶到车站一看，并没有火车不开的通告；揭示处只标明夜车要迟四点钟才到，这一刻还没有到呢。买票处绝不拥挤，时时有一两个人前去买票。聚在站中的人却不少，一半是候客的，一半是为看看来的，也有带着照相器具的，专等夜车到时摄取车站拥挤的情形，好作将来《风云变幻史》的一页。行李房满满地堆着箱子铺盖，各色各样，几乎碰到铅皮的屋面。

他心中似乎很安慰,又似乎有点儿惆怅,顿了一顿,终于前去买了张三等票,就走入车箱里坐着。晴明的阳光照得一车通亮,温温地不嫌燠热;坐位很宽舒,就是勉强要躺躺也可以。他想,"这是难得逢到的。倘若心里没有事,真是趟愉快的旅行呢。"

这趟车一路耽搁,听候军人的命令,等待兵车的通过。直到抵达让里,已是下午三点过了。潘先生下了车,急忙赶到家,看见大门紧紧关着,心便一定,原来昨天再四叮嘱王妈的就是这一件。扣了十几下,王妈方才把门开了。一见潘先生,出惊地说:"怎么,先生回来了!不用逃难了么?"

潘先生含糊回答了她;奔进里面四周一看,便开了房门的锁,闯进去上上下下左右打量着。没有变更,一点没有变更,什么都同昨天一样。于是他吊起的一半心放下来了。还有一半心没放下,便又锁上房门,回身出门;吩咐王妈道:"你照旧好好把门关上了。"

王妈摸不清头绪,关了门进去只是思索。她想主人们一定就住在本地,恐怕她也要跟了去,所以骗她说逃到上海去。"不然,怎么先生又回来了?奶奶同两个孩子不一同来,又躲在什么地方呢?但是,他们为什么不让我跟了去?这自然嫌得人多了不好。——他们一定就住在那洋人的红房子里,那些兵都讲通的,打起仗来不打那红房子。——其实就是老实告诉我,要我跟了去,我也不高兴呢。我在这里一点也不怕;如果打仗打到这里来,横竖我的老衣早做好了。"她随即想起甥女儿送她的一双绣花鞋真好看,穿了这鞋子上西方,阎王一定另眼相看；于是她感到一种微妙的舒快，不复想那主人究竟在哪里的问题。

潘先生出门，就去访那当通信员的教育局职员，问他局长究竟有没有照常开学的意思。那人回答道："怎么没有？他还说有一些教员只顾逃难，不顾职务，这就是表示教育的事业不配他们干的；乘此淘汰一下也是好处。"潘先生听了，仿佛觉得一凛；但又赞赏自己的有主意，决定回来到底是不错的。一口气奔到自己的学校里，提起笔来就草送给学生家属的通告。意思是说兵乱虽然可虑，子弟的教育犹如布帛菽粟，是一天一刻不可废离的，现在暑假期满，我校照常开学。从前欧洲大战的时候，他们天空里布着御防炸弹的网，下面学校里却依然在那里上课：这种非常的精神，我们应当不让他们专美于前。希望家长们能够体谅这一层意思，如无其事地依旧把子弟送来：这不但是家庭和学校的益处，实也是地方和国家的荣誉。

他起完这草，往复看了三遍，觉得再没有可以增损，局长看见了，至少也得说一声"先得我心"。便得意地誊上蜡纸，又自己动手印刷了百多张，命校役向一个个学生家里送去。公事算是完毕了，开始想到私事：既要开学，上海是去不成了，他们母子三个住在旅馆里怎么弄得下去！但也没有办法，惟有教他们一切留意，安心住着。于是蘸着刚才的残墨写寄与夫人的信。

明天，他从茶馆里得到确实的信息，铁路真个不通了！他心头突然一沉。似乎觉得最亲热的一妻两儿忽地乘风飘去，飘得很远，几至于渺茫。没精没采地踱到学校里，校役回报昨天的使命道："昨天出去派通告，有二十多家是关上大门的，打也打不开，只好从门缝里插了进去。有三十多家只有佣人在家里，主人逃到上海去了，孩子当然跟着去，不一定几时才能回来念书，其馀的都说知道了；有的又说性命还保不定安全，读书的事情再说罢。"

"哦，知道了。"潘先生并不留心在这些上边，更深的忧虑正萦绕于心曲。抽完了一枝香烟以后，应走的路途决定了，便赶到红十字会分会的办事处。

他缴纳会费愿做会员；又宣言自己的学校房屋还宽阔，也愿意作为妇女收容所，到万一的时候收容妇女。这是慈善的举措，当然受热诚的欢迎，更兼潘先生本来是体面的大家知道的人物。办事处就给他红十字的旗子，好在学校门前张起来；又给他红十字的徽章，标明这是红十字会的一员。

潘先生接旗子和徽章在手，如捧着救命的神符，心头起一种神秘的快慰。"现在什么都安全了！但是……"想到这里，便笑向办事处的职员道："多给我一面旗，几个徽章罢？"他的理由是学校还有个侧门，也得张一面旗，而徽章这东西不很大，恐怕偶尔遗失了，不如多拿几个备在那里。

办事员向他说笑话，这东西又不好吃的，拿着玩也没什么意思，多拿几分仍旧只作一个会员，不如不要多拿罢。但是终于依他的话给了他。

两面红十字旗立刻在新秋的轻风中招展着，可是学校的侧门上并没有，原来移到潘先生家的大门上去了。一枚红十字徽章早已跳上潘先生的衣襟，闪耀着慈善庄严的光，给与潘先生一种新的勇气。其馀几枚呢,潘先生重重包裹着,藏在贴身小衫的一个口袋里。他想,"一个是她的,一个是阿大的,一个是阿二的。"虽然他们离处在那渺茫难接的上海,但是仿佛给他们加保了一重稳当可靠的险,他们也就各各增加一种新的勇气。

三

碧庄地方两军开火了!

让里的人家很少有开门的,店铺自然更不用说,路上时时有兵士经过。他们快要开拔到前方去,觉得最高的权威附灵在自己的身上,什么东西都不在眼里,只要高兴提起脚来踏,总可踏做泥团踏做粉。这就来了拉夫的事情:恐怕被拉的人乘隙脱逃,便用长绳一个联一个缚着臂膊,几个弟兄在前,几个弟兄在后,一串一串牵着走。因此,大家对于出门这事都觉得危惧,万不得已时,也只从小巷僻路走,甚至佩有红十字徽章如潘先生之辈,也不免怀着戒心,不敢大模大样地踱来踱去。于是让里的街道见得清静且宽阔起来了。

上海的报纸好几天没有来。本地的军事机关却常常有前方的战报公布出来,无非是些"敌军大败,我军进攻若干里"的话。街头巷口贴出一张新鲜的来时,慢慢聚集,也有好些人注目看看。但大家看罢以后依然不能定心,好似这布告的背后还伏着许多的话,于是怅怅地各自散了,眉头照旧皱着。

这几天潘先生无聊极了。最难堪的,自然是妻儿的远离,而且不通消息，而且似乎有永远难通的朕兆。次之便是自身的问题，"碧庄冲过来只一百多里路，这徽章虽说有用处，可是没有人写过笔据，万一没有用，又向谁去说话？——枪子炮弹劫掠放火都是真家伙，不是耍的，到底要多打听多走门路才行。"他于是这里那里探听前方的消息，只要这消息与外间传说的不同，便觉得真实的分数越多，即根据着盘算对于自身的利害。街上如其有一个人神色仓皇急忙行走时，他便突地一惊，以为这个人一定探得确实而又可怕的消息了；只因与他不相识，"什么！"一声就在喉际咽住了。

红十字会派人在前方办理救护的事情，常有人附着兵车同来，要打听消息自然最可靠了。潘先生虽然是个会员，却不常到办事处去探听，以为这样就对公众表示胆怯，很不好意思。然而红十字会究竟是可以得到真消息的机关，舍此他求未免有点傻，于是每天傍晚，到姓吴的办事员家里打听去。姓吴的告诉他没有什么，或者说前方抵住在那里，他才透了口气回家。

这一天傍晚，潘先生又到姓吴的家里，等了好久，姓吴的才从外面走进来。

"没有什么罢？"潘先生急切地问。"照布告上说，昨天正向对方总攻击呢。"

"不行，"姓吴的忧愁地说；但随即咽住了，捻着唇边仅有的几根二三分长的髭须。

"什么！"潘先生心头突地跳起来，周身有种拘牵不自由的感觉。

姓吴的悄悄地回答，似乎防着人家偷听了去的样子，"确实的消息,正安(距碧庄八里的一个镇)今天早上失守了!"

"啊!"潘先生发狂似地喊出来。顿了一顿,回身就走,一壁说道:"我回去了!"

路上的电灯似乎特别昏暗,背后又仿佛有人追赶着的样子,惴惴地,歪斜地急步赶到了家,叮嘱王妈道,"你关着门就可安睡,我今夜有事,不回来住了。"他看见衣橱里有件绉纱的旧棉袍,当时没有收拾在寄出去的箱子里,丢了也可惜;又有孩子的几件布夹衫,仔细看实在还可以穿穿;又有潘师母的一条旧绸裙,她不一定舍得便不要它;便胡乱包在一起,提着出门。

"车!车!福星街红房子,一毛钱。"

"哪里有二毛钱的?"车夫懒懒地说。"你看这几天路上有几辆车?不是拼死寻饭吃的,早就躲起来了。随你要不要,三毛钱。"

"就是三毛钱,"潘先生迎上去,跨上脚踏坐稳了,"你也得依着我,跑得快一点!"

"潘先生,你到哪里去?"一个姓黄的同业在途中瞥见了他,立定了问。

"哦,先生,到那边……"潘先生失措地回答,也不辨这是谁的声音;忽然想起回答他实是多事,——车轮滚得绝快,那个人决不至于赶上来再问,——便缩住了。

红房子里早已住满了人,大都是十天以前就搬来的,儿啼人语,灯火这边那边亮着,颇有点热闹的气象。主人翁相见之后,说"这里实在没有馀屋了。但是先生的东西都寄在这里,却也不好拒绝。刚才有几位匆忙地赶来，也因不好拒绝，权且把一间做饭吃的厢房给他们安顿。现在去同他们商量，总可以多插你先生一个。"

"商量商量总可以，"潘先生到了家一般地安慰，"况且在这的时候。我也不预备睡觉，随便坐坐就得了。"

他提着包里跨进厢房的当儿，疑惑自己受惊太厉害了，眼睛生了翳，因而引起错觉。但是闭了一闭再张开来时，所见依然如前，这靠窗坐着，在那里同对面的人谈话，上唇翘起两笔浓须的，不就是教育局长么？

他顿时踌躇起来，已跨进去的一只脚想要缩出来，又似乎不大好。那局长也望见了他，尴尬脸上故作笑容说，"潘先生，你来了，进来坐坐。"主人翁听了，知道他们是相识的，转身自去。

"局长先在这里了。还方便罢，再容一个人？"

"我们只三个人，当然还可以容你。我们带着席子；好在天气不很凉，可以轮流躺着歇歇。"

潘先生觉得今晚的局长特别可亲，全不同平日那副庄严的神态，便忘形地直跨进去说："那么不客气，就要陪三位先生过一夜了。"

这厢房不很宽阔。地上铺着一张席，一个戴眼镜的中年人坐在上面，略微有疲倦的神色，但绝无欲睡的意思。锅灶等东西贴着一壁。靠窗一排摆着三只凳子，局长坐一只，头发梳得很光的二十多岁的人，局长的表弟，坐一只，一只空着。那边的墙角有一只柳条箱，三个衣包，大概就是三位先生带来的，仅仅这些，房里已没有空地了。电灯的光本来很弱，又蒙上了一层灰尘，照得房里的人物都昏黯模糊。"

潘先生也把衣包摆在那边的墙角，与三位的东西合伙。回过来谦逊地坐上那只空凳子。局长给他介绍了自己的同伴，随说："你也听到了正安的消息么？"

"是呀，正安。正安失守，碧庄未必靠得住呢。"

"大概这方面对于南路很疏忽，正安失守，便是明证。那方面从正安袭取碧庄是最便当的，说不定此刻已被他们得手了。要是这样，不堪设想！"

"要是这样，这里非糜烂不可！"

"但是，这方面的杜统帅不是庸碌无能的人，他是著名善于用兵的，大约见得到这一层，总有方法抵当得住。也许就此反守为攻，势如破竹，直捣那方面的巢穴呢。"

"但得这样，战事便收场了，那就好了！——我们办学的就可以开起学来，照常进行。"

局长一听到办学，立刻感得自己的尊严，捻着浓须叹道："别的不要讲，这一场战争，大大小小的学生吃亏不小呢！"他把坐在这间小厢房里的局促不舒的感觉遗忘了，仿佛堂皇地坐在教育局的办公室里。

坐在席上的中年人仰起头来含恨似地说："那方面的朱统帅实在可恶！这方面打过去，他抵抗些什么，——他没有不终于吃败仗的。他若肯漂亮点儿让了，战事早就没有了。"

"他是傻子，"局长的表弟顺着说，"不到尽头不肯死心的。只是连累了我们，这当儿坐在这又暗又窄的房间里。"他带着玩笑的神气。

潘先生却想念起远在上海的妻儿来了。他不知他们可安好，不知他们出了什么乱子没有，不知他们此刻已经睡了不曾，抓既抓不到，想家也极模糊；因想自己的被累要算最深重了，凄然望着窗外的小院子默不作声。

"不知到底怎样呢！"他又转想到那个可怕的消息以及意料所及的危险，不自主地吐露了这一句。

"难说，"局长表示富有经验的样子说。"用兵全在这一个机，机是刻刻变化的，也许竟不被我们所料，此刻已……所以我们……"他对着中年人一笑。

中年人，局长的表弟同潘先生三个已经领会这一笑的意味；大家想坐在这地方总不至于有什么，也各安慰地一笑。

小院子里长满了草，是蚊虫同各种小虫的安适的国土。厢房里灯光亮着，它们齐向那里飞去。四位怀着惊恐的先生就够受用了；扑头扑面的全是那些小东西，蚊虫突然一针，痛得直跳起来。又时时停语侧耳，惶惶地听外边有没有枪声或人众的喧哗。睡眠当然是无望了，只实做了局长所说的轮流躺着歇歇。

明天清晨，潘先生的眼球上添了几缕红丝；风吹过来，觉得身上很冷。他急欲知道外面的情形，独个闪出红房子的大门。路上同平时的早晨一样，街犬竖起了尾巴高兴地这头那头望，偶尔走过一两个睡眼惺忪的人。他走过去，转入又一条街，也不听见什么特别的风声。回想昨夜的匆忙情形，不禁心里好笑。但是再转一念，又觉得实在并无可笑，小心一点总比冒险好。

二十馀天之后,战事停止了。大众点头自慰道:"这就好了,只要不打仗,什么都平安了!"但是潘先生还不大满意,铁路还没有通,不能就把避居上海的妻儿接回来。信是来过两封了,但简略得很,比较不看更教他想念。他又恨自己到底没有先见之明;不然,这一笔冤枉的逃难费可以省下,又免得几十天的孤单。

他知道教育局里一定要提到开学的事情了,便前去打听,跨进招待室,看见局里的几个职员在那里裁纸磨墨,像是办喜事的样子。

一个职员喊出来道:"巧得很,潘先生来了,你写得一手好颜字,这个差就请你当了罢。"

"这么大的字,非得潘先生写不可,"其馀几个人附和着。

"写什么东西?我完全茫然。"

"我们这里正筹备欢迎杜统帅凯旋的事务。车站的两头要搭起对对的四个彩牌坊,让统帅的花车在中间通过。现在要写的就是牌坊上的几个字。"

"我哪里配写这上边的字。"

"当仁不让,""一致推举,"几个人一哄地说;笔杆便送到潘先生的手里。

潘先生觉得这当儿很有点滋味,接了笔便在墨盆里蘸墨汁。凝想一下,提起笔来在蜡笺上一并排写"功高岳牧"四个大字。第二张写的是"威镇东南"。又写第三张,是"德隆恩溥"。——他写到"溥"字,仿佛觉得许多的影片,拉夫，开炮，烧房屋，淫妇人，菜色的男女，腐烂的死尸，在眼前一闪。

旁边看写字的一个人赞叹说："这一句更见恳切。字也越来越好了。"

"看他对上一句什么，"又一个说。

一九二四，一一，二七。

外国旗

虽然交了秋，天气还不肯凉下来，一望之间的田稻都被炙得带着干焦的意思，一点没有风。几朵淡云似乎系住在远处的树顶上，动也不动。跨河的大环桥倒映在水里，合成个圆镜的模样，那镜面空明透亮。

非常寂静，也没有远处的嚣声送过来；如其偶尔有一条黄狗叫几声，或者有一个孩子啼哭，那音响异样清楚，央央地如在一个大空坛里。

这不是全镇沉在平安的底里么？但是殊不然。只消看那桥边泊着一只方篷阔身的航船，就知这镇上的人心怎样地不平安了。那航船上一个舟子都没有；篷侧的板窗完全明着，从前面望进去，只见一舱的黑暗；与船身等长的木桅杆搁在篷顶，系帆的索子散乱地垂到船梢。

"又没有开！"寿泉赶到桥边一望，自言自语地说。"一连五天了，势头总有点不妙。听了我的话，现在也就安心了。女人最没有办法，要她安逸，倒像教她吃毒药，死也不肯相信！"他这样想，觉得他的女人实在可恨。

他没精没采地跑回家。他家门口聚着男的女的五六个，他的女人也在里头,正靠着半截的板门,用一支银挖耳剔牙齿。木匠阿蓉最先看见他,提高喉咙喊道:"老寿,我们三缺一。在这里等着你!"

"教他来才没趣呢,"寿泉的女人蔑然地说。"这几天他失了魂似的,这样也不好,那样也不好;一夜里总要醒十七八回:我也给他扰得没有好睡。"接着就是一个哈哈的呵欠。

好几对眼光一齐射过去,大家觉得寿泉确然失了魂似的;不然,为什么系在钮扣孔里一条又粗又亮的银表链不见了呢?衣襟的部分既这样黯然,他的倒霉是无疑的了。

但是木匠阿蓉不管这个,见他走近了,又说,"老寿,三缺一,你来就成功了。"

"谁有心思弄这个!"寿泉略带厌烦的声气说。"势头有点不妙呢,航船又没有开出去!"

哑杀老四面孔一沉,表示他的有经验,"自然不开出去,——老早就断得定,也不等大桥头去看了才知道。去迎接他们来么?谁也没有这么傻。"

"他们哪里要人去迎接?"金大爷带一点驳诘的口气,就见得他的经验更超越了。"他们看见船就会拉;跳上船头喝一声'开高镇',谁敢说半个不字,包你小鬼遇见了钟馗似地把他们送到这里来。"

隔壁的水生嫂听到这来字,仿佛眼前一闪,真来了些什么东西,觉得害怕,勉强支持着说:"这里不是有什么保卫团么?"

金大爷哈哈地笑出来了,"保卫团,你道是保你们的么?

你们全然不知道,我是透底儿骨地明白的。"

"我都明白,"木匠阿蓉坦直地抢着说。"保卫团是保他们的,保他们有家当的几家的,等到风声十分紧急的时候,几个站在陆家典当门前,几个站在永丰米行门前,东面张家几个,南面严家几个,就把零零落落的二十个保卫团团丁分完了。"

金大爷听他所说正就是自己要说的,略微感得没趣。便说:"还有呢。"恐怕木匠阿蓉再抢出来说,急忙继续下去:"保卫团同兵们全是认识的,有的是弟兄,有的是表亲,至少也是同乡。他们彼此约好了的:保卫团站在那一家的门口,兵们就放过那一家。"

寿泉的女人回头去看自家的门面,两扇板门的上半截撑了起来,望得见里面挂着的褪红的对子,下半截给走过的学堂里的孩子们用白粉画了些不像人又不像虫的东西;一扇统长的板门向里开着,有两三条一个指头宽的裂缝。她想这个地方总不会有站保卫团的分儿,觉得有点绝望,闭一闭眼睛说:"那么我们怎样呢?"

寿泉见女人着急,感得一种复了仇似的快感,冷笑说:"我原说趁早走,趁早走,你死也不相信。到现在,着急也不相干了!"

水生嫂怜悯地看寿泉的女人,以为她有了这么一个好男人,偏偏不肯听从,真是活该受万兵之灾。随即想到自己,"倘若水生没有死,此刻一定逃在上海,抱着阿根逛大马路了。"她心头一酸,眼泪欲滴不滴地留在眼眶里,便默然回入自己的屋门。

寿泉的女人听丈夫这样恶意地回答，不免动了气，眼光一斜，表示她正含怒，说："走，走，走，只有你是鼠儿的心，兔儿的胆，"她回过来向金大爷等诉说道："他老早就想逃走，说要逃到上海。你们想，谁能料得定打仗一定会打到这里来？探听还没探听明白，就看着王家白家他们的样，走，走，走，你们想算个什么？他又不能知道打仗到底打到什么时候才歇。倘若只不过三天五天，那么逃了出去，一眨眼也就回来了。倘若一个月呢？两个月呢？一年半载呢？上海的地方配我们住的么？只要二十块钱一担的米，就把他的心儿抖碎了。我说且慢，看看风色再说，全为的顾怜他。他一点不明白，倒说这些短寿促命的话来气我！"她的面孔全部涨红；语调越到后越快，声音像有尖刺似的。

哑杀老四体贴地说："不要怪你要动怒，就是我听了，也要怪老寿不明白你的好意。"却迷着笑眼向寿泉道："你新近掘着了横财么？这样地着急，要逃到上海去，身上一定很有些油水。借来用用罢；不要等到'兵临城下'，给他们顺手检了去，将来讨债也没有地方去讨。"他说着，摊开手掌示意，左手拍寿泉的肩头。

寿泉觉得有点窘急，连忙声辩，"你又说笑话了。你看，穷得这样子（他拉起青夏布衫的下缘），哪里有什么油水？我要想逃，不过想买一个安心，——她又是顶胆小的。枪来了，炮来了，到底是怕人的事情呢。"

"枪来，炮来，再好也没有了，"木匠阿蓉带着不平的口气说。"本来就不容易过，本来是两个肩膀抬一个头。它们一来，搅一个你死我活，再好也没有了，况且，到底谁死谁活还没一定呢。你们都讲逃，我梦里也不曾想到逃的事情。你们都逃光了，单剩我一个，也不高兴逃。"说到这里，爽利地把不平的愤慨撇过一旁，一只手在哑杀老四的上膊一搭，作牵走的姿势，"那些闲话，有什么多说的，我们上局去罢！"

哑杀老四本来不大高兴成局，因为阿蓉有个老脾气，譬如输了两毛八个铜子，他就伸出手一来说：“拿七个铜子来，欠你三毛。"赢钱拿不到，还要摸出现钱放欠帐，谁真是手痒不过没事做呢？便摇着头说："今天不成功了。你不见老寿正在上心事么？"

"心事也没有什么，"寿泉勉强笑着说。"不过动兵打仗的事不是耍的，性命交阙，况且……"

"不来就不好了。"阿蓉感到失望的无聊，身子旋了一转，把头上一顶晒得发暗赤的草帽向前一推，侧戴在额角，嘴里哼着青衫的调子自去。

金大爷觉得很有趣，苍黑的圆脸在眉目的部分起了好几条皱纹，这就是他的微笑。"他安了。他等了半天，末了吃个空心汤圆。现在一定去赊老酒喝了。像他这样定心的人，却也少见。这几天里，那一个心头不有点发抖呢？老实说，我倘若没有堂里送我的一面外国旗挂起在大门前，我就第一个要抖，早已实做了老寿的念头，逃到上海去了。"

"我看见吴老七家门前也挂着一面外国旗，"哑杀老四似乎报告一件了不得的事情。

"也是堂里送他的，"金大爷表示无所不知的神气。

寿泉听说，仿佛黑暗的前途豁地一亮，正可以提起脚来走前去。抬眼看金大爷的脸。又端整，又丰满，真是个有福气的相貌。一向把它忽略过，直到现在才有这第一回的新发见，自己也觉得诧异。

同时他的女人心里也一动，"这不是一条巧路么？寿泉这家伙只会对我发脾气，只会说几声短寿促命的话，真个临到紧要关头，他便心窍都塞住了！但我与他究竟是夫妻，不该在旁冷眼相看，我既想得动，就是我来开口罢。"她想定了，便先自跨进门限说："金大爷，老四叔，到里面来坐坐罢。在外头立了好一歇了，这太阳是当不住的。"

寿泉想正中下怀，便一手拦住金大爷的腰说："不错，我们里面去坐坐。"

哑杀老四一点不踌躇地说："我不坐了，"旋转身子匆匆而去。这因为寿泉的手没有把他的腰一起拦着呢，还是因为烟瘾突然上来了，只有他自己知道了。

金大爷坐定在方桌上首的椅上，背后就是"什么什么，惟善纳福"的褪红的对子。桌子底下有三个饭碗大的西瓜；他瞥见了，顿时觉得口渴起来。

寿泉的女人嘴里咕噜着"我去倒茶来"，走到屏门相近，向寿泉丢了一眼。寿泉会意，就跟到后间。

女人凑近寿泉的耳朵低声道："你恳求他给我们想法一面外国旗，他要十块八块也依他。这一定有用处。不然，他为什么挂起了旗就不用逃呢？你要知道，只要弄得到手，总比逃到上海去上算。你是想不到这些的，只会气我。现在我提醒了你；你要保性命，保……好好儿去恳求他罢。"说罢，不很用劲地在他后头一推。

寿泉很满意他的女人这一个想头，简直与自己的心思毫无二致。可是总不甘心称赞她一声，便努着嘴轻轻地说："我怎么会想不到？邀他进来就为着这个。"于是故意地咳一声嗽，走到前面，陪着金大爷坐。问道："金大爷，你看到底会不会打到这里来？"

"难说，"金大爷不尴不尬地说："倘若真个打过来，这里高镇至少要大半化为一片白地！"他平覆着手掌向外一撇，表示大半个镇将要这样地被削平。

"金大爷看的《新闻报》，上边怎么说法？"

"凶险呢！现在什么都进步了，丘八爷的聪明简直可以做从前长毛的祖师。他们跑进人家去搜查，不开箱子，不拉抽屉，只见地板就撬起来。逢到泥地皮，他们一桶两桶地泼水在上面。要是水渗下去得快，知道毛病来了，一定是新近掘过的。便脱下腰间挂着的铁铲，（作手势形容铁铲的形状）这模样的铁铲，（又作铲地的姿势）只消一铲两铲，金镯子也出来了，真珠子也出来了。"

"阿！"寿泉失惊地喊出来，眼光不自主地斜到桌子底下放着西瓜的地方。

他的女人正斟了盏茶，走到屏门跟首，听见一铲两铲什么都出来了，觉得周身一凛，就泼了好些茶在地上。两只眼睛也不自主地骨溜溜回望着桌子底下。回过来时，刚巧寿泉的眼光也回过来，彼此相对一睁，表示无穷的惶恐的意思。

金大爷接了寿泉的女人手中的茶，喝了一口，放下茶盏说："你想，这还有逃得过他们的眼的么？等到地板底下没有什么，泥地皮上也没有一丝儿毛病，才去开箱子，拉抽屉。"

"挂了外国旗就好了？"寿泉吞吞吐吐地问。

"那自然。他们的兵官早先下命令的，看见挂着外国旗的地方，不准动一根草！谁还敢闹什么乱子！"

"倘若有几个发了昏，把命令忘记了呢？"寿泉索性再探一句。

"那他们外国人就要出场了，"金大爷挺一挺腰，很严重的样子，仿佛他就是外国人。"打坏了什么，带走了什么，用掉了什么，有算盘在那里，都可以算的。照数偿还，一成折扣不能打，一个小钱不能短少！"

"倘若伤害了性命呢？"寿泉所有的疑念都已冰释，只有这一层，还似乎有点想不通。

金大爷略微觉得不耐烦，近乎使气地回答道："那就要他们赔一条性命！一万同八千，看死者的身份来定夺，比一条性命也就差不了什么。"

寿泉听说，以为有这么一个办法，实在公平到二十四分；就是死了，一万同八千究竟是真家伙，便连连点头，表示他彻底明白了。

旁边他的女人却气闷极了。她想又不是教他陪新亲，要什么"城头上出棺材"，远远地绕圈子。便冲口而出道："金大爷，恳求你，给我们想法一面外国旗罢。"

"唔，"金大爷喉咙里这么一响，也不像答应，也不像不答应。

寿泉的女人觉得还有伸说的必要，堆着笑脸继续说，眼光却屡屡溜到三个西瓜的地方，"我们没有什么；就只这一简破草棚，也值不到多少钱。不过金大爷如其肯给我们想法，把救苦救难的外国旗弄一面来挂起，我们两条性命就保全了。他胆小，我的胆也不见得大，正是半斤八两。我为着上海地方不是我们住的，所以没有依他逃去；心里头日日夜夜像有条麻绳紧紧切着呢。现在风声越来越紧，航船也不开了。只有恳求金大爷大发慈悲，给我们保一保险罢！"她的声音不见得动听，但居然是一种哀婉的语调。

寿泉顺着央求道："金大爷常常在教堂里出进，面子顶大，只要金口一开，外国人没有不答应的。我们本来要去找金大爷，碰巧金大爷打从这里走过，也是我们的运气。金大爷，你照顾我们一下罢！"随又凑近金大爷的耳朵，喽喽呢呢说几句。

金大爷似乎点头，说："那倒没有什么。不过旗子这东西最名贵的，他们不一定肯——这要看你们的运气了。"他脸上现出狡狯的笑容。

"金大爷的面子，哪有不肯的道理？"寿泉的女人心头一定，觉得周身都松爽起来。

"不错，哪有不肯的道理？"寿泉也心头一定；颇想出去乐一乐，解懈几天来的闷气，可惜阿蓉他们已经走了。

这天夜里，寿泉夫妇两个听听街上没有走路的人了，乘凉的人都回到床上，预备宴飨蚊虫，狗也没一有声息，便偷偷地把三个小西瓜搬开，掘成个饭锅大的泥潭。女人趱近板门，耳朵贴着门缝听着。听了好一会，寿泉倏地攫起潭里的一个花布包，小偷儿似地慌忙打了开来，重又包好了。回头来向女人一望，又倏地把它揿在泥潭里。于是铺上刚才掘起的泥，两手连连揿着。女人踅回来帮着他。等到三个西瓜复位的时候，日间的热气消散已尽：他们两个虽然做了半天的工作，非但不出汗，着实感觉不爽快的凉意。

金大爷回去的时候，趁七岁的儿子不留心，从他的专盛破玩具的抽屉里拉出一面一尺宽见方的外国旗。这抽屉要塞着好几面外国旗。去年秋季布道大会过后，金大爷看见两串万国旗在布篷里边动，却是纱的。他是教友，堂而皇之收了下来，顺便带着回家，逗引孩子叫三声"亲爸爸"。这是抽屉里头外国旗的来历。现在他拉出来的一面，花花绿绿有好几色颜色，也不知道是哪一国的。折了几折，便藏在短衫的袋子里。

明天，金大爷踱过寿泉的门前，折进去坐坐，就成了一注交易。

金大爷的话语应验了。几十条被拉的船把第三营全部人马送到了高镇，船夫的汗珠滴滴落在河里。

兵们沿街搜查，搜到寿泉家，板门关着，里面上了闩。用枪托撞了几下，一点没有动静。

"妈的，装假死么！"

"把牢门撞开了就得！"

枪托又是两下，门枢断了。门就鞠躬迎接似地撞将出来，终于五体投地贴伏着，不再起来。

先锋直闯进去，嚷道："请我们吃饭呢！"方桌子上盛好两碗饭，还是热的；筷子旗杆似地直插在饭里，饭菜有炖的马江鱼同炒雪里蕻两色。寿泉夫妻俩以为他们经过门前，必定一望就走。所以关上了门照常吃饭。等到听得打门的声音不对，头里一阵昏乱；转身赶到后面的院子里，爬过一道乱砖墙，就老鼠一般伏在墙脚下。

花花绿绿的一面旗子的确挂在檐头，风过时飘飘地拂动。

一九二四，一二，六。

前　途

　　窗外有一两头麻雀细碎地叫着，觉得有点儿寂寞。天是亮的了；但窗上只有滞黯的光，没有清爽的气韵，大概今天太阳是退隐了。虽说是新秋，已颇有些凉意；他们盖在一条夹被里，不自觉地蜷得成两只醉虾的样子。

　　女的深长地叹一口气，身躯略一牵动，头缩得更紧，仿佛正遭人迫弄的刺猬。

　　惠之禁不住开口了，"又是为什么了？"他昂起头来直望着她的蓬松的发髻。

　　她不响；也不动一动，仿佛僵了似的。

　　他觉得怅然，一手去拍着她的肩头，说："我问你，你理也不理。再问一声，又是为什么了？"

　　"没有什么。"

　　"那么为什么叹气？"他扳动她的肩头，要想教她翻转身来。

　　她挣脱了他的手，依然蜷缩着，没有翻转身来的意思；冷然地说，"对你说没有什么就是了，气尽让我去叹。"

　　"我知道了！"惠之颓然倒头在枕下，语音带着凄苦的情味。"你又是老毛病，又是为的我们的穷！"

"穷是命里注定的，就是叹一辈子气还是逃不了。"

"所以我就不愁穷。岂但不愁，我简直不把穷字放在心上。从前孔夫子的学生颜渊穷得不了，住在一条小巷里头，人家处了他的境遇，定要愁得不堪了，他却反过来乐得不堪。这是最使我佩服的。可是，我却愁你的愁穷。你为穷而愁，我就为你而愁了。你要知道我的心——这至少说了几百遍了，——我不要你愁，不要你不快乐呢。"

"佩服孔夫子的学生有什么用？饭总得要吃的，房子总得要住的；抽屉里只剩两块六毛钱了，领薪水的日子还不知道在哪一月哪一年，亏你说得出不放在心上！"

惠之对于这些原也知道得很清楚，但刚才竟似春梦一般极其渺茫了；现在经她一提醒，顿如突地一陷落，陷入一个无望的深渊。也叹气道，"这教我有什么法子呢！他们要打仗，自然开不成学了。就说开了学，学款早已移充军饷，还是一个枵腹从公。我望见前面一片黑，黑得像墨，像没星没月亮的夜。"他一缕心酸，含着泪说，"你才倒霉，同我结了婚，从不曾做过一件新衣服，也不曾上过一回馆子，只是陪着我穷……"他不能再说了，前额凑近去，拈着她的蓬松的发髻。

起身以后，惠之在阶前呆看泥地，他的夫人在后头烧粥，忽然有人叩门。开门看时，是一个朋友，便让进来坐了。这个朋友并不是来报可怕的打仗的消息，也不是随便走来闲谈消遣，乃是发见了一道希望的光，因为友谊，特地给惠之指示而来的。

这个朋友说得到可靠的消息，这里的警察厅长已由带兵的统帅委任了姓田的。他很有滋味地描摹道，"好一位漂亮的人物，白白的脸儿，乌黑的短短的髭须，眼珠子有压得服人的威光，一口爽脆的北京话，比历来的警察厅长至少要漂亮十倍。陈伯通，你的熟朋友，听说那位姓田的与他是幼年的同学。你何不去找伯通呢；说不定倒是个很好的机会。"他说着，眼光斜睨过去，含着无限的殷勤。

惠之听说，似乎不能相信是在清醒中。但是这几句话安慰的力量真大，本来前面一片黑，这不是闪电一般抽着一条光么？只要有光就好，前进的气力又萌生了。送了朋友以后，就打算怎么去找伯通。秋风吹动他的头发，也吹透他的夹衫，他并不觉得。

他的夫人端着粥出来，同样地怀着一种新鲜的微甜的心情，说，"赶快吃了粥就去找伯通罢。"

"去找他，你说？"

"自然去找他。难道他有什么神通，会知道你的心事么？"

"不是这么说；我说的是他肯不肯同我想法呢。假若他不大愿意同我想法，回绝也不好，答应也不好，岂不是教他为难了？万一他竟当面回绝，这又教我多么难堪？"

"那么，你就眼看这个难得的机会在脚边滚过去了么？"她失望而愤愤了。

"不是这么说，你且不要着急。论伯通与我的交情，未必不肯帮我一臂之力；可虑的就他有什么不方便。至于我去向他开口，也实在不很容易；那话语含在口里想吐不吐，一定显出一副很丑很丑的嘴脸，我想想觉得当不住。"

"托人荐个事情做,也是世间正大光明的事;难道你去求他荐你当个卑鄙的小子么?"她藐然看着丈夫,以为他一点不通世故,简直是个呆子。

他叹了一声说,"你不知道。伯通相信我是情愿终身当教师的,他曾经称赞我认定了自己的适当的事业。现在我却去托他,希望跨入另外的一界,这一界又是向来称为龌龊的,你想,他将对于我作什么感想?"

"终身当教师!现在学堂都不开门了,你还要说终身当教师!"

现实的鞭子又在他背上一抽,前面顿时恍惚地显现一片黑,黑得像墨,像没星没月亮的夜。中间却透露一丝的微光,就是去找陈伯通那件事了。于是他毅然地说,"我决计写封信给他。"

他给伯通的信如下:

伯通吾兄足下:

久未趋候,惟兴居安善为颂。兹恳者,年来生计所需,继长增高,弟戋戋所入,不足以勉力追随,时有竭蹶之虞,吾兄早熟知之。自国内战事兴起,学款移充军饷,欠薪已积两月。今暑期已过,开学无期,前途茫茫,思之心疼。私念新任警察厅长田君,与吾兄为总角交,履新伊始,厅中职员当有更动,欲恳鼎力吹嘘,为弟谋一兼职;志不在多,月得二十元左右已足:此在目前,实救燃眉之困,即他日学校开课,学款有着,仍可借资补助。吾兄乐于济人,弟又夙叨厚爱，当不以为妄冀而却之也。不胜盼祷，跂望好音。

搁笔之后，他看了再看，总觉得这封信不大顺；可是又指不定毛病究在什么地方。"二十元左右，不太多么？兼职，不难弄得到么？说得这么着实，似乎他一定有把握，不觉得冒昧么？"——的问题他出给自己。

他自己这样回答："二十元也算得少了，再少就够不上一用。又再说得少，难道去谋充一名八块钱的警察不成？兼职，那是多得很呢，什么机关里总有好些兼职的人员，我所知道靠着这个过活的就有二三十个，办公厅都不用上，只是按月拿钱；可见只要有路，弄到并不难。至于说法，如其不要这么着实，难道请他随便在脑子里想一想，不必真个进行么？这样，不是与他开玩笑么？而一线的希望就系在这一层上边，哪里有反而轻描淡写开开玩笑的呢？"平时的经验唤醒了他，他想，"越看越疑惑了；只有强制地就此算数，那也罢了。"便折好了插入信封，连忙黏上了。

现在他在街上了。那封信已被送进邮筒里头，仰躺着等待它旅行的同伴。

晨市还没有散，出来买菜的男女徘徊于鱼摊菜担旁边，琐琐地争论价钱，计较斤两，颇觉得嚷嚷。石子砌成的道路，被担水的夫役泼得仿佛浇了油，走路的人须得照顾脚下，防备跌倒。店家屋都搭起凉棚，虽然顶上的芦帘卷起，总使下面更笼上一重阴暗；秋风吹着，凉棚上偶尔飘下几片芦柴壳来：这又颇有些萧瑟的意味。

但是惠之的心头并不觉那些的无聊，一缕春温正萌芽着，连步子都比平时出劲得多。忽然注目于路旁鱼摊的一桶鲫鱼，个个是乌背，有八九寸光景长，都侧躺在一薄层水中翕张着嘴。略为站停了一歇，重又举步，便转成缓缓地了。在他脑中显现一只精瓷的菜碗，绝清的汤，玉兰片同茶腿盖在汤面，底下是一尾炖熟的鲫鱼。联带显现的是一把点铜锡的暖酒壶；假若提起来斟着，是作淡玛瑙色的"陈绍"，只须触着鼻观便觉陶然。不自禁地口津涌溢了，想道，"这些味儿生疏得太久了，惭愧！只有豆腐同蔬菜是不离的常伴。妻偶然大胆地买一回肉，买一百四十文，切皮肉丝陪着黄豆芽烧；肉味儿不见有多少，却费了剔牙齿的工夫。可厌的是胃口太好了，吃得这样地简陋，两个人的饭量都不会减损，依旧是一餐三碗。至于酒，几乎想不起是什么味儿了，还是去年的这个时候，喝的老赵的喜酒；那一天身子不大爽健，止喝得三四杯呢。直到现在，整整一个年头了，再也没有沾过唇：这也可算值得纪念的奇事。"

希望的光仿佛这么一闪，他想道，"那封信如其发生效力的话，总得略略改换口味了。一尾清炖鲫鱼，一壶'陈绍'，其实也算不得放纵无度的享用。他们每天上酒馆，吃整席……"

联带地想起，他觉得他的夫人如有几身应时的体面衣裙，也算不得放纵无度的享用。她嫁过来已经七年了。嫁时的几件衣裳，布的是破了补缀，补了又破了；略为体面一点的，藏在一只不充实的箱子里头，逢到天气好太阳老的时候，便取出来晒着，算是温温旧日的情谊，等一会，重又请它们回入箱子里。这也幸而是这样子：假若不然，有什么机会把它们穿上身，那一定教她伤心暗泣，逃进屋角里去了。惠之平时也不大想到这些，只当她皱着眉头愁穷，而又说"我是什么也不要，所以单单，穷我一个人尽不妨事"的时候，觉得心头一阵难过，似乎是苦味，又似乎是酸，便凄然说，"总之是你不幸，同我结了婚，什么好处也没有，一件布衫也不曾添，单只接受了一个穷！"这算是他想起她衣裳的事情了，但过后就忘了。

现在他想如其那封信发生效力，第一要紧办的，还该是让她随时有一身见得人的衣裙；她要不要不成问题，这只是对于她的尽其良心的馈赠。太贵的在市场上封了王似的那些衣料固然不便采购，但至少也得色彩与图案看得上眼。这样想时，不自觉地靠近一家出卖衣料的铺子的玻璃窗。

"这天蓝的花缎，虽然流行得这么普遍，什么人家的姑娘奶奶都得裁一件，但是这颜色染得太村俗了，我决不买给她。这淡灰的哔叽倒还不差，只是一粗一细的条纹太不调和了，颇有点像生物学者所讲的警戒色，我也决不买给她。穿了这个，难道要警戒谁引诱谁么？……"

他注目于人体型所穿的现成的衣裙了，"阿，最可厌的这前圆后圆，前不过脐，后不过腰的短衣服。这是退步的式样，丑化的式样；要是家里有一面镜子，而且是会看镜子的女人，决不肯穿这样的衣服。我给她做新衣服，决不做这种式样……"忽觉腰部有什么突地撞来，脱口而出地喊"做什么！"

类乎愤愤地回头看，见是一个挑泥藕担的乡下人，藕太多了，堆在担子里几乎有两尺高，行人肩擦肩通过，把他的担子挡住了，所以在都里这样那样地挤，想走前去。看他那只无表情的眼睛直望着竹扁担的前端,可知他未必觉察曾经撞了什么人。

　　一只手下意识地拉过夹衫的后幅来看,惠之不禁怒起来了;一片湿泥,厚厚的,虽然是件旧夹衫,而且是灰色的,然而这总是被玷污了。他皱紧眉头,怒目看那乡下人;斥骂的话语涌到喉头,马上要冲出来了,一只手还是提着夹衫的后幅,似乎拿了很危险的东西,一时放手不下的样子。

　　后天养成的克制工夫随即伸出头来,把一阵怒气抑了下去,他宽恕那乡下人了。于是取出一方已经用了三四天的手巾,把夹衫沾泥的地方揩了揩,黏着揩不掉的,留待干了再说。心里想,"这是市政的问题。街这样地狭窄,本不该让那些卖东西的在街上一阵乱挤的。倘若指定几处空地,像有些城市里所谓小菜场的,教他们聚集在那里,岂不使走路的人便利了许多?——至少我这样弄脏了衣服的事情是不会有的了。"迅速地接着想道,"如其那封信——也许此刻已经被邮差从邮筒中取了出来,袋入他的大布包里了——发生了效力,我就是警厅里的人,什么名目固然不能料到,总之不是没有关系的了。我为忠于职务计,为前途的进取计,就可上这么一个条陈:整顿本地的路政,最要紧的是规画小菜场。小菜场要有秩序,要十分清洁,监督的责任当然在警察的肩上。"他且行且想,不期然地就看见一名警察显现在面前。

　　那警察靠着一家小酒店的柜台,一手按着一把茶壶,与柜台里面的老板娘谈什么话,颇有情味的样子;黑漆木棍子扣住在围腰的皮带里,黄色帽子仰摆在柜台上。那老板娘带着笑容，听他的话，三个指头拈着银挖耳剔牙齿。

"这算什么警察！什么责任他都担负不来，不过穿制服的游民而已。"惠之走近那警察，仔细端相着他，"又是一个条陈：警察虽然都从教练所里出来，实在合格的很少；要办好这里的警政，非把他们从新严加甄别不可。"

这时他已折入一条小巷里；两旁都是贫苦的人家，女人们有的在门口洗衣服，有的坐在门限上做活计！个个低了头。她们如其抬起头来，一定要注意他的独个行走而含笑了。他想，"这两个条陈很重要，照着做去，表面上立刻改观，想来一定采纳的。我的名目纵使十分得小，上到这样的条陈，而且承他采纳，不见得不给升擢罢。科长没有，科员总是稳当的了。——那时候，学校的职务要不要辞掉？不，辞掉不好，我是老早认定终身当教师的；只消减少些钟点就得了。"他觉得有莫名的愉快，前面的境界虽然还不大把捉得住，但是，里面有光明，可以照得他满身辉耀，又且是莫测边缘得宽广。于是出劲地跑回家去。

第三天的下午，惠之夫人数数抽屉里的财产，数目是一块四毛，忽然邮差叩门送来一封信。

"是伯通的，"惠之接信在手，觉得身体上有点异样，把信封打了几个转，终于撕去了一角，一个指头伸进去，把它裁开了。

"他怎么说？"惠之夫人急切地问，同时走近来。

惠之吾兄：

赐书敬悉。田君诚系幼年同学；惟自辞师他适，互为劳燕,非第无接席之雅,亦且莫通音问。今日见弟姓名,或犹记忆;为兄推荐固无不可。特念政界风气,一官到任,请托累千,少亦数百,或以势压,或以利耍;若弟者,两俱不足言,则徒成话柄而已。话柄而陪之以兄之姓名,窃以为……

惠之心头突地一沉,万分地怅惘,仿佛掉了一件最贵重的宝贝。前面什么境界也没有了,只是一片黑,黑得像墨,像没星没月亮的夜。

一九二五年三月十六日作毕

城　中

　　火车行得缓些了,整备作暂时的休息。有些旅客站起来,或取下头顶搁着的提箱,或结束座旁的包裹,或穿起长衫同玄纱马褂;有些妇女则开开那不离手的小皮匣,对着里面的镜子照了一照,取出粉纸来在额上颊上只是揩抹,接着又是转侧地照个不歇。

　　旅客们向左面的车窗外望去,在丛丛浓树之中,一抹城墙低低地露了出来。城墙以内耸起一座高塔,画栏檐铎,约略可以辨认。这在旅客们虽然未必是初见,但是有些人认以为到达的标记,有些人认以为行程的度量,更有些人重现他们童稚期的好奇心,便相与指点着说:"塔!塔!"

　　窗外拂过一丛绿树,一阵蝉声送到旅客们的耳朵里。这见得车行更缓了。不一刻,便驶进站台,坚强地停着。

　　一个人从车箱里跨下来,躯干很高,挺挺地有豪爽的气概,年纪在三十左右,帽檐下一双眼睛放出锐敏的光,他只挟着一个皮书包,不需要夫役的帮助,也没有其馀旅客们的慌忙。在一忽儿扰攘起来的站台上,犹如小鸟啁啾之中一只独鹤。他出了车站,辟开了兜揽主顾的车夫们的密阵,便依着沿河的沙路走去。

　　河对岸就是城墙，古旧的城砖大部分都长着细苔；这时候太阳偏西了，阳光照着，呈茶绿的颜色。矗起的那个高塔仿佛特意要补救景物的太过平板似的，庄严地，挺立在蓝天的背景之前。河水很宽阔，却十分平静，天光城影，都印得清清楚楚，而且比本身更美。

　　他一路走过去，车站的喧声渐渐低沉下去，终于不闻。他有一种非常新鲜的感觉：耳是异样地寂静，差不多四围的空气稀薄到了极点的样子；那城墙，那高塔，那河流，都呈古苍的容态，但这古苍之中颇带几分娟媚。扰扰的人事似乎远离了，远得几乎渺茫，像天边的薄云一样。他立定了，抬一抬帽檐，更仔细地望着，心里想："这古旧的城池，究竟是很可爱的。虽然像老年人的身体一样，血管里流着陈旧的血液；但是我正要给他把新鲜的血液注射进去，将那陈旧的挤出来，使他回复壮健的青春。到那时候，在内流着的没一滴不是青春的血，而外面有眼前这样的古苍而娟媚的容光，天下再有什么事情比这个值得欢喜的呢！"

　　这么想时，对于前途的勇气更增高了不少。取手巾抹了抹脸上的汗，重又大踏步走去。路尽过桥，便进了城门。

　　城里的道路极窄，阳光倒是不大有的；只两乘人力车相向擦肩过时，却要教行人曲着身子贴在店家的栏干上相让，还时时有撞痛了的危险。店家的柜台里坐着些赤膊的伙友，轻轻摇着葵扇，似乎十分安闲。行人也似全没有一点事务，只是出来散散步的，走得异常地轻，异常地慢。偶然有几个全裸体的小孩子，奔走追赶，故作怪声直叫，这才打破些平静的空气。而急奔乱撞，铃声叮当不绝的人力车时或经过，也是一种与这境界不相协调的东西。

"永远是这样的情形，三十年来，就只多了那些乌光银亮的人力车。走路的人也永远是这样的慢，慢步的老辈，传下来慢步的小辈，所以依然只见些不要不紧的背影。在这狭窄的街中，他们这样挡在前面很可厌，教人家要快步也快不来！"他想着，似乎赌气地，脚步更为加紧一点；身子敏捷地左偏或右偏，以免与行人车身相撞。只见行人一个个地向后退走，他觉得这才爽快（虽然衣衫已经汗湿了）。

"高先生！"他脱下草帽，立定了，恭敬地这样叫着。在他前面的是一个五十左右的人，高高的身材，却是很瘦，夏布长衫，团龙玄纱马褂，苍黑的脸色，额纹极深，两颗近视的眼球从大圆眼镜里映出来，见得很细，上唇有浸黑的一撮胡须。

这位高先生虽然是近视，却早已远远地望见了前面走来的人，心里想："他果真回来了，可见人家的传说不虚，办学校的事他们准要干的。还是不同他招呼的好；当年上班所讲的情形，他一定忘记得干干净净了，不冤枉他，十分九还在时时地骂我们老朽，同他有什么可谈呢！"便靠着街的一边走，一边贴近一个挑藕担的乡下人，目不旁视，想就此彼此错过了。孰知他的学生望见了他，也就靠着街的一边立定，正当他的面，而且恭敬地招呼了。他只得恍然直视，表示欢喜说："阿，雨生，好久不见了。这一次回来，大概要过了夏再出去了？"

"不，今后想不出去了。我们几个朋友计画在这里开一个中学校，今后我就干这一件。"

"那是很好的事情，我记得人家曾经说起过。"高先生就想颠头别去，但是雨生接着说："我们凭着理想来计画，不妥当的地方一定有。想常常到先生那边去讨教，领受先生的宝贵的经验。"

高先生笑了一笑，似谦撝又似鄙夷，说："潮流不对了。我们一些经验犹如失时的衣著，只配搁在破箱子里罢了，于你们的新学校有什么用处呢！"他顿了一顿又转为很严正的神态说："可是学校也实在难办，越来越莫名其妙。当初你在校里当学生的时候，我们觉得什么都有把握。现在却不然，什么都空空如也。也正想向人家讨教讨教，领受些新经验呢。"

"经验总是经验，有什么新的旧的。先生谦撝罢了。"雨生虽然这样说，对于高先生那种牢骚的气分，不无叹惜的意思。

高先生却想起向雨生探试，便问："你们的经费已经筹得差不多么？那是最要紧不过的。好好的计画，往往给经费的问题打得烟消云散。"

"我们有预算，学生缴纳的费恰抵平时的开支。开办费是捐募得来的，现在已经足了数。"

"收费同开支能相抵么？"

"我们几一个人志趣相同，又是只消顾一己的生活的，所以支薪极少，有两三人竟全不支薪，……"

"全不支薪！"高先生似乎听了怪异的事，停一停，笑着说："足见你们热心教育，佩服佩服。我们再见罢。"说着，颠头自去，高高的身躯便摇动起来了。

"先生，再见。"

高先生踱进茶馆里，这时候大半的座头已经有了茶客了，那些茶客在家里吃饱了午饭，吸畅了水烟，又进了些西瓜雪藕，看看太阳偏西，街上已有靠阴的地方，便慢步轻移，汗也不出一滴地来到茶馆里，上他们日常的功课。中间一个充当县视学的陆仲芳看见了高先生，中止了吸水烟，略作起立的姿势，颠着头说："菊翁，今天你比我来得后了。这里空，就是这里罢。"说着，努着嘴指点与己同桌的一个空座儿。

"仲翁，很好，就是这里。在路上略有耽搁，所以来得后了一些。"高先生说了，便卸下马褂长衫，挂在壁上的衣钩上，再把短衫脱了，披在藤椅子的靠背上；这就完全露出个瘦黑的上体，锁骨后面的两个低陷，前胸一排排的肋骨，都非常清楚，比着陆仲芳又白又肥的上体，厚团团地没有一些棱角，令人感到一种滑稽的趣味。

"你道我在路上遇见了谁？就是丁雨生，他已经跑回来了。"高先生一壁说，一壁坐下来。馆役递上热手巾，便接了前胸后背一阵地揩。揩过了三把，捋着上唇的黑须说："他们那个中学校一定要开的了；他刚才对我说，他今后就专门干这一件。"

仲芳才吹起一个火，听着就让它燃着，且不吸烟，说："本来一定要开的，我晓得他们已经在邢家巷租定了校舍了。"这才蒲卢卢地吸一袋烟，两个大而斜仰的鼻孔里就喷出淡白的两条烟须来。

"我们的学校是欠薪，是开支不来；他们开学校倒有法想，听他说开办费已经捐得足数了。嗟，他们这辈小孩子！"

"喝，他们这辈小孩子！"仲芳附和一句，讥讽地笑了笑。

"只是这一点不明白：他说经常费能够同学生所纳费相抵，因为他们支薪极少，有几个竟全不支薪；究竟他们所为何事呢？"

"哈哈，菊翁你太老实了。不支薪水，却教人家的子弟读书长进，现在的时代，哪里来这种人！这自然别有作用在里头。"仲芳说到这里，略带自傲的神情又吸了一袋烟。

菊翁微微感得惭愧，端起茶杯呷了口茶，自为辩护说："里头别有作用，我怎么不晓得。不过是什么作用，却有点揣不透。"

"还不是……"以下就隔着桌子把头凑近菊翁，低低地说了。一歇，才如前地坐正，接着说；"他们的钱，自然有来源。本来不靠什么薪水，落得说句体面话。等得人家说一声热心教育，这就着了他们的道儿，无形中给他们当鼓吹手了。要不然，他有没有告诉你开办费从什么地方捐来的？"

菊翁将信将疑，又夹着莫名其妙的恐惧，闭了闭眼睛说："大概六七分是准的，是准的。"

"岂止六七分，简直十分十一分！"

"你们赌什么东道了？"这是教育局长王壎伯，他本坐在靠窗那边，坐久了起来踱步，听见高陆两个的话，便这样问，拉开一只空椅子，与他们同桌坐了下来。

高陆两个把刚才谈的告诉了他，他连连颠头说："一准是这个作用，仲翁的话一点不错。他们吃的捣乱的饭，想法捣乱，无所不用其极，有缝便钻，有路便走；这个什么宏毅中学就是他们伸进来的一条腿！"

"譬之于捉贼，他偷开了门把一条腿伸进来时，我们就得拉住他！"菊翁说这一句，颇自觉有点滑稽，便掀起上唇，露出焦黄的牙齿，笑了。

壎伯不接嘴，只顾发表自己的意见，严正地说："我们也不肯冤枉人家；只听他们一些办法，就是要想捣乱的凭据。我是从来不同这辈人接近的，我的小儿同他们有几个是同学，前几天遇见了，他们就告诉他办学校的事情。第一荒谬的是男女同学。你们想，中学校呢，可是男女同学！第二荒谬的是……"

"是自由恋爱吧？"仲芳抢出来说，圆脸上堆着趣味的笑容。

"倒不是。他们说，逢到外间有什么事件发生，教员学生要一律积极地参加社会活动。这是什么话！教员教你教书的，学生教你念书的，要你管什么社会不社会，而且要在社会里边活动，要积极地活动，还不是有心捣乱谋反叛逆是什么！"壎伯愤愤地说着，觉得心头有点躁热，便把仅仅穿着的官纱背心解开了钮扣，露出前胸。

菊翁忽觉有所感触，叹息说："不知世界要变怎样才歇，又不知人到怎样才歇！那丁雨生当时在我跟前，不声不响地，也算是个驯良的学生。谁知十年之后，竟化做洪水猛兽！"

"不是这么讲，"壎伯似乎嫌菊翁太过颓丧，坚强地这么说。"在我们的手里，这辈小孩子要想伸出头来，捣什么乱，没有这样容易！我们假若不去对付他们，让好好的子弟们也浑入他们的团体里去，化做洪水猛兽，这就对不起祖宗，对不起乡先贤，对不起这块地方。所以我们是责无旁贷。仲翁，你是县视学，他们开出学校来，你有视察的权柄。看有什么不妥当的地方，我们就不客气勒令停办。"

仲芳把水烟袋放在桌上，呷了口茶说："这当然可以，可以。不过根本的对付方法，还在釜底抽薪。"他同时演抽薪的手势。

"怎样讲呢？"

"就是不要让他们招到学生。这也不是办不到的事。前几天，一辈小学教员在那里谈论，说：'毕业的学生每每来问进哪一个中等学校好，便回答他们，总是官立的中学或师范好，因为是正途。'他们又说：'听得这学期将有个新开的什么宏毅中学，主持的都是一班外头跑回来的青年人，怕不很妥当吧。'我便顺着说，那当然，他们原是别有作用的。这可见没有什么人信用他们，开出学校来，大半是教几副空桌椅罢了。"

壎伯听了，觉得安慰；菊翁心头也似舒爽了不少。"能得如此，那是祖宗的灵佑，地方的福气。不过，我们总得当一点心，逢人就把其中利害说说才是。"壎伯终觉得不放心，又这样说了。

"那自然。"菊翁同仲芳两个头，一瘦一肥，相对地颠着。

宏毅中学的招生广告揭贴在街头巷口，登载在本地的几种报纸上边，甚至登载在所谓"大报"的上海报纸的封面时，凡是望见的总觉得心里一顿，似乎这是魔怪的一道符咒，里头含着猛烈的恐怖。因此，底下一行一行的小字讲的什么，也就不想看个明白了。城里头常常有得听见这么一种口风："宏毅中学，那是有色彩的。那辈人都是不好惹的，同他们远开点为是。"

通文达理的父兄们便这么说："就是天下的学堂统关完了，宁使子弟们永世不识一个字，总不敢去请教宏毅中学！谁愿意让这世界弄成个率兽食人的世界么！"

一个学校的创设，虽然算不得一件大事，却在这城里多数人的心海里掀起壮大的波浪来了。

尤其是丁雨生应了青年同志会的邀请，出席演讲这件事，给与许多人以说不出的不安。在座听讲的当然只有同志会的几个会友，旁的人谁也不高兴听他们所不爱听的话，可是又不能把心里的不安忘掉了，至少总得知道一点消息才是。结果王壎伯的儿子充了专使，被派去听那演讲。回来的时候，壎伯问清楚了，就出去转述给仲芳他们一辈学界中人听。

"你们知道他讲些什么？"他不先说出来，带着气愤地这么问。

"自由恋爱吧？""也许是打倒资本家。""一定是讲授捣乱的法门。"几个人这样说。

"不是的。他的题目叫做'改造社会'。改造社会也只是一句普通的话，哪一个演说的人不这么说，哪一个作文章的人不这么说。但是他说的里面却含着骨头，项庄舞剑，其意常在沛公。他说：'身体里面有了老废的质料，就得排泄出去，血管里面有了污浊的血液，就得重行化清。一个社会的情形正同身体相似。所以要讲改造社会，应该排去社会里的老废物，让社会的血管里满满地流着新鲜的血液。'"

不约而同地，听众心里都觉得一沉，他们相信老废物的话就是指着他们，因而发怒，仿佛这样想："你竟破口骂起我们来了！"

"还有呢！"壎伯似乎已经受了听众的暗示，以激厉的语气接着说："他说：'大而无当地唱改造社会，犹之躺在床上想捉老虎。切实的改造社会要从近处着手，小处着手，做到一步再来一步。透明地说，我们的工夫应该从这个城池做起头！'你们听见么？我们是老废物，他的工夫自然就是把我们排泄出去！办学校是伸进一条腿，等到第二条腿也冲了进来，站定了，大概就要想法子向我们挑战了！"

"知道了，你是我们的仇敌！"大家仿佛如是想，深深地记在心头。随后自然有许多的议论，末了却怪那个青年同志会太不应该，怎么去请这么一个人演讲。又有人很机警地发表他的深刻的观察说："他们原是一伙儿！你们想他们那个会名儿，里头会员尽是些浮头滑脸的小伙子。"

大家觉得爽然，心头的不安更益加甚，犹如阴黯的天光，更浮来一重浓云，叠上了。

因为有这个故事，在平民教育运动大会的前两天，教育局的书记受王壎伯责备了："这点点小事也办不来，怎么让丁雨生这东西也签名呢？"

"本来说随便什么人都可以先来签名，到那天担任演讲。刚才丁雨生自己来了，说愿意担任演讲，似乎不能够教他不要签名。"书记为自己辩解，带着小心的神情。

"你就不能想一句话回答他么？你知道他是怎样的人？你知道公共体育场是什么地方？你知道后天的听众有多少？平民教育运动大会，就给他做宣传他浑账思想的机关么！"

书记不能回答，只涨红了脸。

"由你去想法子，教他后天不要来讲！"

这一个题目真把书记难住了。有什么话可说呢？就是有了话说，找到宏毅中学去也实在有点怕。

"这样罢，你把电话接通了，我同方紫老商量。"壎伯又觉得说他不要来讲的办法不妥当，所以这样说。

书记知道先前的命令取消了，犹如解开了全身的细缚一般，轻轻松松走到电话机前。

商量的结果，方紫老答应写信给警察厅长，请他于后天派警察多名，荷枪携弹，到公共体育场防护；或有不逞之徒乘机煽惑群众，警察得受教育局长的指挥，即行逮捕。

开会这一天，天容阴晦，有风，颇有秋天的意思。公共体育场只进门处有几棵柳树，虽然绿叶缀枝，但经风飘起，萧萧作响，也就有点衰索的景况。人却来得不少；固然，教育局先曾张贴了很大的广告，在本城报纸上也刊着茶盏大的字，但还是许多小学校学生排了队，摇着手里的小纸旗，在街上游行一周的效力来得大，队伍往体育场，一般人也就跟来了。小纸旗上统写些字句，可是不容易教人家注意，一阵风来，只听沙沙作响，如败叶。难得进体育场来的人看见了天桥秋千铁杠都觉得欢喜，爬上去的，吊上去的，站着看的，拍手叫的，这就增加不少的热闹。

场中警察有六七十名之多,有的固定地站着,如站岗一般,也有来往梭巡的,都拿着抢,斜佩着子弹带,颗颗子弹的尖头闪闪发亮。他们出来时,巡官把上司的命令传谕了,更叮嘱说:"你们得当心点,这是省议员方大人要你们去的!"

人越来越多;喧声笼罩在群众的头上,一阵的骚动,一个委员立上极北的那个平台颠头挥手起来,这就开会了。这里壎伯仲芳一辈人站在柳树底下,负着手,点起着脚直望。

"几位先生,都在这里。"

壎伯仲芳等听得这句,收回远望的眼光,就见身旁站着个高高的衣裤全白的人物,不自禁地不舒快起来。但是,略顿一顿之后,壎伯就堆着笑脸说:"阿,雨生先生,已经来了。我们这个会,承你担任演讲,实在光荣之至。"

"在外边久了,难得同本乡人谈话。今天恰是个机会,故而愿意来说几句。"雨生说着,伸手入裤袋里,取出手巾,来揩被风吹乱的头发;仲芳相着他这裤袋,又相着他这粗大多毛的手,似乎将要掏出什么家伙来,便移步向前,同他离得远些。

"确然是个好机会。"壎伯却又敷衍了一句。

雨生站上平台演讲的时候,站得较远的人也只是个听不见,仅能望见他的身体这样那样的姿态,柳树下的几个人似乎特别注意地在那里听,但也不走近一点。

"他讲些什么?"仲芳回转圆大的头这样问。

"用得到警察么?"教育局的一个职员这样问,眼睛望着壎伯。

壎伯不便说没有听清楚，便摇头说："用不到，用不到，他讲的都是些爱国的话儿。"

"哦，爱国的话儿。"仲芳颠头，一手抚摩着突出的腹部，似乎表示这才放心了。

这一天，天气又转热了，庭中槐树上两三个蝉儿竞争地高叫着。雨生无意地翻开报名簿，看看仍旧只有八个名字。他并不失望，这样想："这不是失败，还没有做出来，失败什么呢。八个，就好好地教这八个！教不好这八个，才是失败呢。"

这当儿校役引了高菊翁进来。

"雨生，我恰从这里走过，就顺便来看看你们的校舍。这所房屋倒很不差，多少钱租的？"高菊翁这么说，苍黑的额上缀着粒粒的汗珠。

雨生连忙让他脱长衫马褂，又让他坐下了，欢喜地说："这里房实在不差，后面还有个很大的园，可以作运动场，租金也不过二十块钱。"

"哦。"高菊翁并非有心瞻观的样子，随便谈了几句，便矜持地换个话端说："雨生，我同你谈几句话。前几天体育场开平教运动大会时，你看见密布着武装警察么？"

"看见的。"

"你道为的什么？"

"想是维持秩序罢了。"

"不然，不然。"高菊翁微笑，摇着头。略顿一顿，接续说："这完全是镇守使的意思，他教派来的。他打听得现在有激烈派在这里活动,所以在这样人山人海的会场里,要严密地防备。"

"这里有激烈派?"雨生不觉笑了。

高菊翁微觉愕然;自己振作了一下带笑说:"有没有我们也不晓得,不过他说有罢了。这倒不要去管他。现在要向你说的,就是在这个当儿,最好你不要在这里,暂且到别处去避一避。"

"为什么?"雨生听说,疑心听得不真,一双锐敏的眼直望着高菊翁的脸。

"因为我听人家说,镇守使的衣袋里有个单子,记着激烈派的名字,这上边就有你的名字!"高菊翁说到这里,近视眼几成一线,从眼镜里偷看雨生的神色。

雨生却大笑了。

"有我的名字!我不晓得什么激烈不激烈,记着我的名字也不相干。"

"这倒不是这样说,"高菊翁似乎极关切地驳说。"你固然不晓得,他却记住你了。你要知道他的背后是谁,现在的世界,军阀的意思就是威权。军阀最恨的是激烈派。你若不走,十分九会吃到些冤枉苦。我同你师生旧情,互相关切,知道了没有不说的道理,故此特地来通知一声。"高菊翁自觉肩背上一松,几个人斟酌尽善的一番话,总算都背诵出来了。

雨生想了一想,说:"高先生的好意,十分感激!"

高菊翁别无留连,站起来穿好衣服就走。雨生送了他回进来,见庭中槐树承受日光,作葱绿的颜色,感到青春的欢喜与事业的愉悦,便低头一笑,牙齿啮着下唇,心里想:"假使听了他的话,那就太可笑了!"

一九二五年十一月一日作毕。

在民间

她们两个同坐一辆人力车,眼看着那车夫酱赤的背心在前面跳动,心里各怀着新鲜的好奇的差不多感动到可以流泪的情味。靠左坐得较深的一个,脸面呈圆的意象,颜色带黄白,眼睛略低陷,时作冥想的凝视。又一个的肤色却颇荣鲜,齐耳的短发乌黑有光,微高的鼻子,薄薄的嘴唇,露出整齐的牙齿;她搁起一条腿,挺直身子坐着,一手握着她同伴的手,大有昂然的气概。

整齐的市街走过之后,道路就很不平,大块小块的石头抵着车轮,车身只是左右颠动。焦灼的太阳直射下来,四望一切,都如僵化了的;这边那边的厂屋,小株大棵的树木,乃至路旁的丛草。泥潭里的积水,没有一样动一动的。来往车辆很少,行人也不多见。有几所空关的破屋的门前,躺着几个几乎全裸体的化子,睡得很酣然的。车夫背心上的汗滴汇合下流,一条条的发着亮光。

"这天气热得可厌!"那靠右坐的略微感得烦恼,举手按着头发。但是随即想到这种烦恼是可鄙的,这点点的热已经当不住,还干得什么事!便一意把它驱逐开去;最好的方法自然是换一方面思想，因问她的同伴说："你看要不要把工人的使命是什么也给她们讲一讲？"

"你预备怎样地讲工人的使命这一个题目？"那位同伴沉静地转过脸来。

"救国，救民族，不是只需少数人努力，是要大家努力才行的；劳工是我们里头的大多数，责任当然不轻。这个意思我本来要给她们讲的，但不是我所说的使命的话。"

"那末怎样讲呢？"

"我要从文化上边讲。自来所谓文化，如其说属于人的，不如说属于特殊阶级的更为确当。认识文化，享用文化，在一般人至多只有一点一滴的沾润罢了。这是社会的病态，历史的出轨。工人的使命就在医好这个病态，修正这个轨道，开出一个新的局面，使文化成为属于人的，一般人的。"

"我赞成你的意思。"

那圆脸的说着，紧紧握住同伴的手腕，表示她的诚挚，接着又说："从今以后，我们混和在她们里边了，犹如盐粒溶化在水里。我们想到什么，就该给她们讲起，仿佛对待亲爱的姊妹和知心的朋友一样。"

"岂只我们讲给她们听，她们可以讲给我们听的正多呢！"那靠右坐的说至此，愈益兴奋，舞动两臂说："她们也有潜隐而可贵的心灵，她们也有独到而深切的见解，她们有熟练的技术，有……总之，她们有她们的生活，足够我们去了解和识知呢。"

"那自然，"那圆脸的颠着头，仿佛表白说她原是这么想。

她又申说："给她们讲讲只不还是一端而已。该括地说，我们要同她们一起生活了。从此再没有什么'她们''我们'的界限，说起'我们'，我在内，你在内，现在正要去见面的那些人也在内。"

"对啦，都是我们，都是我们，"靠右坐的高兴得很，这样喊了出来。一转念顷，带着一种处女的娇憨的神情说："我觉得同她们一起生活是完全办得到的，毫没有困难。你看，这么粗的夏布衫，这么蹩脚的白布鞋子，我都穿得来。前天下午，房东家的人不在家，我要喝茶，就提起水壶出去买开水，裙子都没有穿，也不觉得什么。"她说时，极快地在脑际闪现的是关在寓楼箱子里的几件丝织物的衣服，藏在母亲首饰匣里的几件针环钗钏，以及家里两三个女人斟茶盛饭，叠衣理被的辛勤。但是，她相信那些完全是不足道的，只希望以后再不会想起。

她的同伴却微笑了，说："像这样，固然和她们的生活差不多。但是尤其重要的，在乎能同她们一样，自尽可能的力量，一方面就取得所需的口粮。工人的可贵，全在这个上边。我要走向她们里边去，也全在这个上边。"她这样说，带黄白的脸上泛红色，一半因为天，一半就是热情的表露了。在她心头，热情的炽盛却远过于表露在外面的，她祝祷似地自语道："劳工，我将全部的同情，整个的生命，都献与你了，你该伸出两条臂膊来，你欢迎我，你把我抱入你的怀里！"

两人忽觉身躯往前一顿，几乎跌将下来。查察之后，知道那车夫腿力不济了，右脚着地不稳，致步调失却平衡，幸而左脚马上踏稳了，没有跌倒。两人同时感到一种负了人家的惭愧，以为本来就不应该两人一车，又况是这么热的天气，这么远的路途。看那车夫满背通汗，两个臂弯鸟翅般翘起，显见手掌在十分努力按住那车柄，他又时时挺直了躯干透气，行走作摇摆的姿势。

"停下来罢，"那圆脸的耐不住，便这么说。那车夫听说，如受了催眠，就放下车柄，解下围在腰间的一块乌黑的破毛巾，只顾向脸上臂上背上揩抹，也不想起早先讲明的地点还没有到。他回转身来，两个乘客见他的前胸起伏得很厉害，包在皮肉底下的条条的肋骨显得很清楚。

那靠右坐的先跨下来，取出超过论定的数目的钱给与车夫，还伴着一腔抱歉的意思。那车夫摊开手心接受钱，略侧转头相了一相，就藏在车子坐垫的底下。

两人各伸展两臂，转动身躯，以舒蜷坐半晌的困疲。道路被烫得发热，踏着，脚心感得不舒服，路旁田里种的棉，绿叶子委垂下来，嫩芽颓丧地低着头。望前边，不到一里路的地方，耸起几所三层四层的大厂屋，铁板窗一齐关着，高高的烟囱寂寞地立在那里。隐隐听得有许多人聚集的嚣声。那短发的有如望见了家乡一般，欢喜地说："不远了，就在那边，我们赶快走罢！"

那位同伴虽然不说什么，心里却也感动得厉害；想到新鲜的境界，理想的生活，马上要展开于眼前了，一种异感便侵袭着她，使她举足振臂，都有点飘飘浮浮的样子。

前面走来三个男子，青布的衫裤，粗旧的草帽，是铁厂的工人。他们看见她们两个，彼此看了一看，相互表示能够断定她们为什么来的。其中一个酒糟脸满腮短胡的便带着很丑的笑脸说："两位女先生，你们来发工钱的吧？"

又一个瘦长脸的以略微狡狯的神情接着说："不够呢，一个礼拜一块钱。勉勉强强苦过活，总得三毛钱一天。大家要义气，要齐心，原也晓得；不过肚皮总不能教它饿得太厉害。"他说着，身体略作摇摆，很合式的，是所谓"老弟兄"的风度。

"不是的，我们不发什么工钱。"那短发的女郎随口回答他们，不傲慢也不谦和。她那同伴却微感不舒快，有如好梦里忽然来一个不很可喜的消息；她听那"女先生"的称谓颇觉刺耳，而且接着又是一声"你们"。

"她们不是发工钱的，那末不用向她们说了。"那瘦长脸的工人这么说，两手搭上两个同伴的肩头。他们就跟跄地走去，头也不回，三团很短的影子跟在他们的脚后。

她们两个经过了一条两块石板的小桥，路略一曲折，厂屋前的旷场就在前面了。男男女女的工人们在场上行动，四五个一起，十几个一起，有如寺庙的会集。卖西瓜黄金瓜的，卖牛肉汤豆腐浆种种小食的，各用他们特异的腔调叫喊着，赶这临时的市面。苍蝇也来趁闹热，从瓜瓢飞到牛肉，又从牛肉飞到积着污水的泥潭，营营地很见忙乱。

有几个工人先看见跑来的两个女郎，眼光集注于她们；同时全场的人受着暗示，一齐回转头来，有一部分人便不自觉地移步向前迎上去。大众心头差不多都在想，"这才来了。"

迎上去走在前头的是两个女工，都是十七八岁的样子，淡青的夏布衫，光溜的发辫，面目间露着聪明的表象，可是都没有处女的腴润的肤色，那较低的一个尤其萎黄得厉害。她们两个臂挽着臂，带着似乎羞涩的笑容，立定了问说："两位女先生，现在就发工钱么？"

短发的女郎随即回答，用教师抚慰学生那样的温和的调子："我们不是发工钱来的，发工钱的大概随后就来了。我们要同你们女工友谈谈，告诉你们一些事情。"

"哦，是演说给我们听的，"尤其萎黄的那个女工自言自语说。

跟在两个女工背后的好些男女工人便喳呢起来，音响是很模糊的，但可以辨出含着失望的意思。他们十有九个满面沾着汗，衣衫也黏贴着皮肤。

那位圆脸的女朗看见这满场的劳工，不由自主地想，此时此刻，自己开始来到劳工的队伍里了；久久的尊崇，久久的盼望，居然会有今天：这才使情绪愈益紧张起来，心头酸酸的似乎要哭的样子。

那较高的女工伶俐地又问说："两位女先生贵姓？"

短发的女郎感觉这带点因袭的腐气，便用爽直的口气回答（先指着她的同伴），"她姓姜。我姓庞。"

"我们姓朱，姊妹两个，是工会里的纠察员。"她们左臂上都束着一条白布，是纠察员的标记。

"现在就请女工友聚拢来谈谈，行么？"庞怀着一腔的意思，又丰富，又热烈，不吐不快，故而高兴地这么问。

"什么时光讲都行。这里太阳晒得太厉害,还是到那边厂房的东面去。"朱姊承应了,又提高了喉咙喊:"纱厂的女工友们,统到厂房东面去,听两位女先生演说呀!"

"厂房东面去呀!……去听呀!……又要听了!……"一阵妇女的声音应和着,在旷场的空中布散开来。缀着发髻的背影便一群群地移动。当然,里头也混着不少的男工。

姜听着看着,自己也莫名所以,更甚的一阵心酸,眼眶里噙着眼泪了。觉得不好意思,便低头跟着庞同朱家姊妹走去。

这所厂屋是四层的,所以东墙下已有一丈光景的阴地。站定的群众聚集在这阴地上,望去也颇拥挤,有二三百人光景。烦碎的说话声同嘻笑声续续不息,有如晴朝檐前的群雀,咬西瓜块吃花生米的也有,相互顽着至于拧耳朵的也有。

庞姜同朱家姊妹从人丛中挤进去,左右都撞着人家汗湿的臂腕同衣衫,直到墙下。这墙开着很大的窗洞,墨黑的铁板窗密闭,使人想起监禁死囚的牢狱。许多水泥桶竖摆在窗下,又横卧着好些木板,可见将有兴筑的工程了。

庞自觉体内蕴蓄着一种非常的勇气,矫健地,一脚踏上木板,又一脚使跨上一个水泥桶,身子轻捷地这么一耸,旋转来,几百个仰起的面孔便在她的下面了。并不做作地颠了颠头,正要开口,在前排的一个妇人却先开口了:"先生,先生,上礼拜发工钱,我没有知道,在家里看儿子的病。后来听得人家领到了一块钱,我没有领,急得几乎断了命。先生,我们苦呢。十四年的寡妇;上礼拜儿子发痧,险些儿那个。先生,你们是好心肠的,这回大家歇了工,就弄钱来给我们。你们好心肠要好到底,我们上礼拜的一块钱总得补给我们。"她说时,乞求的眼光仰望着庞,故意皱起眉额的部分,表示她的哀苦。

一个躯干很大,面孔略带狡狯的老太接着说:"你们要知道,一礼拜一块钱不够的,我们在厂里挣十二块一个月呢。至少两块钱一礼拜。还有,你们的钱要弄得多一点,不要发了这个礼拜下礼拜发不出!"她说到末一句,简直带着玩笑的神情。

这两人的口把本已沉静下来的群众声音又扬了起来,而且比刚才更为宏大。臂缠白布的纠察员带劝带禁阻地来回示意,轻轻地说,又连连摇手。

庞略微感得无聊,只得竭力提高喉咙答复那寡妇同老太,说补钱的事总可以的,只要上礼拜确实没有领;至于多少钱一礼拜,专管这件事的人自有通盘的计算,况且这回歇下来,本是为着大家争口气的。说完以后,看她们同其馀的人还想抢出来说话,就急忙转到刚才预备开口说的那一段话上去。"各位女工友,我们工人身上的责任不轻呵!……"

听众觉得这话儿很突兀,用骇愕的眼光看着她,同时不免又切切地谈说起来。

庞立刻明白她们为什么这样子,心头自语,"你们以为我的话可怪么?我是你们的,完完全全是你们的!"

听众的嚣声续续不歇,纠察员也没有甚么效用,这使庞不得不改变她的论题。她高举两手,耸起身躯,发出尖锐的声音说:"各位女工友,请你们静一静,现在我们有要紧的话讲!"

嚣声如残雨一般,渐渐收敛,一分钟的工夫,居然可以听得见那边树上的蝉鸣了,庞便给她们讲群众聚集,听人讲话,为什么应该寂静；听了之后，到底有什么好处；假如不听，又有什么吃亏的地方。她演讲时，眼看着下面的听众，不自主地要把一个个词儿逐一考查，不让它们随便漏出。考查的结果往往是不很适用，却又找不到个适当的代替，——譬如，说"秩序"不妥当，该怎么说呢？说"团体生活"也不妥当，又该怎么说呢？——而说话须趁势，不能停顿下来，终于只得把那些不很适用的混用了，将就过去。这自然觉得不畅快，有如吃东西吃噎了似的。

忽地，路上跑来几个女工，几经传语之后，大众就开口发话，带着愤愤的腔调；纠察员太多匆忙地向路上跑去，似乎将去应付非常的事故：演讲的空气就此被冲散了，谁都忘了刚方正在听一个人讲话。

"奸细！奸细！……把她关起来！把她锁起来！……重重地请她吃一顿嘴巴，好教她知道做得错不错！……不客气，打死了她也不罪过！……"少的老的中年的女工们义愤地这样喊出来。

"什么事？"庞停顿了所讲的，诧异地这么问。她略微皱着眉头，几绺短发飘散在额际，身体略低俯，像一个很好的雕像。

一个从后面挤向前来的三十左右的纠察员表示殷勤回答："没有什么，他们查出了一个工贼。她也是我们的同伙，这几天也常常来聚会。但是，她坏得很，知道了我们的情形，都一五一十去告诉厂里的头脑。我们本来就有点疑心她；现在竟拿到真凭实据，她正从头脑的后门口趫出来。"

"这样的人就是把她打死了也是活该!"这是另外一个人的声音,比刚才那个纠察员柔美得多,但是掩不没她不平的气分。接着又转为感激的语气说:"你先生想,像你们先生这样,本来在学堂里念书的,不愁吃,不愁穿,正像天上的仙人;现在我们罢了工,就跑来替我们想法,弄钱给我们,对我们讲许多的道理,这样的大热天也不怕。她原是同我们一样的工人。倒作我们里头的奸细,一点义气都没有。先生,你想该不该给她吃点苦?"

庞听说觉得爽然,初不料在她们看来,自己是"天上的仙人",自己的到此犹如慈善家突着肚子踱到贫民窟里!不禁喃喃地说:"我们是一伙儿……"但是这一句的音响并没有渗入群众的耳朵;群众只接应着刚才发话的那一个呼喊说:"自然要给她吃点苦!我们去看呀!"大家都回转身来,推着拥着,向路上走去。

庞站在水泥桶上,望着无数承着阳光的移动的背影,颇感凄然,似乎她们全是掉下了她而去的。同时一种鄙薄自己的心理又涌了起来,以为这也值得感触,那就什么事情也干不成了。便故作从容地跨下地来,拉住站在旁边的姜的手说:"可惜你没有来得及讲。"

姜正是丧失了自己一般,怅惘到心头空虚,听庞这样说,茫然回答:"我本来没有什么讲的。"

朱家姊妹两个便笑颜相向,表示十分的亲热和恭敬。那姊姊说:"站得累了,请两位先生到我们家里去坐着歇歇罢。也可以喝一点茶。"

那妹妹补充说:"你们也难得的。前天有两位先生来,也到我们家里去。好在并不远,只有一条街呢。"她萎黄的脸上露出一种热望的神情,见得她这请求是她的野心。

这个给与庞新的鼓励,以为虽然怀着一腔的意思没有拿出来,但是只要等着,机会来到,自有拿出来的一刻;而现在跟着朱家姊妹回去看看,也许会有其他的满足,而且也未尝不是一个机会。便高兴地看着姜说:"我们去坐坐吧?"

姜无可无不可地颠颠头;望着散在场上走在路上的那些背影,似乎心有所想,但是又摸不清想些什么,仿佛像是"完全不是这么一回事"这一个意思。

于是她们四个也向路上走去。庞昂然举步,身躯摇动着很自然的姿势,右臂挽着朱姊;朱妹贴在她的左旁;姜并着朱妹,略微落后,眼睛凝视前方,两手自执着,像个独游的骚客。四条斜长的人影画在她们脚趾前面的路上。

一九二五年十一月廿九日作毕。

搭班子

泽如磨浓了一砚的墨汁，从抽斗内取出朱阑八行的信笺一叠，放下了，就执笔在手，预备开头写。但是绵延的思索立刻涌上心头，使他暂时忘了开头要写这回事，执笔的手不自觉地去托着下颔。

他想：——要干就得着力地干，马马虎虎，那就不如不干。固然，有些人自夸的"教育是特别清高特别神圣的事业"的话，未免近乎虚浮；可是凡是事业，也决没有希望它卑污希望它胡乱过去的道理。一个小学校，一个包容两百多学生的小学校，将要隶属于一个人的处理之下，生活着，发展着，这实在不是一件细小的事业。这里头可以倾注无限量的心力，从一个孩子的一啼一笑到全体孩子的长育进步；这里头也可以收领无限量的愉悦，从每时每刻的努力工作到三年两载的颇有成绩。宝贵的生命要消费得有意义，做这事业不是大有意义么？——他吻着嘴唇微笑了。心头觉得异常地舒快，简单而明鲜，有如春晴的原野，只有青天，只有阳光；在其间摇动着的，只有鲜花同绿草，这是比喻对于将来的希望。

这是初伏的朝晨，太阳光不会射到庭中的墙上，几挂帘子还高高地钩起。蝉儿正在享受早凉，不想开口。一只花猫睡着没有醒，蜷在书桌脚边，仰起的半面胸腹徐徐升落，这小生命正作和悦的梦呢。庭中隔墙挂过来的柳枝析析地一阵轻响，泽如就感到一阵新鲜的凉风。

他咬着拇指，继续想：——这事业虽说隶属于一个人的处理之下，却决不是一个人独力干得来的，不比机器，机器只消有一个人管着总机关就行。这事业须得各个人都有原动力，原动力的总和愈大，成效也愈大。那么，眼前最要紧的当然是邀集同志了。譬如唱戏，单单一个角色好不相干，必得生旦净丑各各角色都好，才唱得成完美的戏。哈哈，眼前切要的事乃是搭个戏班子。

同志，这也得详细解释。自然，研究过教育学的，是一个不挑的条件；可是尤其重要的，却在对于这事业有信心，能爱好。有信心自不肯马马虎虎，能爱好当然会终身以之，这样的结果，必然无疑是成功。

想到这里，正要写信去招来的乐水的印象就浮现于眼前。他看见乐水的明活的眼睛，庄严的鼻子，慈爱的嘴唇，以及富有诗意的一头散鬈的发。他又看见乐水这样凝着眼光沉思，这样开着嘴唇微笑，这样浪漫地昂起头来，一手按着头发。——阿，可爱的教师，儿童的天使，非把他拉了来不可；他在那边本来也不得意，几个同事全是教书匠。——几个月前乐水来信里的一番话鲜明地显现于他的意识中了。这一番话是乐水告诉他带着学童出游郊野的愉快。讲起活泼泼的春水，柔和而干净，教人仿佛觉着堕入软美的梦里。讲起新绿丝丝的垂柳，这绿色非画家的颜料所能配合，非诗人的字句所能摹拟，乃是天地所特有的新鲜艳丽的一种颜色。讲起这柳色堆在四围，映入水里，几乎满望都绿，教人把什么都忘了，只怀着同样鲜绿的生意同希望。讲起一条没篷的船载着学童们，在柳丝下春水上徐徐行动，没有一个孩子不眉飞色舞，没有一个孩子不和悦善良。讲起孩子们情不自禁唱起歌来了，个个都唱，比平时格外地协调，格外地清亮。末了，讲起他自己这当儿的感动，他说，人间纵使是罪恶的，但因有这歌声，已够教他恋着不舍；这歌声是爱的化身，是灵的表现，是……是不可说：他感动得周身发麻，眼里不禁滴下泪珠来。泽如想着这些，有如正喝新泡的"龙井"。——阿，宝贵的泪珠，那得天下的教师都有这样宝贵的泪珠！想得一点不错，非把他拉来不可，假如少了他，还说什么搭班子。自然，宛也是一定要找的。她这样地慈和，这样地灵慧，单只笑一笑，已教孩子们终身受用不尽，何况她对于儿童素有研究，又立志要将生命奉献于儿童的。一定找她，她同样地是一个要角。——这时候泽如索性把笔放下，下颌贴着臂腕，臂腕搁在书桌，这样地吟味那存在意想中的短发红颜的女郎。他觉得前途有更多的光明，只待自己大踏步走去，什么都是自己的。——阿，走上前去，勇敢地走上前去！校园一定要把它弄得顶好，不单是玩赏园，简直就是个丰美的自然，让儿童们生活在里头，有如鱼生活在水里。操作是必须训练的，可以教他们种花，剪树……

"有人么？"故意温雅恭敬的，这语声从庭前门口送过来。

"谁？"泽如站起来走到窗前，这才惊醒了那只蜷卧的花猫。它望着它的主人叫了一声，举起脚爪来摩着面，便懒懒地踱开了。

"是我。"跨过门限走进中庭来的是一位瘦瘠的中年人，头发已有点灰白，两块颧骨特别地突出，鹰嘴似的鼻尖上挂着一滴水珠，两片眼镜片很厚而凹，犹如两个鼻烟盆；穿着白夏布长衫，离开浆洗已经有好几天了，软敝地，不大像是麻织品。他望见了泽如，急速而又轻雅地走前几步，曲起两臂，似乎要作揖的样子，说："足下就是泽如先生吧？"

"是的。请里面坐。"

"不敢。兄弟是第三完全小学的级任钱松如。昨天到教育局里去，听得先生将被任为三校的校长，故而特来奉访。"

"喔，是钱先生。"泽如恍然如悟地说，仿佛早先不曾想到三校里原有一班旧教员。"里面请坐了谈罢。"

钱先生表示不敢玷污了新校长的书室的庄严的神情，才很逊顺地跨了进来。泽如让他脱了长衫，他执意说早上并不热，不用脱，泽如让他坐那只靠墙的大藤椅，比较舒服一点，他又连连说"这里很好"，就在书桌侧边的一只椅子上坐下，只搭着一角。

泽如没有心思多让，就在自己的椅子上坐下，"先生在三校里多年了？"

"连头搭尾十年了。"钱先生想这正好个机会，应该把要说的话立刻跟着说出来。但对于泽如是所谓青年派，有一种莫名所以的畏怯。话到了喉际，重又咽了下去。只无聊地说："我进去时，校长是一位方先生，方先生后是李先生，现在作古了，李先生后就是现在的杜先生。"

"那是很久的历史了。"泽如悠然地想了开去，以为十年的教师生涯很了不得的。"当然消费了不少的心血。"

"哪里！哪里！"钱先生的上半身只是往前佝动，似乎要从椅子上跌下来的样子。

"我说实在的话，并不同先生客气。"

"真是，哪里！哪里！"钱先生感到无形的压迫，似乎周身不很自由，颇想马上走了出去。庭中的西墙上已涂着半截炎炎的阳光，温度升到了八十二度的样子，又加他心头一阵燠热，汗水便渗出来了。但是既然上了庙，那有不把心愿祝祷一番的道理。只得干咳一声，聊以振作勇气；近视的眼睛不敢直望那握有权力的新校长，只从眼睛底下这么溜过去，于是颈间的喉结显著地突出，像一个小瘤。"不瞒先生说，一向没有别的路走，所以糊糊涂涂就耽了十年。其间说不上什么心血，可是还能自信，也没有什么错失。讲到新教育，那是惭愧得很，不十分明白；不过很愿意受新教育家的指导，学着去，比方自动的教育哩，启发式教育哩，都是顶有道理的，兄弟都相信，都勉力试着照样办。现在，现在是更好了！"说这里，上身凑前一点，脸上呈不大自然的笑容，语音转低而微颤，"不知先生容不容兄弟问一声，今后允许兄弟领受先生的指导么？"

"哦……"泽如眼看钱的喉结这么一上一下，仿佛觉得自己的喉际梗着什么东西，不很舒服；对于钱的话，又不得要领，不知他将归根在什么地方，突经他询问，一时答不出来。

钱先生用手心抹了额上的汗，恳求似地继续他的祝祷，他觉得比刚才轻松得多,话语很滑溜了。"请先生原谅,这些话是不该来麻烦先生的,但是没有法子,不得不麻烦先生,真要求万分原谅。兄弟境况不好,生活程度却潮水那么越来越涨,又有一点点的亏空,真是雪天走独木桥那样地小心过活,才不至闹出什么笑话来。然而,也就十分可怜了!"他伤心地摇着头,一手去摘下颌的短髭。

泽如不想说什么话去接应,他照旧带着不舒服的感觉望着钱的喉结。

"兄弟想,先生接手校长之后,大约还用得到兄弟领受先生的指导吧。但是不曾蒙先生亲口提及,总是放心不下。万一,万一那个呢,……那就不堪设想了!所以冒昧地特来拜访,要求先生亲口给兄弟说一声。为了这点小事麻烦先生,真要请先生万分地原谅!"话罢,两手支在膝盖上,呆着多皱的脸儿等候答复。

泽如的脸渐渐泛红了,泛红的缘故也像是害羞,也像是含怒,总之感情被激动了。乐水的眼睛和鼻子,宛的短发和红颜,同时在他意念中一晃而过,使他用力睁眼去认那多皱的瘦脸。——这也是他们的同伴么!太滑稽了!太可笑了!噜噜苏苏的一套,不晓讲些什么,一定只会给孩子们受罪罢了,——他一向游心于理想的境界,对于钱先生的话不免感得生疏,因生疏而诧怪。

但是这一双僵鱼眼似的眼睛正等着答复。——怎么说呢?戏班子非齐整不可,老实不客气,只有对他说请另觅高就罢。他要维持一家的生命,我要发展一校的生命,两全是不成的。——想定下来，已历好一会的静默，开口说，"这个……"

"怎么？"钱先生不禁抢着问，因为命运的判决书立刻要宣读了。虽然料度新校长未必不用旧人，对于自己的请求大约能够答应，然而也说不定会来个"不"字，这就有点惴惴然了，因而再加一句，"先生总能允许兄弟吧？"

"泽如先生在家么？"这当儿，门口又送来颇响亮的声音，从这声音可以想见这人是个胖子。

"在。"泽如便站起来走到窗口。钱先生懊丧地望窗外，也慢慢站了起来。

"喔，逸民先生，里面请坐罢。"泽如迎了出。

从容地踱进来的果真是个胖子，白纱长衫，玄纱马褂，手里摇着鹅毛扇，作揖说："很巧很巧，特来拜访，竟得碰到。近来忙得怎样？"

"不忙什么。"泽如把新客延入室内，指钱说。"这位是钱松如先生，三校的级任教师。"又介绍新客给钱说，"这位是周逸民先生，县议会议员。"

"喔！喔！"周先生若有所悟地把头顿了两顿，作揖说："钱先生，久仰久仰。"

钱先生照例还敬了"久仰久仰"，却感到来了一重新的压迫，自信再没有坐下去探问口气的勇气。就此退出去，固然十分可惜，但是除了咒诅时辰不吉利，竟会这样不凑巧以外，还有什么法子呢？于是尴尬着脸儿向泽如说，"兄弟失陪了。"

"刚才谈起的，明天写信去答复先生，请留下尊府的地址罢。"泽如颇觉得计，这才不须用嘴说那不大好说的话。

但是钱先生听了，盎——，脑子里这样作响。——完了，这一定是"不再继续"四个大字——直到被送出大门，也不曾明白自己怎样表白了住址，怎样同新校长及县议员作了别。——他没有说话呢，那该死的县议员就突然来了！这是我说得太多了的不好，我少说几句，他就说了。也许他有很多的话向我说呢，要我教他收支的过门节目，要我帮他全校的文牍庶务，都说不定。这些话一句哪里说得完，只好写在明天的信里了。——同时他又带了这样的希望回去。

周逸民满满地坐在钱松如不敢坐的大藤椅上，长衫马褂是卸去了，大袖白官纱衫的口袋里，引出一条金表链，连在胸前的钮扣上。当谈了一阵天气之后，他就堆着笑脸开端说："听说三校将要归老兄办理，有这话么？"

"有是有的。"泽如心里忽然一动，仿佛觉得来的又是刚才这一套。"但只是教育局里同我谈起，还不曾正式接手。"

"这是迟早的问题罢了，敬贺敬贺。"

这"敬贺"两字似乎有刺的，教泽如听了，周身感着微微的不安适。"笑话了，担一点事务，有什么可贺的！"

"我有一个亲戚。"逸民把本来展伸的两条腿钩了进去，为的是上身好向前一点，作开始谈主要话的表示。"他在五中新毕业。这样的时代，教他没有力量再去求学，而且照他的家境，最好要他谋一点生活。老兄将要接手当校长，定能给他在校里设法这么一个位置；不论教什么功课，请你裁酌，你以为什么适当就是什么。我们的交情，想来够得上承你答应吧？"说着，带笑的肥脸斜对泽如，浑圆的颔下皱起几圈的颈肉，鹅毛扇则扇那左手的手心。

"什么！——泽如心头掣电似地想。——不论什么，只要别人以为适当！人应该自量才能然后去找事，他却见了事硬把人凑上去，多么颠倒！

但是在当前的究竟不是平时无所不谈的青年朋友，虽然有反感，却不想如实地说出来。搭班子的意思不免跟着涌现，因想象这样搭班子，还不如奔到闹市地方去拉一批人来的好。要搭就得搭纯粹可靠的班子，于是想到除了乐水同宛究竟还有谁，又想到旧教员中不知有几个可称同志的，最好立刻去会着他们。就顺口说："我今天本想去看一看校里的情形。假若须得找人的话，一定找令亲。"

"噢，那就是了，费你的心。"逸民也就觉得满足，本来是随便碰机会的，听到这样的答复，总算不是无望了。

隔墙的柳树上一个蝉儿悠扬地唱起来，触动了逸民的感兴，说："这是你们当教员的好处。有这么长一个暑假，可以舒舒服服在家里耽着。别的人就没有这福气了。"

"这是各人兴趣不同，在我，就觉得耽在家里并不见舒服。"

"但是我又不赞成有这暑假，"逸民接自己的话。"小孩子放了暑假，天天在家里闹，满头满脸都是汗，教大人也心烦起来，真讨厌。"他皱起眉头，两眼挤得极细。"为想除他们的闹，我宁愿化十块钱请一个先生，给他们补习功课，从早上直到傍晚。你想，可不是暑假亏损了我？"接着就哈哈地笑。

"从早上直到傍晚！时间不太多么？"泽如觉得怅然，随即想到以后要想法子利用暑假，决不让孩子们死坐在家里。又想乐水同宛，他们一定也这样主张，决不会贪着耽在家里的。

"并不太多，我本来嫌学校里的时间太少了。一天只有四点钟五点钟，一点钟又只上四十分五十分，读得出什么来！我好久要向你们教员先生上条陈，一天至少上八点钟，这才于学生们有点益处。现在就上给了老兄罢。"他故意作诙谐的语调说。

"这个……"

泽如正想把学习能力同年龄的关系来回答，外面走进个汗气蒸腾的邮差来，投递一封信。接着看时，信封下首印着鲜红的"教育局缄"字样。开封抽出信笺，先看署名处是娟秀的行书三字，是局长的姓名。回上去把开头的套语跳过，就是：——

……有友人陈君，任教三年，赋闲兼岁。兹特为之介绍，务望相宜录用。以彼往昔之经验，必能胜任愉快，为先生良辅也。……

"嗤！"泽如不禁漏了这一声。"什么？"逸民望着泽如的手里。"教育局请你过去商量事情么？""是的。"泽如随便答应了，抬起眼光来端相逸民带紫的肥脸，——你们是一丘之貉。

一九二六年五月二日作毕。

多收了三五斗

万盛米行的河埠头，横七竖八停泊着乡村里出来的敞口船。船里装载的是新米，把船身压得很低。齐着船舷的菜叶和垃圾给白腻的泡沫包围着，一漾一漾地，填没了这船和那船间的空隙。

河埠上去是只容两三个人并排走的街道。万盛米行就在街道的那一边。朝晨的太阳光从破了的明瓦天棚斜射下来，光柱子落在柜台外面晃动着的几顶旧毡帽上。

那些戴旧毡帽的大清早摇船出来，到了埠头，气也不透一口，便来到柜台前面占卜他们的命运。

"糙米五块，谷三块，"米行里的先生有气没力地回答他们。

"什么！"旧毡帽朋友几乎不相信他们的耳朵。美满的希望突地一沉，一会儿大家都呆了。

"在六月里，你们不是卖十三块么？"

"十五块也卖过，不要说十三块。"

"那里有跌得这样厉害的！"

"现在是什么时候，你们不知道么？各处的米像潮水一般涌出来,隔几天还要跌呢!"

刚才出力摇船犹如赛龙船似的一股劲儿,现在在每个人的身体里松懈下来了。今年天照应,雨水调匀,小虫子也不来作梗,一亩田多收这么三五斗,谁都以为该得透一透气了。哪里知道临到最后的占卜,却得了比往年更坏的课兆!

"还是不要粜的好,我们摇回去放在家里吧!"从简单的心里喷出了这样的愤激的话。

"嗤,"先生冷笑着,"你们不粜,人家就饿死了么?各地方多的是洋米,洋面,头几批还没有吃完,外洋大轮船又有几批运来了。"

洋米,洋面,外洋大轮船,那是遥远的事情,仿佛可以不管。而不粜那已经送到了河埠头的米,却只能作为一句愤激的话说说罢了。怎么能够不粜呢?田主那方面的租是要缴的,为着雇短工,买肥料,吃饱肚皮,借下的债是要还的。

"我们摇到范墓去粜吧,"在范墓,或许有比较好一点的命运等候着他们,有人这么想。

但是,先生又来了一个"嗤",捻着稀微的短髭说道:"不要说范墓,就是摇到城里去也一样,我们同行公议,这两天的价钱是糙米五块,谷三块。"

"到范墓去粜没有好处的,"同伴间也提出了驳议。"这里到范墓要过两个局子,知道他们捐我们多少钱。就说依他们捐,哪里来的现洋钱?"

"先生,能不能抬高一点?"差不多是哀求的声气。

"抬高一点,说说倒是很容易的一句话。我们这米行是将本钱来开的,你们要知道。抬高一点,就是说替你们白当差,这样的傻事情谁肯干?"

"这个价钱实在太低了,我们做梦也想不到。去年的粜价是七块半,今年的米价又卖到十三块,不,你先生说的,十五块也卖过;我们想,今年总要比七块半多一点吧。哪里知道只有五块!"

"先生,就是去年的老价钱,七块半吧。"

"先生,种田人可怜,你们行一点好心,少赚一点吧。"

另一位先生听得厌烦,把嘴的香烟屁股掷到街心,睁大了眼睛说:"你们嫌价钱低,不要粜好了。是你们自己来的,并没有请你们来。只管多噜苏做什么!我们有的是洋钱,不买你们的,有别人的好买。你们看,船埠头又有两只船停在那里了。"

三四顶旧毡帽从石级下升上来,旧毡帽下面是浮现着希望的酱赤的颜面。他们随即加入先到的一群,斜伸下来的光柱子落在他们的破布袄的肩背上。

"听听看,今年什么价钱。"

"比去年都不如,只有五块钱!"伴着一副懊丧到无可奈何的嘴脸。

"什么!"希望犹如肥皂泡,一会儿又迸裂了三四个。

希望的肥皂泡虽然迸裂了,载在敞口船里的米却总得粜出;而且命中注定,只有卖给这一家万盛米行。米行里有的是洋钱,而破布袄的空口袋里正需要着洋钱。

在米质好和坏的辩论之中,在斛子浅和满的争持之下,结果船埠头的敞口船真个敞口朝天了;船身浮起了好些,填没了这船那船间的空隙的菜叶和垃圾不复可见。旧毡帽朋友把自己种出来的米送进了万盛米行的廒间，换到手的是或多或少的一叠钞票。

"先生，给现洋钱，袁世凯，不行么？"白白的米换不到白白的现洋钱，好像又被他们打了个折扣，怪不舒服。

"乡下曲辫子！"夹着一枝水笔的手按在算盘珠上，鄙夷不屑的眼光从眼镜上边投射出来，"一块钱钞票就作一块钱用，谁好少作你们一个铜板。我们这里没有现洋，只有钞票。"

"那末，换中国银行的吧。"从花纹上辨认，知道手里的钞票不是中国银行的。

"吓！"声音很严厉，左手的食指坚强地指着，"这是中央银行的，你们不要，可是要想吃官司？"

不要这钞票就得吃官司，这个道理不明白。但是谁也不想问个明白；大家看了看钞票上的人像，又彼此交换了将信将疑的一眼，便把钞票塞进破布袄的空口袋或者缠着裤腰的空褡裢。

一批人咕噜着离开了万盛米行，另一批人又从船埠头跨上来。同样地，在柜台前迸裂了希望的肥皂泡，赶走了入秋以来望着沉重的稻穗所感到的快乐。同样地，把万分舍不得的白白的米送进万盛的廒间，换了并非白白的现洋钱的钞票。

街道上见得热闹起来了。

旧毡帽朋友今天上镇来，原来有很多的计画的。洋肥皂用完了，须得买十块八块回去。洋火也要带几匣。洋油向挑着担子到村里去的小贩买，十个铜板只有这么一小瓢，太吃亏了；

如果几家人家合一听分来用，就便宜得多。陈列在橱窗里的花花绿绿的洋布听说只消八分半一尺，女人早已眼红了许久，今天粜米就嚷着要一同出来，自己几尺，阿大几尺，阿二几尺，都有了预算。有些女人的预算里还有一面蛋圆的洋镜，一方雪白的毛巾，或者一顶结得很好看的绒绳的小团帽。难得今年天照应，一亩田多收这么三五斗，把一向捏得紧紧的手稍微放宽一点，谁说不应该？缴租，还债，解会钱，大概能够对付过去吧；对付过去之外，大概还有得多馀吧。在这样的心境之下，有些人甚至想买一个热水瓶。这东西实在怪，不用生火一热水冲下去，等一会倒出来照旧是烫的；比起稻柴做成的茶壶窠来，真是一个在天上，一个在地下。

他们咕噜着离开万盛米行的时候，犹如走出一个一向于己不利的赌场——这回又输了！输多少呢？他们不知道。总之，袋里的一叠钞票没有半张或者一角是自己的了。还要添补上不知在那里的多少张钞票给人家，人家才会满意，这要等人家说了方能知道。

输是输定了，马上开船回去未必就会好多少；镇上走一转，买点东西回去，也不过在输账上加增了一笔，况且有些东西实在等着要用。于是街道上见得热闹起来了。

他们三个一群，五个一簇，拖着短短的身影，在狭窄的街道上走。嘴里还是咕噜着，复算刚才得到的代价，谩骂那黑良心的米行。女人臂弯里钩着篮子，或者一手牵着小孩，眼光只是向两岸的店家直溜。小孩给赛璐珞的洋团团，老虎，狗，以及红红绿绿的洋铁铜鼓，洋铁喇叭勾引住了，赖在那里不肯走开。

"小弟弟，好玩呢，洋铜鼓，洋喇叭，买一个去，"引诱的声调。接着是：——冬，冬，冬，——叭，叭，叭。

当，当，当，——"洋磁面盆刮刮叫，四角一只真公道，乡亲，带一只去吧。"

"喂。乡亲，这里有各色花洋布，特别大减价，八分五一尺，足尺加三，要不要剪点回去？"

葛源祥大利老福兴几家的店伙特别卖力，不惜工本叫着"乡亲"，同时拉拉扯扯地牵住"乡亲"的布袄；他们知道惟有今天，"乡亲"的口袋是充实的，这是不容放过的好机会。

在节缩预算的踌躇之后，"乡亲"把刚到手的钞票一张两张地交到店伙手里了。洋火，洋肥皂之类必需用，不能不买，只好少买一点。整听的洋油价钱太"咬手"，不买吧，还是十个铜板一小瓢向小贩零沽。衣料呢，预备剪两件的就剪了一件，预备娘儿子俩一同剪的就单剪了儿子的。蛋圆的洋镜拿到了手里又放进了橱窗，绒绳的帽子套在小孩的头上试戴，刚刚合式，给爷老子一句"不要买吧"，便又脱了下来。想买热水瓶的简直不敢问一声价。说不定要一块块半吧。如果不管三七二十一买了回去，别的不说，几个白头发的老太公老太婆就要一顿顿地骂："这样的年时，你们贪安逸，化了一块块半买这些东西来用。永世不得翻身是应该的，你们看，我们这一把年纪，谁用过这些东西来！"这噜苏也就够受了。有几个女人拗不过孩子的欲望，便给他们买了最便宜的小洋团团，小洋团团的腿臂可以转动，要他坐就坐，要他立就立，要他举手就举手；这不但使拿不到手的别的孩子眼睛里几乎冒火，就是大人看了也觉得怪有兴趣。

"乡亲"还沽了一点酒，向熟肉店里买了一点肉，回到停泊在万盛米行船埠头的自家的船上，又从船梢头拿出咸菜和豆腐汤之类的碗碟来，便坐在船头开始喝酒。女人在船梢头烧饭。一会儿，这只船也冒烟，那只船也冒烟，个个人流着眼泪。小孩在敞口朝天的空舱里跌交打滚，又捞起浮在河面的脏东西来玩，惟有他们有说不出的快乐。

酒到了肚里，话就多起来。相识的，不相识的，落在同一的命运里又会饮在同一的河上，你，端起酒碗来说几句，我放下筷子来接几声，中听的，喊声"对"，不中听，骂一顿：大家觉得正需要这样的发泄。

"五块钱一担，真是碰见了鬼！"

"去年是水灾，收成不好，亏本。今年算是好年时，收成好，还是亏本！"

"今年亏本比去年都厉害；去年还粜七块半呢。"

"又得把自己吃的米粜出了。唉，种田人吃不到自己种出来的米！"

"为什么要粜出呢，你这死鬼！我一定要留在家里，给老婆吃，给儿子吃。我不缴租，宁可跑去吃官司，让他们关起来！"

"也只得不缴租呀。缴租立刻借新债。借了四分钱五分钱的债来缴租，贪图些什么，难道贪图明年背着更重的债！"

"田真个种不得了！"

"退了租逃荒去吧。我看逃荒的倒是满写意的。"

"逃荒去,债也赖了,会钱也不用解了,好计策,我们一起去!"

"谁出来当头脑?他们逃荒的有几个头脑,男男女女,老老小小,都听头脑的话。"

"我看,到上海去做工也不坏。我们村里的小王,不是么?在上海什么厂里做工,听说一个月工钱有十五块。十五块,照今天的价钱,就是三担米呢!"

"你翻什么隔年旧历本,上海东洋人打仗,好多的厂关了门,小王在那里做叫化子了,你还不知道?"

路路断绝。一时大家沉默了。酱赤的脸受着太阳光又加上酒力,个个难看不过,像就会有殷红的血从皮肤里迸出来似的。

"我们年年种田,到底替谁种的?"一个人呷了一口酒,幽幽地提出他的疑问。

就有另一个人指着万盛的半新不旧的金字招牌说:"近在眼前,就是替他们种的;我们吃辛吃苦,赔重利钱借债,种了出来,他们嘴唇皮一动,说'五块钱一担!'就把我们的油水一古脑儿吞了去!"

"要是让我们自己定价钱,那就好了。凭良心说,八块钱一担,我也不想要多。"

"你这囚犯,在那里做什么梦!你不听见么?他们米行是将本钱来开的,不肯替我们白当差。"

"那末,我们的田也是将本钱来种的,为什么要替他们白当差！为什么要替田主白当差！"

"我刚才在廒间里这么想：现在让你们沾便宜，米放在这里；往后没得吃，就来吃你们的！"故意把声音抑得低低，网着红丝的眼睛向岸上斜溜。

"真个没得吃的时候，什么地方有米，拿点来吃是不犯王法的。"理直气壮的声口。

"今年春天，丰桥地方不是闹过抢米的事情么？"

"保卫团开了枪，打死两个人。"

"今天在这里的说不定也会吃枪，谁知道！"

散乱的谈话当然没有什么议决案。酒喝干了，饭吃过了，大家开船回自己的乡村。船埠头便冷清清地荡漾着暗绿色的脏水。

第二天又有一批敞口船来到这里停泊。镇上便表演着同样的故事。这种故事也正在各处市镇上表演着，真是平常而又平常的。

"谷贱伤农"的古语成为都市间报纸上的时行标题。

地主感觉到收租的棘手，便开会，发通电，大意说：今年收成特丰，粮食过剩，粮价低落，农民不堪其苦，应请共筹救济的方案。

金融界本在那里要做买卖，便提出了救济的方案：——（一）由各大银行钱庄筹集资本，向各地收买粮米，指定适当地点屯积，到来年青黄不接的当儿，陆续售出，使米价保持平衡的状态；（二）提倡粮米抵押，使米商不至群相采购，造成无期的屯积；（三）由金融界负责募款，购屯粮米，到出售后结算，依盈亏的比例分别发送。

工业界是不声不响。米价低落，工人的"米贴"之类可以免除，在他们是有利的。

社会科学家在各种杂志上发表论文，从统计，从学理，指出粮食过剩之说简直是笑话；"谷贱伤农"也未必然，谷即使不贱，在帝国主义和封建势力双重压迫之下，农也得伤。

这些都是都市里的事情，在"乡亲"是一点也不知道。他们有的粜了自己吃的米，卖了可怜的耕牛，或者借了四分钱五分钱的债缴租；有的挺身而出，被关在拘押所里，两角三角地，忍痛缴纳自己的饭钱；有的沉溺在赌博里，希望骨牌骰子有灵，一场赢他十块八块；有的求人去说好话，向田主那里退租，准备做一个干干净净的穷光蛋；有的溜之大吉，悄悄地爬上了开往上海的四等车。

一个练习生

初中读了两年，没法读下去了，就停了学，好容易找到个职业，以为每天几碗饭到晚一张铺总不成问题的了。谁知道为了偶然的机缘，就被斥退了出来。

妈妈的眉心一向打着结；爸爸的叹气声音比猫头鹰叫还要幽沉可怕。我虽然拿着张伯伯的信，他替我说明这并不是我的错处；可是想想那眉心，想想那叹气声音，就够气馁的了，何况要打得更紧，叹得更幽沉。我怎么敢回去见他们呢！

今年春天，爸爸被那人家辞退了。农民连饭都没得吃，只好吃一点野菜煮番薯，哪里缴得出什么租？那人家收不到租，哪里请得起什么管账先生？失业的管账先生的儿子比黄包车夫的儿子都不如，钱的来路一断绝就像西风里的苍蝇一样冻僵了，哪里读得成什么初级中学？

爸爸叹着气说："这一学期的学费是交付了，你还是读你的书去。下一学期可不用提了。我们的饭都不知道在哪里，还读什么书！"

妈妈不声不响，低着头，皱着眉心，糊她的自来火盒，像一个孤苦的影子。她的两只手机械一般运动着：拿起一张薄木片，依它的折痕折起来，把那黄地墨印的小纸张箍上去，就成一个长方小盒儿，随即丢在身旁的篾篮里。这种工作的代价是三十九个铜子一千。她每天至多糊两千，可以收进七十八个铜子。

下一学期不得读书了，我觉得非常难过，可是仔细想想，又说不清为什么要难过。读书算是快乐的事情吗？我实在没有感到什么快乐。硬要记住一些枯燥无味的东西，硬要写下一些账目一样的笔记；每月一小考，一学期一大考，好比永远还不清的债务，哪里来的快乐？不得读书算是痛苦的事情吗？这种痛苦实在也平常得很。第一学期过后，就有三个同学因为力量不够停了学。第三学期第四学期开学的时候都少了人，原因也相同。起初全班五十个人，到现在只剩三十五个了。即使是痛苦，至多和那些先走的同学所感到的一样，他们能忍受，我为什么不能忍受呢？

虽然这么说，自从听了爸爸的警告，我却在功课上真个用起心来。好比吃甘蔗，开头只是乱嚼一顿，直到吃剩一节两节了，才慢慢地咬，慢慢地咀嚼，舍不得糟蹋一滴的蔗汁。用心的结果，枯燥无味的东西变得新鲜甜美了；历史有咬嚼，地理有咬嚼，甚至最教人头痛的算学也有咬嚼。除了应分交给先生批阅的笔记以外，我还写了一些学习笔记，把自己想到的一切记在里头。

可惜甘蔗吃到末一节了，任你慢慢地咬，慢慢地咀嚼，一眨眼就到了吃完的时节。这就是说，第四学期读完了，我再不能在学校里多尝一滴的蔗汁。我不作一声，对每一个先生和同学恋恋不舍地看了一眼,对教室里我的座头以及运动场上的运动器械痴痴迷迷地抚摩了一阵,就此溜出了学校。

爸爸叹着气说:"这样总不对啊!你得出去,出去做一点事情。薪水且不必说,最要紧的是把人家的饭填饱你的肚皮。家里的饭是……"他停住了,眼睛斜过去,看着妈妈机械一般运动的两只手。两只手背上缀满了汗珠。

我愿意出去,我愿意出去做一点事情。可是到哪里去呢,做什么事情呢,我却完全茫然。

岂但我,就是爸爸也完全茫然。他遇见亲戚或是朋友少不得向他们请托,总是这么几句话:"费您的心,替我的孩子想想法子,商店里的学徒也好,工厂里的学徒也好,无论什么都好,只要让他填饱肚皮。"无论什么都好,其实就是漫无目标;他的眼前也只见白茫茫的一天大雾。

有几个人的回答很动听:"我认识一家绸缎铺子,可以去问一声。""德大当铺的当手是我的朋友,不知道他那里收不收学徒。""现在这时代。努力做工是堂而皇之的了,我替你向利华铁工厂打听打听吧。"这几句话好像直向将要沉没的海船过过来的小舢板,载着一个亘大无比的希望——出死入生的希望。

但是过不了几天,小舢板打翻了,巨大无比的希望沉到了海底。绸缎铺子正在裁员减薪,收录学徒,简直谈不到。德大当铺的主人久已想收场,收不了,在那里勉强支持残局,再不愿多添吃口。利华铁工厂制造了大批的摩登家具,陈列在发行所里没有人过问,熟练的工人大半歇了手,再招学徒做什么?

虽然看见小舢板打翻，还是伸长项颈四望，搜寻戴着希望的东西，哪怕一根水草也是好的。爸爸和我每天借报纸来看，所有登载广告的地方不肯漏看一个字。征求推销员的，招请助理教员的，延聘家庭教师的，物色编译人才的，都使我们眼巴巴地看了再看。可是样样不合格，几大张的广告对于我们宛如白纸。

一天，一条广告好像射着光芒似的，直刺我的眼睛。"招收练习生，""初中毕业或同等程度，"这就是两道强烈的光芒。我闭一闭眼睛，让一阵眩耀过后，才加看全文。原来是上海一家书局登的，招收练习生八名。

"同等程度，同等程度，……"我念了不知多少遍，想去试它一试。

爸爸可只看了一遍，他说："既有同等程度的话，当然去试它一试。机会是不来伺候我们的，只有我们去伺候机会呀。"

于是依着广告上的话，誊了最近的一篇作文，写了汉文的英文的两张习字，又写了一封信，叙述自己的学历和家况，连同一张半身像片寄给那家书局。

回信来了。"不合格者恕不作复，"得了回信算是合了格，可以去碰第二重机会——到上海去受试验。这当然是好消息，连妈妈的眉心也似乎抹掉了几条皱纹。可是我们不比无愁的游客，什么时候想到动身就可以跨上火车；我们是说了许多的恳情话，向东家借一点，向西家借一点，实足延长到两天工夫，才得挤上蜒蚰那样爬行的四等车。如果再延长一天的话，试验的时期就错过了，也不用动身了。

在四等车里被挤得臭汗直淌，在浙江路的小客栈里被叮得满身是红块，我们都觉得不在乎。爸爸只是不放心地说："你自问有把握吗，你？这是个难得的机会，不要把它放过了！"我怎么说呢？我没法试验我自己，哪里知道有没有把握？我只能回答爸爸说："我尽我的力量做去就是了。"当夜我没有睡得熟。爸爸也尽是翻身，还时时幽沉地叹一声气。

　　第二天跑去受试验，看见同我坐在一起的有四十几个，其中七八个年纪比我大得多，嘴唇周围已经生了黑黑的髭须。招收的名额才八个，这里却来了四十几个，不是说一个人得意，必得有五个人失望吗？又有那生了黑黑的髭须的七八个，他们的学识和经验该比我这个初中二年生高超一倍吧。我这样想，不由得胆怯起来，好像逢到楝树花开的时节，周身软软地没有一丝力气。

　　直到把心思钻进试题里去，这种胆怯的情绪才渐渐忘怀，这并不比学期考试困难，除开"英""国""算"，所有科目合并为"常识测验"，只有二十个试题，认为对的，画个圈儿，认为不对，打个叉叉。我是前十名交卷，接着就是"口试"。一位满腮帮生着黑胡须的先生坐在一间屋子里，好像一个相面先生，眼珠子骨溜溜的，相我的前额，相我的眼睛，相我的鼻子，……总之，我的全身都给他的眼光游历遍了。我窘得很，只好低下头来看自己的鞋子。大约经过了四五分钟。他开始用毫无感情的声调问我的学历和家况。我依照先前所写的那封信回答了。他就检出我那封信来核对，竖起我的半身像片来和实体比照，最后才慢吞吞地翻看我的卷子。看完之后，他依然毫无感情地说:"好了,你到隔壁房间里检查身体去。"

我有点不相信我的耳朵,可是他明明教我检查身体去,这不是有了被录取的资格吗?是我的卷子做得实在好,还是我的相合了他的意,可不知道。不知道有什么关系,我有了被录取的资格是真的!那位医生在听取心音的时候,一定觉察我的心脏跳得特别厉害。

我把医生所填写的表格交给那位黑胡须先生,他看了看,递给我一张印刷品,这才透露一丝儿的笑意说:"你考上了。进局的手续都写在这上边!"一丝儿的笑意立刻消失,他示意教我出去,又唤进候在门外的另一个。

啊,这张"进局须知"不看犹可,一看之后我这兴奋的心脏简直停止了跳动!"保证金六十元。""在上海觅殷实铺保。""录取后一星期不到,随即除名,由备取生递补。"这是可能的码?一个失业的爸爸,一个糊自来火盒的妈妈,怎么担负得起这笔巨大的数目!担负不起,当然是"录取后一星期不到",当然是"随即除名"。这就同做了一场欢喜梦一样,醒转来还是看见绝望的铁脸!

爸爸等候在书局的会客室里,我有气没力地对他说:"我考上了。不过……"我递过那张"进局须知"。

"你,你考上了!……什么,六十块保证金!难道练习生就得经手银钱,要保证金干吗?……还要在上海觅殷实铺保!保什么呢?难道练习生会当土匪,会做绑票?"爸爸的感情激动极了,网满红筋的眼睛瞪视着没有插花的红花瓶,仿佛那个花瓶就是书局的主持人,他对他提出了严重的质问。

一会儿他又变得异常颓丧,闭上眼睛说:"这是他们的章程,不依章程做,他们就把你除名。有什么可说呢!我们白跑一趟,偷鸡不着蚀把糯,就是了!"

回家的四等车里,我的心头尝着怎样的滋味,只怕最出色的文学家也描摹不来。爸爸不但叹气,而且学着妈妈的样把眉心皱得紧紧,一路上彼此都不说一句话。

回家的第二天早上,爸爸忽然把"节妇绝命诗卷"取出来,对我说:"我们只有这一件祖传的东西,依理是不该拿出去的。现在为了你的饭碗,也顾不得了。如果有人看中它,买了去,你的保证金就有着落。这是末了的机会,总得去碰一碰,碰得着碰不着却要看我们的运道了。"

那节妇是我的十几代的祖母,生当清朝初年,丈夫死了,她写下绝命诗八首,吞金自尽。她这诗卷就成为我家世世相传的宝贝:上边有姓王的姓包的姓张的姓俞的二十多人的题跋,据说都是好书法好诗词好文章。这卷子轻易不给人家看,看见的人总是啧啧连声地说:"了不起!了不起!"

爸爸点起了香烛,把诗卷供在正中,就跪下来叩头。一壁叩头,一壁默默地祷告。想来是恳求祖宗原宥他的一些话吧。我看着他的拜伏的身躯以及连连点动的头颅,不由得一阵心酸,淌下了眼泪。

这天下午,他从茶馆里回来,诗卷依然在他的手里。他说茶馆里的一些法家看过了,都说题跋倒不坏,不过本身是绝命诗,总觉得不大吉利,谁愿意化了钱来买它。他又说只有一个人以为不在乎,如果五十块钱肯脱手的话,那就立刻成交。

"我说,一百块钱吧;这上边有二十多家的题跋,家家是好手,平均起来,五块钱一家还不到呢,你知道他怎么说?他说:'你得知道此刻是什么年代,此刻是民国二十四年,民穷财尽,大家连肚子都吃不饱,谁还化了钱来买字呀画呀这些东西!五十块钱不肯脱手吗?好,我落得省了钱,你也保守住了你的家传的宝贝!'我听得生气,就把原件带了回来。"

妈妈低声低气地说:"再加十块二十块不行吗?你不要生气,你可以好好地同他商量。错过了这个人,再寻第二个只怕不容易了。"

"好好地同他商量吗?"爸爸咽下一口苦药似地按住了胸膛。"什么商量,干脆说恳求得了,肯求他多给一点!东西是一个钱也不值的,所有的钱全是他的施与!好,明天老着脸去恳求,老着脸去恳求!"他的气愤似乎消散了;他显得非常之柔弱,仿佛全身都瘫痪了的样子。从这上边,我深深体会到他为了儿子的命运努力挣扎的苦心。

恳求的结果,那人居然答应加十块钱。传了十几代的"节妇绝命诗卷"一旦换了主人。到手的正好是保证金的数目。妈妈于是停了她那机械的工作,又像欢喜又像忧愁地替我浆洗衣服,整理铺盖,她还取出不知道什么时候藏起来的四块"袁世凯"交给爸爸,手索索地抖着,说;"我拢总藏着四块钱,你们拿去作盘费用吧。"

保证金的问题固然解决了,"铺保"却还没有着落,我们一到上海就去找张伯伯,托他想法。张伯伯是爸爸幼年的同学,在一家橡胶鞋厂当推销员。

张伯伯说："公司厂家是照例不给人家作保的。我的二房东是一家鞋子店，同我还和好，托他们盖章作个保，想来不至于拒绝。"

张伯伯的谋干果然成功了，那家鞋子店的书柬图章歪斜地印在保单上面。我们这就赶到书局。保证金，店铺的保单，一样都不缺少，自然是合格的练习生了！在交付给管事员的当儿，爸爸脸上露出一点傲然的神色，仿佛表示这么一种意思："你们的题目尽管难，可是难不倒我，你看，都有在这里了！"

那管事员把钞票搁在桌子上，先看保单。"喔，是一家鞋子店。请你们坐一会儿，我们要派人去调查一下。"

调查就调查好了。我们并没有作假，张伯伯向那家鞋子店说得清清楚楚的，问到他们当然承认。

谁料得到那管事员听了调查报告之后，却摇着头对我们说："不行，一开间门面。伙友都没有，只有两个徒弟。请你们换一家吧。'进店须知'上边写得明白，要殷实铺保，'殷实'两个字必须注意！"

"我们找不到别一家，便怎样？"爸爸愤愤地说。

"找不到也得找，总之这一家鞋子店不行！我们的章程如此，不能够为了迁就你们破坏章程？"

爸爸抓起桌子上的钞票，拉住我的胳膊转身就跑。"他们的章程破坏不得，只有另外去找了。找不到的时候，你同我一起回家去，"

仍旧烦劳张伯伯，恳求他特别帮忙，另外找一家殷实店铺给盖个图章。张伯伯奔走了一天工夫，才满头大汗地跑到客栈里来，说找到一家棺材铺子了，是一个朋友给介绍的。张伯伯答应出一封保证信，那棺材铺子才肯盖书柬图章。

棺材铺子居然被认为具有"殷实"的资格。于是重取一张保单，盖上他们那牛角质圈章，交给书局管事员，钞票也点过了，不错，十二张五元票，一共六十块钱。我才亲自填写"练习生习业契约"。上边"一""二""三""四"的条文很多，我的眼光跑了一下马，却没有看清楚什么。张伯伯还有他的任务。他作为我在上海的管护人，姓名、籍贯、年龄、职业、通信处，都填上了表格；对于书局，他是我爸爸的代表。

手续完全办妥，我是书局里的正式练习生了。爸爸要赶两点钟的火车回去，他把我的铺盖衣箱送到书局之后，坐也不坐，一壁揩汗一壁喘气地说："你总算有个吃饭地方了，好好地在这里吧！我没有什么对你说的，只有一个字，难！……唉，真是难！"

一会儿他的精疲力尽的背影在马路的转弯处消失了。我提着沉重的脚步跨上书局的阶石，"难！真是难！"直咀嚼到那位黑胡须先生给我分配工作的时候。

得到它是这样难，失掉它却很容易，唉，简直太容易了！

昨天是十二月二十四日，一个平平常常的日子。早上，我从双层床的上层爬下来，和每天一样，穿衣服，折棉被。谁知道当天晚上就不容我睡在这张床上！

我隶属于进货部，为了提取一批纸张，一早跑出去。经过南京路大陆商场，忽然听得一阵鞭炮的声音，不知从哪里来的，爽脆，紧张。同时大陆商场涌出大批的人群，人声脚步声搅起了狂大的海啸。立刻之间,我的前后左右挤满了人体;向这边看看,一个个激昂的脸,向那边看看,一个个激昂的脸。白色的纸片在空中纷纷飘扬。我捉住一张来看,上面用葡萄字印着"打倒强盗样的帝国主义"。

我明白了。半个月来,北平上海以及各地的学生都在干这种工作,现在是上海市民来那分内的一手。

冲在人群的波浪里,我身不由主,只能应合着大众的步调朝西跑。不知道怎么,一会儿我就传染了大众的情绪。我的呼吸沉重起来。我听见太阳穴的血管突突作响。如果旁边的人回头来看我,一定也看见个激昂的脸。

"打倒强盗样的帝国主义!"

无数人的声音合并为一个浪潮的怒吼。两旁的建筑都像震动了,电车和汽车慌张地叫喊,显得混乱和可怜。

一叠叠的传单向无论什么车辆扔过去。飘散开来,掩没了亮得发青的电车轨道,掩没了唯一的用木块铺成的马路。人群就踏着这些白纸黑字,前进,呼号。

突然间,人群的波浪冲着了礁石,反激地往后退了。我听见重重的拍拍的声音。点起脚来看,是好些个脸红红的外国巡捕挥动着木棍,在向人身上乱抽乱打。

五卅事件,我立刻想到教科书中所讲的这个题目,现在我亲身经历当时的一幕了!

"不要退啊!不要退啊!"浪头回冲过去,直欲推翻那挡在前面的礁石。

拍!拍!拍!拍!木棍又是一阵放肆。有一些人倒了下去。巨大的皮鞋就在横倒的人身上狠命地乱踢。鲜红的血淌出来了，染上白色的纸片。又凄惨又愤怒的叫声像一枝枝的箭，刺得人几乎发狂。

我描摹不出我当时的愤恨。谁说帝国主义只是口头的一个名词，眼前这一幕就是它活生生的表演！我们不把它打倒，只好横倒在地上淌血！

但是人群终于退进了大陆商场的过道以及山东路。异样的沉默经过两三分钟，忽然霹雳似的声音响了起来，"先施公司门前集合去啊！"

"我们手挽着手走啊！"似乎是青年女子的声音，在霹雳过后的严肃空气中，特别显得清朗。

于是手挽着手的行列重又流动起来。

这当儿我开始想到我的任务。很抱歉地谢绝了一位青布衣服朋友伸过来的一只手，从九江路绕着圈子到了我所要去的地方。

回到书局里，向部长交了差，不由得把刚才所看见的告诉几个同学。这对于我太新鲜了，太刺激了，藏在肚子里会发胀，必须吐露一下才觉得痛快。我叙述了激昂的人群，浪潮样霹雳样的呼号；我叙述了木棍和皮鞋怎样地放肆，鲜红的血淌在马路上怎样地惊心动魄；我也叙述了我当时的心情，我差不多忘记了自己，人群若是海潮，我就是其中的一滴。

几个同学听得都咬住了唇皮。

下午三点钟光景，忽然被那位黑胡须先生传到他屋子里去。张伯伯先在那里了，一副尴尬的脸色。我知道，一定是关于我的什么事情，不觉心跳起来。

张伯伯咳了两声干嗽，给我说明："这里用不到你了，教你今天就出去。你好好地在这里，为什么要去参加大马路的游行呢！"

我听见头脑里嗡的一声，墙壁随即转动起来。我定一定神，根据实际情形替自己分辩："被挤在人群中间是有的；特地去参加，可没有这回事情！"

"原来如此。"张伯伯转过脸去，做着卑下的笑容向黑胡须先生恳情说："他既不是存心去参加，似乎情有可原。感激你的大德，请你收回了成命吧！"

"存心去不存心去都没有关系，总之，他在这里不适宜就是了。"黑胡须先生对谁都不看一眼。他从文件橱里取出一张印有黑字的纸张来；又独自似地说："这是他的'习业契约'，第七条条文写得明白：'书局认为不适宜时，得随时废约，由管护人领回。'现在我的根据就是这一条。"他拿起钢笔，刹刹地在纸面画上两个红字，就递给张伯伯。"批明作废了，你带了去。"接着说："这是他的保单。这是他的保证金，六十块钱，你点一点。"说罢，他划着火柴自去抽他的纸烟。

这不是太容易了吗？

昨夜晚我睡在张伯伯那里，一夜没有睡熟，说不出的难过，可是没有淌眼泪。今天张伯伯给我写了信，证明我没有错处。我得乘两点钟的火车回去。但是，想到妈妈的眉心，想到爸爸的叹气声音，我怎么敢回去见他们呢！

寒假的一天

我醒了。窗上才有朦胧的光,远处的鸡一声接一声啼着,很低沉,像在空坛子里。

弟弟的身躯转动了一下。

"弟弟,你醒了吗?"

"我醒了一会了。不知道雪还下不下。如果还在下,那雪兵要胖得不认得了。"

我听说,一个翻身爬起来,披了件小棉袄就去开窗。

庭心里阴沉沉地发白。

"雪已经停了,"我可惜地说。

"我们去看看那雪兵吧,"弟弟也就推开棉被,坐了起来。

草草地穿著停当,我们两个开了后门,探出头去。

"呀,倒了!"我们齐声喊。

雪兵的形体毫不留存。只见一堆乱雪,凹凹凸凸,像个大馒头,刚才经受巨兽的齿牙。

弟弟几乎哭出来。我也很难过。

一件心爱的玩具不得到手,一处好玩的地方去不成功,都不值得伤心。惟有费了一番心思制作出来的艺术品,忽然给破坏了，而且破坏得干干净净，再也认不出当时的心思和技巧：这才是世间最伤心的事情，永远忘不了的。

"怎么会倒了的呢！谁把他推倒的呢！"弟弟恨恨地说，两颗眼珠瞪视着那堆乱雪。

"我看出来了，"我说。"这么宽大的皮鞋，鞋后跟一块马蹄铁，除了巡警还有谁。一定是查夜的巡警把他推倒的。"

弟弟细认雪上的鞋印，一壁骂："该死的巡警，你不向他行个礼，倒把他推倒，真是岂有此理！"

进早餐的时候，爸爸大概看出了我们两个的懊恼脸色，关心地问我们为了什么。

我就把刚才发现的不快事件告诉爸爸，并且说："这是很有精神的一个雪兵。你昨天早些回来就看得见了。今天本来想等你起来了请你去看，谁知道早给查夜的巡警推倒了！"

"就只为这件事情吗？"爸爸的眼光好比一双慈爱的手，抚摩了我又抚摩弟弟。"这有什么懊恼的？雪还积在那里，你们再去塑一个雪兵就是了。"

"不要吧，"妈妈这么说，大概想起了昨天替我们做的烘干洗净等等工作。

于是爸爸转换口气说："要不然，到公园去走一趟也好。前几年没下这样大雪。这里公园的雪景，你们还不曾看见过呢。"

"好的，我们到公园去。"弟弟给新的希望打动了。

我在昨天就想到公园里去看看。公园里有两座土山，有曲折的小溪流，有一簇簇的树木，有宽阔的平地，盖上厚厚的雪，一定很好看，我同样地说："好的，我们到公园去！"

进罢早餐，我们两个出门了。

踏着很少残破的雪地，悉刹悉刹。一步一个鞋印，再一步又是一个鞋印，非常有趣。

经过了两条胡同，来到大街上，可不同了。早起的行人把大街上的白雪踏成了乌黑的冰屑，湿漉漉地，东一堆，西一堆。人力车的轮子和人力车夫的脚冲过的时候，带起稀烂的冰屑，向人家身上直溅。而且滑得很，一不留心就会跌交。我和弟弟只得手挽着手走，时时在店铺的檐下站住，相度前进的路线。

大街上比平日热闹一点。

农人的担子里装满了冻僵的菜和萝卜。渔婆的水桶里挤满了大大小小的鱼。他们停歇的地方就有男的女的围着。论价钱，争斤两，闹成一片。

肉铺的横竿上挂着剃得很白净的半爿猪。还有猪的心，肺，大肠，小肠等等东西陪衬在旁边，点点滴滴滴着红水，重大而光亮的肉斧在砧桩上楞起。散乱的铜子刹郎郎地往钱桶撒去。

糕饼铺把黄白年糕特别堆叠在柜台上，像书局里减折发卖的廉价书。

南货铺站着十来个主顾。一斤白糖。三斤笋干。两包栗子。四百文香菌。……三四个伙友应接不暇，不知道对付了哪一个好。

绸缎布疋铺特别清静。大廉价的彩旗退了色，懒懒地飘着,似乎要睡去。几个伙友尽有工夫打呵欠,抽香烟,或者一个字一个字诵读不知道是当天还是隔天的报纸。

行人手里大都提一只篮子,盛着他们所需要的东西。篮子盛满了,另外一只手就捉一只鸡,提一条鱼,或者请一副香烛。

也有一点东西不带的人,皱着眉头,急急忙忙走着,脚下也没有心思看顾,一步步都踏着了泥浆。另外一些人把整个头颅藏在皮帽子和大衣的高领子里,光露出两只眼睛,骨溜溜地,观赏朝市的景色。这边看一看,那边站一站,好像什么都引得起他们的兴趣。待走到茶馆门首,身子往里一闪,不见了。

零零落落传来一些声音:鎈鎈鎈地响了一阵,突然来一声喤——,一会儿又听得吉刮吉刮,仿佛燃放鞭炮。

"这是什么?"弟弟拉动我的手。

我想了一想,说:"他们打年锣鼓呢。按照阴历,今天是小年夜。"

"我们看去,"弟弟感到了兴趣。

可是走到发声的地方,打锣鼓的几个孩子恰正放手,他们一溜烟跑到里面去了。那是一家酒店,大铜锣,小铜锣,大钹儿,小钹儿,都给搁在酒坛头上。

我们两个不禁对着这些从未入手的锣鼓家伙出神。我想,如果拿在手里,嘴当当鎈鎈鎈地敲打起来,那多少有趣呢。

忽然街上行人用惊奇的口气互相谈论起来。

"看,这一批什么人!"

"看他们的打扮,大概是学生。"

"手里拿着小旗子呢。"

"写的什么呀?"

"喔,宣传什么的。"

我回头看,只见一二十个穿着藏青呢衣服的人急匆匆跑过来。泥浆沾满了他们的裤管。他们的脸色显出疲劳,眼睛大都有一点发红,似乎好几夜没有睡好了。

"他们作救国运动的,"弟弟看了尖角的小白旗子就明白了。

我们学校里每天早上有时事报告,先生把报纸上看来的收音机里听来的说给我们听。爸爸每天吃过晚饭,也常常说到这一些。大学生成群结队到南京去呀,铁路给拆断了,许多旅客和货物拥挤在各处车站上行动不得呀,大学生自己修铁路,自己开火车,到了儿还是被解回去呀,他们预备散到各地去,把万万千千的心团结成一颗心呀:关于这些,我们记得很清楚,仿佛还是昨天的事情。

这当儿宣传队停步了,一字儿排开,开始他们的宣传工作。

小白旗子挥动了一阵,一个高个儿站到酒店对面一家饭馆子的阶石上,激昂地喊着"亲爱的同胞",就此演说下去。

这高个儿浓眉毛,宽阔的前额。一会儿仰起了脸,像在那里祈祷,一会儿停了言语,悲愤地望着当街的群众。他的两只手常常举起,作种种姿势,帮助言语的力量。

"弟弟,"我高兴地拍着弟弟的肩膀,"你认得吗?这是何家的表哥!"

"就是他吗?"

我想了一想,我们搬到这里之后,还不曾见过表哥的面呢,他比从前高了许多,脸孔也改了一点儿样。莫怪弟弟认不真了。

弟弟又说:"我们去招呼他,好不好?"

"等他说完了,"我拉住弟弟的手,"我们再去招呼他。现在我们听他的演说。"

演说延长了十五分钟的样子。他说到国势的危险,敌人的野心和阴谋,坚决抵抗的可能和必需,大家一致起来的力强无比。

听众起初还是咿咿嘈嘈地,随后越来越静默,只有表哥的声音在空中流荡,显得很响亮。时时有停步的人,人圈子渐渐扩大起来,挤住了通过的人力车。店铺里的人点起了脚,侧转了头,眼光集中到表哥的身上。

当演说完了的时候,我们想挤前去招呼表哥。可是表哥依然直立在饭馆子的阶石上,两手支在腰间,热切地望着听众,似乎还有话说的样子。

听众遇到这个空隙,就你一句我一声地开口了。

"他们真热心!这样冷的雪天,又是大年小夜,不坐在家里乐一会儿,倒跑出来宣传。"

"他的话是不错的!照现在的样子总不成,人家进一步,我们退十步,退到了着墙碰壁,再往哪里退!"

"不过救国的事情太大了,我们怎么担当得起!"

"你没听他说冯？大家拿出力量来，比什么东西都强，任他来的是什么，都不用害怕！"

"谁不肯拿出力量来！孙子才不肯拿出力量来！要是真的那个的话，不说别的，连性命都可以奉送！"

"你要吃年夜饭呢，不要性命不性命地乱说！舌头是毒的，随口说说有时真会说着。"

"没关系。我不开玩笑，是规规矩矩的话！"

"亲爱的同胞！"表哥又开口了。"我们能够到这里来和各位谈话，并不是容易的事情！

"我们不坐轮船，火车。我们用自己的两条腿，沿着公路跑。为的是要到各个乡镇去，和乡镇里的同胞见面，谈话。风雪，寒冷，还有饥饿，这几天受得够了。可是我们非常兴奋，快活。因为遇见的同胞都赞成我们的话，像亲兄弟一样欢迎我们，让我们休息，喝茶，吃东西，并且给我们一颗又热烈又坦白的心！

"今天早上，我们五点钟起身。在寒冷的黑暗中，在积雪的道路上，一口气跑了二十里，来到这里的城外。却遇到阻障了！遇到阻障原在我们意料之中，但是没有想到竟会用类乎拆断铁路的办法——关城门！"

"关城门？"听众诧异地说，这中间有我的一声。

"我们望见城楼丛起在空中，我们望见城楼底下的城门明明开了的。不知道谁报了信，不知道谁下了命令，待我们跑到离城门五六十步的地位，城门突然关上了！把我们看做盗匪！把我们看做敌寇！

"我们遏制了心头的愤怒，高声说明我们的来意，教把城门开了。但是没有人答话，死板板的两扇城门给我们个不理睬！

"我们不由得向挤在我们后面的同胞诉说：'这里是中国的地方。中国还没有亡，为什么不许中国人进中国的城！为什么不许中国人救自己的国！'

"许多同胞有呼喊的，有流泪的。大家说：'我们一同来把它撞开！'

"城门外不是有两条石头吗？我们和许多同胞就抬起石头，'一，二，三，撞！''一，二，三，撞！'可是只把城门撞得震天价响，还是不能把它弄开。

"这当儿，我们有五个勇敢的同学却去想别的法子。他们凭着平日的锻炼，一个肩膀上站一个，爬进了城墙，拔去了门闩。我们这才能欢呼一声，跑进中国人的城，来到这里，和各位谈话。亲爱的同胞！请想想，不是很不容易的吗？"

"有这样的事情！"

"我们倒不知道！"

"岂有此理！"

"关城门！——乌龟缩头的办法！"

听众都对这批大学生表同情。就说我吧，也仿佛觉得被关在城外的就是我自己。

表哥回到队伍里去了，换上一个非常清秀的人，也用"亲爱的同胞"开场，继续演说。

这是招呼表哥的机会了。我们推动人家的胳臂，挤开人家的背心。可是前后左右都在压迫过来,几乎使我们透不过气。脚下淌着泥水也顾不得了,只好硬着头皮直踏下去。

我们两个挤,挤,挤,离开表哥不过十来步了,若是清静的时候,早就可以面对面招呼起来。忽然听众间起了一阵骚动,那清秀的人的声音立刻显得低沉下去。只听得"保安队!保安队!"这样纷纷地嚷着。

我点起脚来看。

保安队二十多人,由一个队长带领着。束着子弹带。盒子炮挂在腰间。达,达,达,泥浆直溅。他们赶走了拥塞在那里的人力车,立定,向左转,少息,和大学生的队伍正相对面。

保安队带来了不少的新听众。人圈子围得更紧。这使我们再不能推挤人家,移动一步。

听众见保安队没有什么动静,也就静了下来。残雨似的人声渐渐收歇。清秀的人的声音重又管领了这个闹市。他从拿出力量来这一点发挥。他渐渐说到军人方面。哪一种仗毫无道理,不必去打。哪一种仗才有价值,非打不可。

从保安队那边传来了激动的声音:"你们的话,我们爱听!我们弟兄中间有好些个,四年前的'一·二八',在上海打过仗呢!"

啊,我永远忘不了这回"一·二八"!……我们离开了家,住在旅馆里。……早上,轰隆隆,晚上,轰隆隆,天天听炮声。……飞机像一群蜻蜓,飞来飞去。……妈妈做了棉背心,给打仗的兵士穿。……爸爸忙得很,天天跑出跑进。……仗打完了,我们回家去看,只见烧了个精光。……爸爸在上海没有事情做了,我们才搬到这里来。……我永远忘不了这回"一·二八"!……这队伍里就有当时打过仗的兵士……

我的脑子里正闪过这些想头,只听第二个保安队开口了:"我们中间还有东北人,我就是一个。东北人听你们的话,最能够知道斤两。你们的话不错呀,要不然,我们一辈子回不得老家!"

我又点起脚来看。

东北人和别地人没有什么两样,只他的脸色更激昂一点。

第三个却气愤地说:"回老家!我是不作这个梦了!人家不过热心,爱国,就被关起城门来拒绝,派了队伍来监视。你若是要动手夺回老家,该受什么样的处罚!"

"立正!向右转!开步走!"

不知道为什么,队长忽然喊着口令,把保安队带走了。

"拥护参加'一·二八'的兵士啊!"

"拥护夺回老家的兵士啊!"

"军民联合起来,一致对外啊!"

一片呼声沸腾起来。手臂的林子在空中摇动。小白旗子矗得更高,拂拂地顺着冷风直飘。

"你怎么了?"我看见弟弟眼睛里有着水光,亮晶晶地。

"没有什么,"弟弟说,低下了头:"不知道什么缘故,我觉得心里酸溜溜地。"

我也觉得心里酸溜溜地,但决不是哀伤的酸。

这当儿,人群中起了一种呼叱似的喊声:"让开点!让开点!"

我回转头，从人头和人头之间望过去，只见在保安队走去的反对方面排着一队巡警，不知道几时来的，人数比保安队多上一倍的样子。几个巡警离开了队伍，扬起了藤条，在人群中间推撞，呼叱，替一个挂斜皮带的开道。

斜皮带通过了才开又合的人群，来到大学生的队伍前，自己说明是公安局长。于是听众纷纷移动，把他作为中心，团团围住。

公安局长脸孔涨得通红，言语不很自然。他问大学生谁是领袖，谁是负责的人，为什么干捣乱行为，为什么说捣乱的话。

一个大学生严肃地回答他："我们没有领袖，我们个个都是负责的人！我们撞城门，爬城墙，是有的，可是要问为什么把城门关起来！我们说的话，这里许多同胞都听在耳朵里，你可以问他们，有没有一句甚至一个字是捣乱的话！"

听众一个都不响，大家把眼光注射到公安局长的身上。

公安局长大概觉得窘了，一只手拨弄着制服的钮扣，他喃喃地说："谁关城门！……没有关城门！"

"没有关？此刻满城都知道这事情了，你会不知道？太把我们当做小孩子了！而且，也损害你局长的尊严！"

"哈哈哈哈……"听众齐声笑起来。

"总而言之，"公安局长动怒了，"我不准你们在城里宣传，你们得立刻出城去！"

"抱歉得很，我们不能依你的话。我们有我们的计划，预备在这里耽搁两天。只要有人听我们的，我们还是要宣传。因为我们至少有救国的自由！"

"我们要听你们的!"听众中间迸出爽脆的一声。

"这里有好几处闹市地方,"另一个声音继续着喊,"你们一处一处去宣传啊!"

"你们到城隍庙去啊!"弟弟也提高了小喉咙喊出来,身躯跳了几跳。"城隍庙地方大,人多!"

弟弟从清早起就对巡警抱着反感,这样喊了出来,报了深仇似地,显出痛快的神色。

"不错,你们到城隍庙去啊,"许许多多的喉咙涌出同一的喊声。

公安局长回转身,嘴里嘟囔着什么,态度十分狼狈。开道的几个巡警也不扬起藤条来了,只把公安局长围在中间,一同挤出了人群。

一些人乐意做向导。大学生的队伍跟着他们,向城隍庙涌去。公安局长不知道哪里去了。巡警的队伍可并不撤退。见大学生走了,他们也就跟了上去。

我顿了一顿,立即牵着弟弟的手,三脚两步往前赶。赶过了大皮鞋铁塌铁塌的巡警的队伍,赶过了兴致勃勃的长袍短服的市民,赶过了沉默前进的藏青呢衣服的人物,我才仰起了头热情地喊:"表哥!表哥!"

表哥沉吟了一下,这才拍拍我的肩膀,笑着说:"明华,想不到是你!呀,你弟弟也在这里!"

弟弟叫了一声"表哥",仿佛有点儿生分,也就不说什么,只是努力地移动他的两条腿,以免落后。

"我们听了你的演说,"我说。"完完全全,从开头听起。

也听了你那位同学的演说。"

"你觉得怎样？"

"同刚才许多人说的一样，觉得你们的话不错。还有一层，平日听先生同爸爸讲一些时事，说救国运动怎样怎样遇到阻碍，我总有点儿不相信。今天可亲眼看见了。那个公安局长，借他的言语，看他的脸色，好像救国运动就是他的仇敌！"

"但是你也亲眼看见了许多听众激昂慷慨的情形。这几天里，我们遇见的听众差不多都是这样。因此知道，虽然有种种的阻碍，救国运动是扑灭不了的！"

"我想城门一定是那公安局长关的，"弟弟自言自语。

"也不必去推测是谁关的，"表哥接上说。"总之有人要拒绝我们就是了。"

我看过一些外国影片：军队出发的当儿，军人的亲属伴着队伍前进。絮絮叨叨地谈着话，旁若无人地表现各自的感情。现在我跟着表哥他们的队伍在大街上走，步子急促而有节拍，同样地谈着话；我觉得自己就是影片中的人物了，有一种说不出来的快感。

我问："表哥，你什么时候到我们家里去？"

"这一回不能去了，"表哥抱歉地说。"我们出来时候约定的，共同过团体生活，谁也不能离开了队伍干自己的私事。"

我感觉很失望。心头模糊地想，这个能言善辩多见多闻的表哥如果来到家里，就可以问他种种的事情，那多少快乐呢！

"你们今晚上住在哪里？"我又问。

"现在还不知道，要等我们的交际员去想法。"表哥笑了一笑，又说："说不定住在公安局！"

我对于这种泰然的态度非常地佩服。

在城隍庙又听了两位大学生的演说。没有出什么事。巡警的队伍只做了另一个队伍的陪客。

义务向导又要把宣传队领到紫阳街去。我们不去了，和表哥握着手，彼此说了许多声的"再见"。

公园当然不去了。到得家里，我们两个争着告诉妈妈，说表哥到这里来了。

但是妈妈说她已经知道了。

"妈妈，你怎么会知道的？"弟弟惊异地问。

"啊，舅舅上城里来了？"我看见衣架上挂着一根手杖，很粗的藤茎，累累地突出一些节瘢，用熟了，发出乌亮的光，这是舅舅的东西。

"舅舅就为找你们表哥来的。"

于是妈妈告诉我们：舅舅接了表哥的信，说寒假不回家了，为的要去做宣传工作。舅舅认为这事情不妥当，有危险，马上打快信去，教表哥务必回家。等了几天，不见人到，也没有回音。舅舅才亲自动身，找到学校里。但是人已经出发了。他一路打听过来，知道表哥来在这里，也就追到这里。听说今天早上这里关了城门，不让宣传队进城，他非常着急，来了之后只转了一转，坐也没坐定，就慌忙地跑去了。

"你们想，"妈妈到了儿说，"做父母的对于儿子的爱护，真是什么都不怕牺牲的，舅舅这样的年纪，手头又有许多的事务忙不过来，但是为了儿子，就能不顾一切，冒着冷风冻雪，到各处去奔跑!"

"现在表哥在紫阳街,"弟弟感动地说。"舅舅如果跑得巧,也到紫阳街,就会遇见他了。"

"不过我知道,"我揣度地说,"就是遇见了,表哥也不肯跟了舅舅回去的。"我把表哥说的团体生活的话说给妈妈听,接着把刚才所看见所听见的一切说了个详细。

下午两点钟的时候,舅舅跑来了。酱色的脸上淌着汗,眼珠子突得特别出,我和弟弟叫他也没听见,只是喘吁吁地说:"……他,他们这批学生,给宪兵看守起来了!"

"在哪里?"我们娘三个差不多齐声喊出来。

"在崇德中学!"

舅舅顿了一顿,于是叙述他刚才的经历。

"我坐了一辆人力车,各处地跑。好容易遇见一队宣传的学生。一个一个细认,可没有阿良在里头。问了才知道,他们共有四队呢。跑了一阵又遇见一队,也没有阿良。这当儿宪兵来了,赶散了闲人,两个对付一个,拉着学生就跑。学生不肯服从,还要宣传,并且喊,骂。这就不客气了,枪柄重重地落在他们的肩背上,腿膀上。你们想,我看着多少难过?阿良,一定在受同样的灾难啊!"

"他们竟敢打!"我说了这一声,上颚的牙齿不由得咬住了下唇皮。

"后来我打听明白,"舅舅继续说,"宪兵押着学生往崇德中学去的。我就赶到崇德。宪兵守着门。大批的人在那里看望。他们说押了进去四批了,我知道阿良在里头了,急于要看一看他,他给打得怎样了呢?可是宪兵拦住了我,不让我进去!

"我说我有儿子在里头。唉,他们太不客气了,出口就骂:'你生得好儿子,专会捣乱,还有脸孔在这里叽叽咕咕缠个不休!'我只得忍住了气,告诉他们我预备把儿子领回去,切切实实教训他一顿,教他往后再不要捣乱。他们不听我说完就是摇头,说:'没有上头的命令,谁也不能放你进去,谁也见不着这批捣乱的家伙!'

"我再想向他们请商,他们的枪柄举起来了,他们把我当做学生看待!我这副老骨头也去吃枪柄吗?太冤枉了,这才转身就走。你们想,我心里多少难过?明明找到了,只隔着几道墙,他在里边,我在外边,竟不容我见他的面!⋯⋯"

舅舅再不能说下去了。他在室中绕了一个圈子,就像直栽下去似地坐到一把椅子里,两手扶着椅子的靠手,胸部一起一伏非常急促,宛如肺病的患者。他的眼睛瞪视着墙壁,仿佛墙壁上正开映一幕可怕的电影:捆绑,殴打,挣扎,抖动,乃至流血,昏倒⋯⋯他终于闭上了眼睛,似乎这些景象太可怕了,他不愿而且不敢再看下去。

"事情弄到怎样才了局呢!"妈妈垂下了眼皮,凄然叹息。

"谁知道怎样了局!"舅舅幽幽地说,闭上的眼睛仅仅开了一线。"我早知道这事情不妥当,有危险。他偏不听我的话,一心要去干。谁真个愿意当亡国奴?谁不想烈烈轰轰干救国?可是也得看看风色。国没有救成,先去吃枪柄,受拘禁,这是什么样的算盘!"

椅子上有什么东西刺痛他似的,他忽然站了起来,重又在室中绕圈子,同时喃喃地说:"你要宣传,回家来对我宣传好了。有什么说的尽说个畅,我总之竖起耳朵听你的。这样,既不会闯事,也过了你的宣传瘾。你为什么不这样做,定要跑到各处去宣传呢?"如果有人在隔壁听着,必然以为表哥就站在舅舅面前。

唉,舅舅太误会表哥他们了!他们哪里为了什么宣传瘾?我就替他们辩护:"照舅舅的说法,就等于没有宣传呀。宣传是巴望大家真心真意地听,并且吃辛吃苦地干的,所以非各处去跑不可。"

"怎么,"舅舅站定在我面前,睁大了眼睛,"你倒同阿良是一路!"

"今天早上,我和弟弟遇见了表哥。"

"你们遇见了他!"舅舅的脸色显得又妒忌又惶惑,他焦躁地问:"你们看见他怎么一副形相?"

"他说来很有精神,很有道理。听的人满街,他们的心都给他说动了。舅舅,要是你也在场,一定会像许多人一样,不只是听了他的就完事。"

"坏就坏在这种地方呀!"舅舅顿着脚说。

"为什么?"弟弟仰望着舅舅的鼓着腮帮的酱色脸。

舅舅不回答,却转个身,走到妈妈面前关切地说:"我看两个外甥也不用进什么学校读什么书了。进了学校读了书,仿佛吃了教,自然会有那么一套。你不听见吗,明华的口气已经同阿良是一路了!"

我不知道舅舅什么心肠。同表哥一路不好吗?难道该同公安局长他们一路？他又说我们不用进学校读书了，真是奇怪的言语！我不禁有点恨他。

舅舅继续说："这一回我若把阿良弄回去，再也不让他上学了。大学毕业虽然好听，有生发，冒了生命危险去挣它可犯不着，犯不着。我宁可前功尽弃，让他在家里帮我管管事情，做一个乡下平民。名誉上固然差一点儿，但儿子总是儿子，做爷娘的也不必提心吊胆了。

"啊，我老昏了！"舅舅突然喊起来，一只手按住太阳穴。"为什么不找冯老先生想想法子呢。现在我就去，找冯老先生去！"

电灯亮了，爸爸已经回来，这时候舅舅重又来了。满脸的颓唐神色，上气不接下气地说："又扑个空！扑个空！……拿了冯老先生的信赶到崇德，……去了，……给宪兵押上火车，递解回校去了！……还得赶到学校去找他！……这只得过了年再说了。……我的事务还没有料理清楚．……明天就是大年夜。……末班轮船早已开了，……此刻只得雇船回去！"

爸爸劝他不必着急，递解回校，这就不妨事了。又说表哥这样的历练，对于他自己也是有益的事情。

妈妈请他吃了晚饭再走。

"不吃了。我饱得很——急饱了！跑饱了！此刻马上开船，到家也得十二点了。"

舅舅说罢，提起那根藤手杖，转身就走。我们送他到门首。一会儿，他的背影在街灯的黄光的那边消失了。

檐头滴滴搭搭挂下融雪的水来。

一篇宣言

校长先生接到了一个电报。依习惯先看末尾，写着"教厅哿"三字。是教育厅来的，眼光像闪电一般射到电文的开头，又像蚂蚁那么爬，爬过这些蓝色复写的文字。原来并不是什么严重的事情，这才定了心。

电文的意思不过是你们一地方有一班教职员最近发布一篇宣言，这篇宣言是谁的手笔，望调查清楚，立即电复。

"宣言确曾在报纸上看见过，谁的手笔可不知道，"校长先生想。"他们干这件事情仿佛只瞒着我一个人，各校教职员签名的有五六十个，我校的二十几个同事，除掉一个公民教员，都在里头了。直到报纸把这篇宣言登了出来，他们还是若无其事，不对我提起一声。我说，'今天你们发表了一篇宣言？'张先生正在我的对面，他眼睛看着墙壁，说，'不错，我们发表了一篇宣言。这样乌烟瘴气，喉咙口忍不住了，说了这一番话，才觉得爽快一点。'其馀几个人好像没有听见我的话，顾自看他们的教本，批他们的笔记，还有一两个装作忽然想起了什么事情的模样，匆匆走了开来。总之，他们不愿意同我谈到这篇宣言，我不是瞎子，我看得明白，我为什么定要同他们多谈呢!"

但是,教厅的电报执在手里,那边在等着电复,现在是不得不再同他们谈一谈了。私下打听也未尝不可,可是所费的时间多。去问别的学校参加签名的教职员,又当然不及问自己的同事来得直捷痛快。自己的同事有二十几个,问谁呢?那几个假作没有听见的有点讨厌,不去问他们。还是张先生,他虽然眼睛看着墙壁,对于人家的询问总算给了个理睬。只要他说一声,这篇宣言是谁写的,把那人的姓名回复教厅,一件公务就办了了。

于是美术教员张先生被请到校长办公室。校长先生让他坐下,就提出简单的问话:"你们的宣言由谁起草的?我要知道这个,请你告诉我。"

"王咏沂王先生起草的,"张先生毫不迟疑地说。

"王先生起草的?我可没有料到!"校长先生立刻感到这件公务并不怎样轻松,仿佛有一条拖泥带水的长鞭子抽过来,绕着他的身躯,一时未必容易把它解脱。

"虽然由王先生起草,意思却是公同决定的,"张先生说着,用手指梳理他的留得很长的头发。"那一天,大家聚在一起商量,一个说,这一层应得提一提,另一个说,那一层也得说一说。大家斟酌过后,凑齐了一串的意思。记不清是谁提议道,'就请王咏沂先生把这一串意思写下来吧,他是国文教师,笔下来得。'王先生当仁不让,回来就起草了这篇宣言。"

校长先生一个手指敲着桌面,搭,搭,搭,搭,眼睛直望着章炳麟写的一副篆字对子,他自言自语说,"事情只怕有点不妙。"说了这句随即缩住,脸上现出后悔的神色。但是经过了半分钟光景的踌躇,眼光终于移到张先生脸上,他轻轻地说,"教育厅刚才来了电报,叫我调查起草人呢。"

"调查起草人,这是什么意思?"

"谁知道什么意思!总之不会因为这篇宣言写得太好,要请起草人去当总秘书,这是一定的。王先生当时不担任起草也罢了,旁的学校也有国文教师,何必他老先生出手。"

"担任起草并没有错儿呀。"

校长先生对这个离开学生生活不久的美术家看了一眼,叹息说,"张先生,你的想头太坦白了。你多担任几年教师,想头就会和此刻不同。你说没有错儿,依我想,他们在调查,保证有错儿,只不知是重是轻。即使很轻,偏偏落在我们校里,你想,岂不是麻烦的事情?"

"这样吗?"美术教师感觉怅惘。又有点愤愤,一时说不出什么。

"既然是王先生起的草,我不能不据实回复,不过总得告诉他一声,"校长先生重又自言自语。随即按电铃招来一个校工,教他去请王先生。

王先生来了。坐定下来,依习惯摘着胡须根,油亮的袖底几乎涂满了红墨水迹。听罢了校长先生的叙述,他有点激动,两颊发红,可是沉静地说,"这确是我起草的,请校长回复教厅就是了。我想,这里头并没有什么大逆不道的话。要维护领土的完整,要保持主权的独立,无非这一点意思。只要是中国人,只要是有心肝的中国人,醒里梦里谁不想着这一点意思?"

张先生接上说,"前几天北平二十多个大学教授发表一篇简单明了的宣言,意思也是如此。用一句老话,可以说人同此心。"

"大学教授可以说的话,在中学教员口里也许就不配说了,所以最好还是……"校长先生觉得这样说下去未免多事,就换个头绪说,"这篇宣言既然是王先生起的草,对于教厅方面,我不能不据实回复。你王先生也谅解这一层,自然再好没有。不过为减轻责任起见,不妨说明意思是公同的,只由个人执笔而已。"校长先生的声调显得非常关切,怜悯的眼光透过大圆眼镜落在王先生的不很自在的脸上,好像面对着一个淘气而不见得可厌的孩子。

"这样也好,"王先生接着说,就同张先生退出了校长办公室。

校长先生把复电打出以后,当天晚上,又接到教厅的电报,教把王咏沂所教两班学生的作文本子快邮寄去。"果然不出所料,"这样的一念闪过校长先生的心头,缠在身上的无形的鞭子仿佛更紧了许多。这不比平常的抽查成绩,显然是祸事临头的预兆。如果祸事像一群的陨石,不只打着一个人,却落在多数人的头上,那真不堪设想。天气本已寒冷,这当儿尤其觉得凛冽,好像换穿了单薄似的。

作文本子由王先生收集了来,校长先生就留住王先生,请他陪同做一夜的夜工。

王先生泰然说,"校长的意思是把这些本子复看一遍吗?我想不用了。对于批改的工作,我自己有数,不至于马虎的。"

"不是这么说。王先生,你想,如果这些本子里有着什么不妥当的话语,事情不是很糟吗,尤其对于你?"

"不妥当的话语?"王先生笑了,"我自问是个最妥当的人,我们的学生也给管教得妥当不过,不妥当的话语怎么会像蛀虫一样钻进这些本子里去呢?"

"什么事情总得谨慎,谨慎是不嫌多馀的。"校长先生有点儿窘,但是越想越觉得他的主张非贯彻不可,于是说,"我以校长的名义,请你为学校着想,帮同我复看一遍吧。"

这就没有什么说的了。王先生和校长先生直看了一夜的作文本子,天刚发亮,早起的麻雀在檐头唧唧叫着的时候,他们才把这辛苦的工作做完。眼睛虽然离开了本子,还只见歪歪斜斜的字迹,像垃圾箱上面的苍蝇,像傍晚天空的乌鸦,飞舞着,回旋着。王先生担任的是初读,读过一本,递给校长先生去重读。校长先生读得尤其当心,一个词儿,一句句子,都得细细咀嚼,辨出它合在骨子里的滋味。那滋味确是妥当的,王道的,才放过了,再辨另外的词儿和句子。可是辨了一夜的结果,只发见在"秋天的郊野"这个题目之下,有七个学生提起农人割稻,用着"镰刀"字样,校长先生认为不很妥当,把七个"镰"字都涂去了。

"大概没有什么毛病了吧?"校长先生打着呵欠说,同时捻灭了悬空的电灯。

王先生非常疲倦,又生气,早知道仅仅涂去七个"镰"字,一分钟工夫就足够了,何必消磨整个的寒夜。他似理不理地说,"校长亲自看过,大概没有什么毛病了,"

校长先生于是把书记员从热被窝里叫起来,教他把两级学生的作文本子分包封固,立刻派人去等候邮局开门,快邮寄出。

教厅来了两个电报的消息在全校教职员间传播着,各人心头仿佛沾着了湿泥,很讨厌,可是黏黏地剔不去。教员预备室里的谈话,就集中在这上边。

"起草了一篇宣言,就要看他批改的作文本子,傻子也揣得透,这篇宣言有问题了。"

"有什么问题呢?里头说的只是顶起码的话,报纸在那里说,别地方的教育界在那里说,北平的学生也在那里说,难道我们就不能说?"

"不看见昨天的报纸吗?上海的学生也在那里发表意见,和我们的宣言差不了多少。"

"问题大概就在这里。学生闹的事情,教职员怎么可以附和在一起呢?北平的学生该打该抓,我们发表宣言就该受侦察了。"

"这样说起来,教职员要和学生对立才是呢。"

"哈哈,这原是现在的真理。如果不和学生对立,也就做不好教职员。我们能够在这里吃一碗饭,多少总站在和学生对立的阵线上——并不是拆自己的衙门,真理是这样,不说也还是这样。"

"那末,我们根本就不应该发表宣言?"

"这个得分开来说。我们有双重的人格,一个中国人,又是一个教职员。在中国人的立场上,人家听不听且不问,这一番话非说不可。至于教职员，好比编配在队伍里的兵士，惟有绝对地服从，不能够自由说一句话。谁会看见第几连第几排的兵士发表过什么宣言？"

"我们各自署上姓名，并没有写什么学校的教职员，正是站在中国人的立场上。"

"人家把我们移到了教职员的立场上去呢？"

"那只有受处分的份儿了。"

谈话中止了，墙上时计的搭声突然显得响亮起来。种种微妙的思想像蚯蚓一般在各人心里钻动，钻动，画成种种模糊的总之不见可爱的图画。

"如果处分落在王先生一个人身上呢？"美术教员张先生环视着各人的脸，热切地问。

"我们替他辩白，他没有错儿。"

"况且是大家的公意，他不过动手写了下来罢了，即使有错儿，也该大家有份。"

"为什么要自己承认有错见呢？"

"我们可以联合所有签名的人，一同去见厅长，对他说，我们无非爱国的意思，难道现在已经到了不准爱国的时候吗？……"

这当儿，校长先生的身影镶嵌到印在地板上的斜方门框里，于是时计的的搭声重又显得响亮起来。

过了两天，教厅的第三个电报又来了。校长先生慌张地拆开来看。看罢之后，缠在身上的无形的鞭子似乎抽回去了，他长长地吐了一口舒畅的气。

电报的内容是这样：查阅王咏沂批改的作文本子，尚没有什么不妥当，除立即解除教职外，不再给他旁的处分。

校长先生省得口说麻烦，就把这电报送给王先生看。王先生只觉身子往下一沉，模模糊糊之中，他看见东北无家可归的同胞，他看见黄河流域长江流域饥寒交迫的灾民，他看见大都市中成群结队的失业大众，而他自己的脸相就隐隐约约在这些活动图画中出现，这一幅中有，那一幅中也有。等到清醒过来的时候，他悄悄地带了行李，头也不回走出校门，坐上一辆人力车，直奔火车站。火车站上挤满了好几趟车的旅客，大家在那里说，上海学生闹事，只怕火车不会开来了。虽然这么说，大家还是等着，时时走到月台沿边去，冒着刮面的冷风，望那平指的扬旗。王先生加入这批旅客中间，一手摘着胡须根，也就怅怅地等着。

学校的教员预备室里传到王先生走了的消息的时候，大家有一种反胃似的感觉，同时朦朦胧胧浮起这么一个想头："如果这篇宣言由我起的草呢？"

抗 争

一

清早起来改了二三十本学生作文簿的郭先生搁下笔抬起眼来,只觉乌鸦似的一团团的东西在前面乱晃。闭了眼,用手指按了按眼皮,一会儿,再张开来,乌鸦似的一团团的东西没有了,便翻开刚才送来的当天的地方报。一阵青烟从后屋浮进来,烟火气刺入鼻际几乎欲打嚏,同时听得塌塌塌劈木柴的声响。

"唉,该死!"他把报纸一丢,激怒地说。

"什么事?"妻在里面担心地问,声音是故意地柔顺。

"还有什么!他们要把我们饿死呢!"

"怎么了?"

"报上讲,今年的欠薪说不定发不发;明年不是打对折,就是学校关门!"

这真是太凶恶的一个消息,妻不自主地离开灶门来到前面,睁着眼看定丈夫的沉郁的面孔,一时也说不出什么。心头是沸水一般，几日来时刻翻腾的一些想头又涌上来了：到年底只差一个多月了，有的是这家那家的账；母亲那里，姑太太那里，都得去一副年盘；棉袄太不像样了，至少添一件新布衫；——这些且不讲，最要紧的是眼前只剩两块光洋几十个铜子了！明年打对折！要不然，就是学校关门！——她想到这里，兼之早上起来还没有吃东西，便觉一阵头晕，把旧有的肝阳病引起来了。于是醉人似地在一把椅子上坐下；干瘦的颧颊泛着淡红色，用冻红的手支着。

"能同他们商量商量么？"她想来想去只有这一丝的希望。

"商量！也不知商量过几多回了，他们总是一句话，没有办法！同他们商量，还不如同墙头去商量！"

"教人家当教员教书，总不该让人家没饭吃饿死的。"她想，这样的理由就尽足以折服他们。

"谁管你有没有饭吃！谁管你饿不饿死！你不愿意当，他们会说本来不曾一定要你当！"

"那末，怎样呢？"她怅然了，感得前途是无边的空虚。

"我们当然要寻生路呀。"他挺一挺胸说，脸上微露高傲的笑意。

"你讲，"她用探试的口气说。

"生路不是没有，就在不再同他们商量。是软弱的东西才商量！是没用的东西才商量！商量由你，不睬你由他们，还不是吃一辈子的亏？现在作梦作醒了，没有什么商量！"

"那末怎样？"她完全茫然。

"他们干的那些谁不晓得。为什么军费就有钱垫付？为什么局长就有钱造洋式房子？为什么委员们就有钱吃花酒，打麻将？——你明白了么？总之一句话，实际上这地方大可以不欠薪，不打折扣；所以弄到这般地步，都是他们的荒唐。还商量什么；只有教员一齐联合起来，去同他们算账！"

她想象不清楚这个办法就是一条生路，仿佛觉得这里头总有点不妥当，直望着他问。

"谁这样想起的？"

"就是我，我这样想起的。"他坚定地承认。

"将就些，不要出什么主张吧！"她相信这样不但不是一条生路，而且会弄掉现在的位置，虽然是个欠薪又将要打折扣的位置，究竟比无薪可欠无折可打好一点，所以用母亲谆嘱儿子似的调子说。

"为什么？"他准对她的眸子看，似乎要看透她的心。

"听我说的为是；我不相信这样会有好处。"她把底里的意思掩藏着。

"怎样没有好处？算盘是死的；教育费该有多少，历年用了多少，到现在该不该欠薪打折扣，他们能偷拨一粒算盘珠么？"

"为什么向来没有人同他们算过？"

"因为怕。谋到一个位置不容易，怕把它失掉了。"

"你倒不怕么？"

"我原说要许多人联合起来；单单一个人出来同他们对抗，自然吃他们的亏。你要知道，联合起来是我们的法宝！"

"他们不睬你们的法宝呢？"

"那末我们全体辞职！"他激昂地说，似乎她就是他正要对抗的人。

这一句正回印到她藏在心底里的忧虑，她想今后的命运，总得上这条路吧！倏地转念，又想到仅剩的两块光洋几十个铜子；一缕心酸，几滴泪珠抢着掉下来了；头脑里更见得昏昏。她闭了闭眼咽了口唾沫凄然说，"总之，我不赞成你这样做。"

"你懂得什么！"他瞪着眼，有点发怒。

"我不懂么？凡事谨慎小心为妙。"

"还要多说！有我在这里就是了。你看什么时候了，煮的粥呢？"他简直大声呵斥了，对于她的絮聒鄙夷得像一滴污泥，又细微，又讨厌。

她伤心极了，眼泪续续下滴，怨恨他全不了解她的衷肠，明明为着他，却得到这样的酬报，从这看来，就是万一境况好一点，又有什么意思。可是一想到他就要上学校去，便站起来阴影似地移向后屋去。

他用馀怒未消的目光望着她蓬松发髻青灰破绸袄的背影，几年来她种种的苦辛立刻涌现于脑际，禁不住闭着眼，皱紧眉头，"唉！"

二

教职员联合会是去年就成立的。所有的成绩是一份油印的章程，宗旨项下当然是"研究教育，联络感情"一些话；一本开成立大会时的签名簿，龙蛇飞舞的墨笔字同蝇头小楷的铅笔字都有；一本记事录，记着那天票选出来的职员的名字。

郭先生是会里的干事员。他跑去对会长说，眼前的事情与全体教职员有切身的关系，须得召集临时全体大会，妥筹对付方法。那会长最怕的是开会，踱进会场就要打磕睡，可是这一次却捻着髭须连连点头说，"不错，不错，非开临时全体大会不可。"

发出的通告句句打入教职员们的心坎："为自己的利益，为教育的前途，必须大家团结，取一致的步调。所以召集这个临时全体大会。会场在市立第三小学。"

第三小学在关帝庙内。大殿东侧有一个厅，作为教室；殿庭就是运动场。殿庭里本来有两棵杏树，著花时就像两大个锦绣球；因为树干常常撞着学生的额角，致涨起胡桃大的肉块，便都被齐根截去了。这一天是星期日，朝阳照在殿顶的瓦楞上，夜来的霜渐渐融化，浮起一层淡淡的烟。庭中还阴黯，有几只蜷缩的麻雀停在地上。这时候，已经有到会的人向殿东侧探头窥望了。

"今天开这个临时会员大会，诸位都已知道，是为经费的事情，"会长先生虽然极愿意开这个会，却并不能增进他发言时的轻松畅快，说了一句，还得照例咽一口唾沫，在他前面坐着七八十位同业；学生的坐椅太低了，使他们大都伛着背心，用手托着下颔，臂弯支在膝上。从玻璃窗射进来的斜方柱形的阳光，历乱地印在他们的头上身上腿足上，大家感得温温地有点春意了。

会长先生说完了开会的意思，一手在髭须尖似捻着非捻着地等待大家开口。可是大家回他一个沉默；只听得些零落的咳嗽声。

"诸位以为应该怎样？"会长先生略微有点窘，尴尬着脸儿从左边相到右边，又从右边相到左边，要相出一个能够提出意见的。

果然，一个头发已经花白，但还没留须的瘦小的教员勇敢地站起来了。他用沙糙的声音说，"开会的意思，刚才会长已经说过了。但是郭先生是这个大会的原动议人，我们也得领教领教他的意见。"说罢，向两旁都看了看，然后坐下。

大家正在踌躇怎么对付会长先生的问语，听这样说，觉得这就最妥当，不由地拍起手掌来。

郭先生坐在最前的一排，抱着满腔的热忱，几乎要握着一个个同业的手说，"为学生，为自己，我俩真诚而坚固地团结起来吧！"现在看见会长先生望着自己，不等他开口，就立到教台前面真挚地说：

"会长先生！诸位先生！我们当教员的往往会堕入一个骗局：这个骗局把我们抬得非常之高，结果却使我们弄得非常之窘；骗子从中得了好处去，还要在旁边暗暗地好笑。这是什么？就是说教育是神圣的事业咯，教员清高，不同凡俗咯，那一套。这些话的骨子里，简直就是说干教育事业的无妨不吃饭；你如要计较吃饭的问题，生活的问题，那就是污了舞台，失了清高！是一种事业，是干一种事业的人，哪一项不清高？哪一个不该看自己的事业是神圣？然而这只该自己想着，自己信守，决不能让人家拿来当饵，自己却作吞饵的鱼！诸位，我们今后的道路,第一要看破这是一个骗局!"

大家等不及他说完篇,热烈地拍手了。

"既然看破这一个骗局,当然会明白为自身的利益而说话并不是不神圣,不清高。——如其我们教出学生来,一点不像人,一点没有用处,那才是我们下贱,我们卑鄙。但是我们也同其他的人一样,生来就有生存的权利。为什么我们该特别牺牲?为什么我们的薪水该打折扣,维持不了生活?这有理由么?这有理由么?何况,实际上并不至于如此,而乌烟瘴气的人物和事势竟然弄到如此!"

一阵的拍手声更其沉著了,一声声都代表各人涌到了喉际的一语"痛快"!

郭先生顿了一顿,用感激的眼光望一个个对着自己的脸,继续说,"我们现在出来说话,也不是要压倒了谁,只是拥护我们固有的权利。岂但我们的权利,也是拥护学生们固有的权利。不听见明年或者要停办学校么?从我们信仰教育的人看来,停办学校就是杀害学生的生命!

"我们出来说话,应该坚强我们的力量。融合各人的意思,结成个团体的意识,这是坚强不过的。如其各自分散,你就是满腔悒悒,也终于满腔悒悒而已。惟有团体的意识,到底必能贯彻,得以化各人的悒悒为全体的欢畅。教职员联合会,不是我们的团体么?兄弟要召集今天的会,就希望诸位各表意见,结成个团体的意识,来应付我们眼前生活上事业上的问题!"

郭先生在掌声中归了座。一堂的空气早已紧张起来了,这究竟是大家切身的问题,不像讨论教授法那样地无聊。喽呓的语声起于四处,调子是沉郁的,迫切的。会长先生又左边右边来回地相着;虽然不觉得疲倦,却张大口腔打了个呵欠。

"我的意思,"刚才发言的那个花白头发的教员站起来说,"我们推举四个代表去见局长,无论如何,请他尽年内把欠薪发清了;明年的方针,也请他好好地定一定,打折扣同关门都不是办法!"他说得颇愤愤,坐下去时还鼓起发红的两颊。

"四个不够吧?我的意思是六个。"这声音发于后排,并不见有人站起来。

"不要单讲薪水的话,"一个高高的人挺立起来急促地说,"应该同他们算账!为什么要欠薪了,为什么要打折扣了,教他们算给我们看,我们也同他们算一算!"

"好,算账!"本来是含意未伸,现在有人说穿了,好些人就一齐喊出来。

"他们回说不用算,年年的预算决算都登报的,我们又怎样呢?"说这话的带着冷峻的口调,显出他比别人来得精细。

"预算决算,谁相信!"好些人呵斥说。

"不相信,有什么凭据去驳他们?"那个人冷然回问。

一堂爽然了,大家觉得手头的确没有现成的凭据。有些人连带想起全县的教育费不知究是多少,仿佛就想问一问;又觉这有点不好意思,只得暂且闷在肚里。

"要什么凭据!"高高的人又倐地站起来了。"谁不晓得他们从中弄的玄虚?什么预算决算,相信他们的鬼画符!"

大多数人听说,又觉自己并不空虚,也就无所用其爽然;于是场中复呈哄然的气象。

郭先生开口了。"账不是不能算；我们要把本县的教育引上光明的大路，这一著尤其必要。但算账必须有靠得住的材料，就是所谓凭据。从今天起，我们不妨做准备的工夫，完密地搜集材料。到材料充足时，然后正式提出去。现在可先依刚才这位的话，推出代表去见局长。传达我们的必欲达到的期望：一，尽年内把欠薪发清；二，好好地确定明年的方针，是教育，是全县孩子们的教育，马马虎虎不当一回事是不成的！"

"那末，到底推几个代表呢？"会长先生尽他主席的责任。

"我主张六个。"发于后排的声音又来了，算是维持他的初意。

"两个尽够了。这几句话要用许多人扛了去么？"

"哈，哈，哈！"

"诸位注意，推出代表去见局长这一个提案还没有人附议呢。"这当然又是个冷静的头脑。

"哈，哈，哈！"

"我附议！"好些人哄然喊出来，同时历乱地举起手臂，像江上的船桅。

讨论人数的结果，多数赞成两个。推举出来的，一个是那说话很急促的高高的人，大家觉得他最激烈，激烈就好；一个是会长先生，其意无非会长是全会的代表，会长去了，差不多全体都去。

"我们的后盾是什么？"那"冷静的头脑"乘人不提防，徐徐站起来说，闭了闭眼。"换一句说，我们说是必欲达到的期望，他们却回我们个不睬，我们又怎么办？"

这话语把大家松弛了的心情又拉紧了。

"我们一致罢教!"

大家没有注意这是谁说的,只觉这办法真是个坚强的后盾,一齐来不及地拍着手心。

"限他们一星期,一星期没有好好的答复,一致罢教!"大家混在掌声中呼喊。

郭先生心里很感动,起来带着微抖的声音说:

"今天我们有个团体的意识了,我们要用所有的力量来贯彻它;决不让它渐渐消散,终于没有。这是我们生活上事业上的生死关键,不是轻微的事。我们一定要贯彻这个团体的意识!"

"大家一致!一星期!没有答复,全体罢教呀!"

这呼号是报答郭先生的。

于是会长先生宣告散会。全体的教职员哄地站起来;桌椅被推动,一阵乱响。大家的脸给阳光晒得红红的;心里尤觉活跃,仿佛前途悬挂着很好的希望。有几个人竟至于想自己差不多是"革命党"了。

三

"诸位先生的意思,兄弟没有不尊重的。"局长答复两位代表说,照例是又尊严又谦和的脸,眼光时时从眼镜边上溜出来。"从前兄弟也当过教员,教员的况味哪有不晓得。再说到教育,教育不好好儿办,中国还有希望么?所以,诸位先生的意思，爽直说，就是兄弟的意思。"

那位高高的代表听说，不由得坐来更偏一点；仿佛嫌自己的身躯太高了，只想教背心尽量地弯弯弯。再发表些意见吧？这似乎可以不必；因为局长的意思就是教职员们的意思，那末"咱们一伙儿"了。会长先生是本来不预备挡头阵的，现在看先锋尚且不多开口，落得托着下巴静听。

"不过，"局长轻叹一声，意思是重要的话来了。"当局的也有当局的难处。能够想法的地方，决不会不去想的。然而想尽了还是没有办法，这就不能一味地责备当局的了。是不是呢？是不是呢？"

两位代表不自主地都点头了。

"不过，"局长再来一个转笔，"兄弟是当过教员的，对于教育又有极端的信念，现在还得从千困万难中去寻一个好办法；待有成功，当赶快报告诸位先生。"

"限你一星期！"那位高高的代表仿佛想这样说，但立刻觉得这样说太不文雅了，便换个腔调说，"希望在一星期内听到局长成功的消息。"

"如其有成功的话，"局长笑了，这笑里藏着好许多的恩惠，"今天就今天，明天就明天，何必一星期。"

再有什么话说呢？两位代表就辞别了出来。

这地方教职员们丛集的所在是茶馆，接洽一切在这里，商量什么在这里，休憩，打磕睡在这里，说笑话，约打马将的赌伴在这里；假如把教职员联合会的会所定在茶馆，那就不至于成立会之后只开一次会了。

两位代表去见局长以后两三天，茶馆里就有人同教职员们谈论起这件事情来了。这些人无非是教育委员公正士绅之类，平时本来混在一块的，彼此有什么话不谈呢？

"你们去见了局长了？"

"是的，我们推代表去见了局长了，这是我们全体的问题，教育前途的大关键，不得不严重地提出。而且，我们要他在一个星期内有个解决。"

"局长怎么说？"

"他说总得从千困万难中寻出一个办法。"

"万一一个星期过了，还是没有解决呢？"

"那是早经决定的了；我们作坚决的表示，一致罢教！"

"好，这方法顶好，因为它彻底。——不过……"

"不过什么？"

"你们须得像工人罢工一样组织起纠察队来，有谁私下里上课的就打，有谁敢接受教育局的新聘任的也打；这才显出你们的力量，最后的胜利一定归入你们手里。"

"这是难办到的。纠察这字面何等难听；而且，怎么能动手就打呢？"

"难办到么？那末，你们的最后胜利还在不可知之中呢。哈哈！"

"未必吧。"

"不要太乐观了。还是趁早去组织纠察队的好。哈哈！"

教职员们虽然说"未必吧"，心里却不免有点儿动摇。自己的情况当然知道得最清楚的：四块钱用一个本校毕业生，教他代了课，自己再去什么局什么处弄兼差，领干脩；或者八块钱雇一名师范毕业生，把一班的"国""算""手""体"等等完全包给他，再也不用费心。外边空着一双手，想当"八块钱的""四块钱的"的人正不知有多少。欠薪，打折扣，都不是他们的问题，他们只要有饭碗，那怕是破的。如其一致罢教，不刚好给他们一个顶好的机会么？于是，抗争完全失败，徒然牺牲了自己。这哪里是聪明人干的事！

同时，好几种地方报纸也特地为此事作起社评来，都不偏不倚地专为教育着想。举个例，《地方公报》这样说：

> 近闻教职员联合会代表谒见教育局长，请于年内发清积欠；明年教费，亦望妥为筹画。夫小学教员多寒畯之士，入口嗷嗷，亟待薪资以为赡养。当局者诚宜及早设法；全其利权，俾得乃心乐育，无复他顾。
>
> 惟风闻教职员方面早有拟议，果所请不遂，即同盟罢教以为挟持；此则断乎不可者。教育原属神圣事业，为三乐之一，从事于此者，不可不具牺牲之精神；且其满足快慰，固非饱餐一顿所可伦比者也。苟以区区欠薪问题而相率罢教，置神圣事业于度外，人其谓之何，窃为吾县小学教育界不敢也。

这尤其使教战员们烦闷。明明是一个骗局，是一顶很高很高的帽子。但是，记者这样说了，读者点头赞同了，不就是非常普遍的舆论么？

四天没有回复，五天没有回复，直到第七天的晚上，还是没有回复。明天早上，教职员们都怀着异样的心情到学校里，好似畏怯的旅客临到艰险的栈道，走又不好，不走又不好，简直无可奈何。

第一小学的先生没精没采地望着一场乱蚂蚁似的学生，吩咐校役说，"你到二校去问一声，今天上课不上？"

校役跑到第二小学，两位先生正在踌躇，低低的议论，说坏在当初不曾约定，用一种什么方法作一致行动的信号。

"先生，你们今天上课么？"校役毫不顾忌地问。

"今天放学了！"在近旁的学生听说，就神经过敏地喊起来。

"咄！"一位先生喝止说。"谁胡说，"于是回答一校的校役，当然只得说，"我们今天上课。"

"你们怎样？"另一位先生想起了问。

"我们因为没定规，所以来问的。"

校役回到一校，报告说二校是上课的，先生想，失约不自我始，无论如何可以不负责任，便决意向校役说，"没有什么，你依照时刻摇铃就是。"

三校的先生经过一校，一转念便跨进门去，想探听一点消息。但当望见奔驰叫喊的学生们时，仿佛觉得已经明白，再不用探听什么，于是死心蹋地跑到关帝庙里。

高级小学是装有电话机的了。这一面取下听筒来问，"怎样，你们今天？"

"我们从众，"那一面回答。"刚才派人出去打听，各校还是照常地开门呢。"

"那个的话大概是作罢的了。"

"大概是作罢的了。哈哈！"

这一天，郭先生起得特别早，踏着满街的浓霜历访十来个学校。有几校的先生还没有到；遇见的几位先生都呈冷冷的面孔说，只怕有人乘机讨好，独个儿上课。

"不用问别人，只消问自己。是上星期一致通过了的决议案，到底要不要实行呢？"郭先生的感情颇激动了。

答话却仍是软绵绵的。"实行固然顶好。有利益的事体，谁不愿意干。但是，我们的力量薄弱呢，会不会像吃了砒霜药老虎，是我们应该考虑的。"

郭先生心还没有死，一口气跑到会长那里，把遇见的情形愤愤地说了，末了说，"无论如何，得立刻召集临时全体大会。"

"你想大家高兴到会么？"会长先生带着冷笑说。一会儿面孔转成庄严了，"你要召集，你去发通告！"

郭先生碰了一鼻头的灰，心里是说不出地感慨。已经望见了的前途的光明，原来只是一撮虚幻的火焰；现在消散了，依然是漫空的漆黑！

到了学校，竟想向学生们宣告，今天不教课了。"但是，独个儿表示，谁觉着你的厉害呢？没有意义的事情，做它也是傻。"

当他捧着一叠算草簿进教室上第一课时，看见一个个冻红的小脸上一对对的眼光射准自己，不禁诅咒似地想，"讨厌的东西！"

但是，一缕的内愧立刻直透心头，便垂下眼皮默祷，"请你们宽恕，这是我待你们不好的仅有的一次！"

<h2 style="text-align:center">四</h2>

学期终了，一切事情都安然过去，虽然教职员们所想望的完全没有消息。

但是，郭先生已经接到免职的通知了，为的什么，并没有叙明白。他自己总该知道吧。

于是，有不少的心在私下里庆幸，没有真个做出来，到底占便宜：不然，把本来破了的再摔一下，那就粉碎了。

这是这学期末了的一课。郭先生给孩子们温理教完了的课本，也完毕了；凄然的感觉渐渐上涌，终于激动地说，"告诉你们一句话，你们料不到的一句话，下学期我不是你们的先生了！为什么呢？你们一定要这样问。唉，你们只晓得在学校里玩，在家里玩，抽出时间来做一点功课。你们那里懂得世间各色各样的事情。如果曲曲折折地告诉你们，徒然教你们心里糊涂，还不如不说的好。总之，下学期我不是你们的先生了，但决不是我心愿离开你们！"

"下学期谁来教我们了呢？"冬日的下午，教室里已漫着昏暗，在那最暗的屋角里一个孩子悄然问。

"自然是一位新先生，我不知道是谁，所以不能告诉你们。"

"我们跟着你先生去，你还是教我们，好不好？"另一个孩子含着离愁的眼光说。

"那不好；并且，我暂时也不作先生呢。"郭先生嘴里这样说，心里是莫名地难过。自念入世以来，愿意赠与自己的心力的就是这班孩子，相与得最坦白没有一点隔阂的也就是这班孩子，现在却被迫地离开他们了！

"作先生的没有不爱学生的。你们的新先生一定会欢喜你们，保护你们，同我一模一样。你们准备一颗很好很好的心欢迎新先生罢！"郭先生又想到孩子们的前途，这样恳挚地说。

教室里十分寂静，好似所有的脉搏同气息都凝止了。一对对的眼光集注在郭先生的身上，仿佛嫌平日还没有看得仔细，看得足够。

"新先生虽好，你不要去不更好么？"这一句带着真诚地埋怨的口气，破了一堂的沉寂。

"这没有法子！"郭先生的声音带颤而且有点沙哑了。"现在我们要散学了。给你们说，这人教那人教都不成问题，最要紧的是你们自己努力，自己要好！我希望明年你们进步更多，大家成个更好的学生！"他不能再多说，连忙点头招呼，因为滚出来的泪珠快要给学生们看见了。

学生懒懒地散出去，好似腿上系着铅条。郭先生在一个个的背影上都着力看认，就把逐个的性格，癖好，学力等等重又温理一过。

末了是寂然，死样地寂然，

"完了！"郭先生觉得现在真成两手空空了，没有凭借，没有归宿，什么都没有！他颓然走下教台，不自主地回头去看。"呵，我的舞台，几年来在这里演呕心沥血的戏，现在被撑下来了!"转头来看见呆板的几排空桌椅。"呵,看惯了的红润的黄瘦的干净的龌龊的面孔,再没有福分在这里一齐看见了!"墙上一列画幅,是今年秋间带着学生到野地游散,诱导他们自由写生的成绩。"这种乐趣,怕梦里也不会再得的了!"

他理清自己的书物,带着,一溜烟跑出了校门。西风吹得很紧,行人都呈萧瑟之态。暮色已十分下沉,似乎把他的心也压得非常沉重。两脚机械般移动,心里只是迷惘地想:

"回去,回去怎么呢?还不是看她的流泪的脸!还不是听她的怨恨的话!不应该不听她咯,到底谁的话对咯,总是这几句。倒楣的事实自会证实她的话,那有什么法子,她还要说,衣服没有几件好当咯,只剩几个铜元几个铜元咯,真讨厌!不晓得人为什么一定要吃饭!"

心思像一缕游丝般漾了开去,"假若没有她,也就没有家,岂不自由自在。"肩担行李头戴棕笠悠然来往的行脚僧的印象浮现于他的脑际。但立刻感觉自己太自私了。"她怎能不怨呢?她嫁了过来,简直是嫁给了愁苦;一切的辛劳,一切的焦心,都有她的份,独没有片刻的安适。难道还不让她畅快地怨几句么!"

"还是这班同业实在岂有此理,"愤恨便转了个方向。"他们没有识见,没有胆量,只晓得饭碗!饭碗,饭碗就是他们的终生唯一的目的!饭碗也得弄得牢固一点,稳妥一点呀,但他们不想!饭碗以外还得好好地做事业呀,但他们更不想!说什么教育,教育,一切的希望都系于教育,把教育托给这班东西,比筑屋在沙滩上,还要靠不住!"他连平日的根本信念也动摇了，深觉当初以为唯这一条路是值得走的，其实只是浮泛的认识，这一条路的荆棘充塞，并不亚于其他的路。于是不但两手空空，心头也空空了。空空的心感到的一种况味，说是悲哀并不像，说是痛苦也未为确切，总之，只望立刻消毁了这个心才好；但怎能得便消毁了呢？

"铮！铮！"是铁铺里发出来的声音。郭先生不经意地看过去，在墨黑的小工场里，三个铁匠脸上身上耀着鲜红的光；铁椎急速地起落，有力而自然；炉子里的火焰一瓣瓣地掀动，像一朵风翻的大莲花：这幅动人的活的图画，似乎是向来不曾见过的。

"呵，他们是神圣！要买钉的，要买铲的，自然跑来求他们；而他们绝不求人家；他们只须运用自己的精力，制成有用的东西，就什么问题都解决了。"

"怎么能跟得上他们呢，"他收了欣羡的眼光，回向内面想，只觉异样地怅惘，仅有的是个空空的心，配跟谁！

不知又走了多少步，身体突地给别人一撞，才转过头去。在电灯杆上贴一张告白，两三个人凑着灯光在那里看，也不知电灯什么时候亮了的。看那告白文字，说的是新开织袜厂，招收勤谨女工，工资从优的话。

他心头一动，不禁凝想"她……"

一九二六年十二月六日作毕。

夜

　　一条不很整洁的里里,一幢一楼一底的屋内,桌上的煤油灯放着黄晕的光,照得所有的器物模糊,惨淡,好像反而增了些阴黯。桌旁坐着个老妇人,手里抱一个大约不过两周岁的孩子。那老妇人是普通的型式,额上虽然已画上好几条皱纹,还不见得怎么衰老。只是她的眼睛有点儿怪,深陷的眼眶里,红筋连牵地,发亮;放大的瞳子注视孩子的脸,定定地,凄然失神。如看孩子因为受着突然的打击,红润的颜色已转成苍白,肌肉也宽松不少了。

　　近来,那孩子特别会哭,犹如半年前刚断奶的时候。仿佛给谁骤然打了一下似地,不知怎么一来就拉开了喉咙直叫。叫开了头便难得停,好比大暑天的蝉儿。老妇人于是百般抚慰,把自己年轻时抚慰孩子的语句一一背诵了出来。可是不大见效,似乎孩子嫌那些语句太古旧又太拙劣了。直到他自己没了力,一面呜咽,一面让眼皮一会开一会闭而终于阖拢,才算收场。

　　今晚那老妇人却似感得特别安慰;到这时候了,孩子的哭还不见开场,假若就这样倦下来睡着,岂不是难得的安静的一晚。然而在另一方面，她又感得特别不安；不知道就将回来的阿弟怎么说法，不知道几天来醒里梦里系念着的可怜的宝贝到底有没有著落。

晚上，在她，这几天真不好过。除了孩子的啼哭，黄晕的灯光里，她仿佛看见隐隐闪闪的好些形像。有时又仿佛看见鲜红的一摊，在这里或是那里，——这是血！里外，汽车奔驰而过，笨重的运货车有韵律地响着铁轮，她就仿佛看见一辆汽车载着被捆缚的两个，他们的手足上是累赘而击触有声的镣铐。门首时时有轻重徐疾的脚步声经过，她总觉得害怕，以为或者就是找她同孩子来的。邻家的门环儿一声响，那更使她心头突地一跳。本来已届少眠年龄的她这样提心吊胆地尝味恐怖的味道，就一刻也不得入梦。睡时，灯是不敢点的，她怕楼上的灯光招惹另外的是非。也希冀眼前能得干净，完全一片黑。然而没有用，隐隐闪闪的那些形像还是显现，鲜红的一摊还是落山的太阳一般似乎尽在那里扩大开来。于是，只得紧紧地抱住梦里时而呜咽的孩子……

这时候，她注视着孩子，在她衰弱而创伤的脑里，涌现着雾海似的迷茫的未来。往哪方走才是道路呢？她一毫也不能辨认。怕有些猛兽或者陷阱隐在这雾海里边吧？她想十分之九会的。而伴同前去冒险的，只有这方才学话的孩子；简直等于孤零的一个。她不敢再想，无聊地问孩子，"大男乖的，你姓甚？"

"张。"大男随口回答。孩子在尚未了解姓的意义的时候，自己的姓往往被教练成口头的熟语，同叫爹爹妈妈一样地习惯。

"不！不！"老妇人轻轻呵斥。她想他的新功课还没学习得熟，有点儿发愁，只得重行矫正他说，"不要瞎说，哪里姓张！我教你，大男姓孙。记着，孙，孙……"

"孙。"大男并不坚持，仰起脸来看老妇人的脸，就这样学着说，发音带十二分的稚气。

老妇人的眼睛重重地闭了两闭；她的泪泉差不多枯竭了，眼睛闭两闭就表示心头一阵酸，周身经验到哭泣时的一切感觉。"不错，姓孙，孙。再来问你，大男姓甚？"

"孙。"大男顽皮地学舌。同时伸手想去取老妇人头上那翡翠簪儿。

"乖的，大男乖的。"老妇人把大男紧紧抱住，脸贴着他的花洋布衫。"随便哪个问你，你说姓孙，你说姓孙……"声音渐渐凄咽了。

大男的胳膊给老妇人抱住，不能取那翡翠簪儿。"哇——"突然哭起来了。小身躯死命地挣扎，泪水淌得满脸。

老妇人知道每晚的常课又得开头，安然而过已成梦想，便故作柔和的声音来呜他道；"大男乖的……不要哭呀……花团团来看大男了……坐着红轿子来了……坐着花马车来了……"

大男照例地不理睬，喉咙却张得更大了，"哇——妈妈呀——妈妈呀——"

这样的哭最使老妇人又伤心又害怕。伤心的是一声就如一针，针针刺着自己的心。害怕的是墙壁很单薄，左右邻舍留心一听就会起疑念。然而给他医治却不容易；一句明知无效的

"妈妈就会来的"战兢兢地说了再说,只使大男哭得更响一点,而且张大了水汪汪的眼睛四望,看妈妈从哪里来。

老妇人于是站起来走,把大男横在自己的臂弯里;从她那动作的滞钝以及步履的沉重,又见她确实有点衰老了,她来回地走着,背诵那些又古旧又拙劣的抚慰孩子的语句。屋内的器物仿佛跟着哭声的震荡而晃动起来,灯焰似乎在化得大,化得大,——啊,一摊血;她闭了疲劳的眼,不敢再看。耳际虽有孩子撕裂似的哭声,却如同在神怪的空山里一样,幽寂得教血都变冷。

搭,搭,外面有叩门声,同时,躺在跨街楼底下的那条癞黄狗汪汪地叫起来。她吓得一跳,但随即省悟这声音极熟,一定是阿弟回来了,便匆遽地走去开门。

门才开一道缝,外面的人便闪了进来;连忙,轻轻地,回身把门关上,好像提防别的什么东西也乘势掩了进来。

"怎么样?"老妇人悄然而焦急地问。她恨不得阿弟挖一颗心给她看,让她一下子知道他所知道的一切。

阿弟走进屋内,向四下看一周,便一屁股坐下来,张开了口腔喘气。是四十左右商人模样的人,眼的四周刻着纤细的皱纹形成永久的笑意,眼睛颇细,鼻子也不大,额上渍着汗水发亮,但是他正感着一阵阵寒冷呢。他见大男啼哭,想起袋子里的几个荸荠,便摸了出来授给他,"你吃荸荠,不要哭吧。"

大男原也倦了,几个荸荠又多少有点引诱力,便伸两只小手接了,一面抽咽一面咬着荸荠。这才让老妇人仍得坐在桌旁。

"唉！总算看见了。"阿弟摸着额角，颓然，像完全消失了气力。

"看见了？"老妇人的眼睛张得可怕地大，心头是一种悲痛而超乎悲痛的麻麻辣辣的况味。

"才看见了来。"

老妇人几乎要拉了阿弟便引她跑出去看，但恐怖心告诉她不应该这样卤莽，只得怅然地"喔！"

"阿姊，你说世界上没有一个好人，是不是？其实也不一定，像今天遇见的那个弟兄，他就是一个好人。"他感服地竖着右手的大拇指。

"就是你去找他的那一个不是？"

"是呀。我找着了他，在一家小茶馆里。我好言好语同他说，有这样这样两个人，想来该有数。现在，人是完了，求他的恩典，大慈大悲，指点我去认一认他们的棺木。"阿弟眉头一皱，原有眼睛四围的皱纹见得更为显著，同时搔头咂嘴，表示进行并不顺利。"他都不大理睬，说别麻烦吧，完了的人也多得很，男的，女的，长袍的，短褂的，谁记得清这样两个，那样两个；况且棺木是不让去认的。我既然找到了他，哪里肯放手。我又朝他说了，告诉他这两个人怎样地可怜，是夫妻两个，女的有年老的娘，他们的孩子天天在外婆手里啼哭，叫着妈妈，妈妈，……请他看老的小的面上发点慈悲心……唉，不用说吧。总之什么都说了，只少跪下来对他叩头。"

老妇人听着，凄然垂下眼光看手中的孩子；孩子朦胧欲睡了，几个荸荠已落在她的袖弯里。

"这一番话却动了他的心，"阿弟带着矜夸的声调接续说；永久作笑意的脸上浮现真实的笑，但立刻就收敛了。"这叫人情人情，只要是人，跟他讲情，没有讲不通的。他不像开头那样讲官话了，想了想叹口气说：'人是有这样两个的。谁不是爹娘的心肝骨肉！听你讲得伤心，就给你指点了吧。不过好好儿夫妻两个，为什么不安分过日子，却去干那些勾当！'我说这可不大明白，我们生意人不懂他们念书人的心思，大概是——"

"嘘——"老妇人舒一口气，她感觉心胸被压抑得太紧结了。她同她的阿弟一样不懂女儿女婿的心思，但她清楚地知道，他们同脸生横肉声带杀气的那些囚徒决不是一类人。不是一类人为什么得到同样的结果？这是她近来时刻想起，致非常苦闷的问题。可是没有人给她解答。

"他约我六点钟在某路转角等他，我自然千万多谢，哪里还敢怠慢，提早就到那里去等着。六点过他果真来了，换了平常人的衣服。他引着我向野里走，一路同我谈。啊——"

他停住了，他不敢回想；然而那些见闻偏同无赖汉一般撩拨着他，叫他不得不回想。他想如果照样说出来，太伤阿姊的心了，说不定她会昏厥不省人事。——两个人向野里走。没有路灯，天上也没有星月，是闷郁得像要压到头顶上来的黑暗。远处树同建筑物的黑影动也不动，像怪物摆着阵势。偶或有两三点萤火飘起又落下，这不是鬼在跳舞，快活得眨眼么？狗吠声同汽车的呜呜声远得几乎渺茫，好像在天末的那边。却有微细的嘶嘶声在空中流荡，那是些才得到生命的小虫子。早上还下雨，湿泥地不容易走，又看不见，好几回险些儿跌倒。那弟兄嘴唇黏着支纸烟，一壁吸烟一壁幽幽地说："他们两个都和善，到这儿满脸的气愤，可还是透着和善。他们你看我，我看你，看了几眼就低头，想说话又说不上。你知道，这样的家伙我们就怕。我们不怕打仗，抬起枪来一阵地扳机关，我想你也该会，就只怕抬不动枪。敌人在前面呀，开中的，开不中的，你都不知道他们面长面短，若说人是捆好在前面，一根头发一根眉毛都看得清楚，要动手，那就怕。没有别的，到底明明白白是一个人呀。尤其是那些和善得很的，又加上瘦骨伶仃，吹口气就会跌倒似的，那简直干不了。那一天，我们那个弟兄，上头的命令呀，退缩了好几回，才皱着眉头，砰的一响放出去。那知道这就差了准儿，中在男的胳膊上。他痛得一阵挣扎。女的好像发了狂，直叫起来。老实说，我心里难受了，回转头，不想再看。又是三响，才算结果了，两个染了满身红。"那弟兄这样叙述，听他的似乎气都透不来了；两腿僵僵地提起了不敢放下，仿佛放下去就会踏着个骷髅，然而总得要走，只好紧紧跟随那弟兄的步子，前胸差不多贴着他的背心。

老妇人见阿弟瞪着两眼凝想，同时又搔头皮，知道有下文，愕然问："他谈些什么？他，看见他们那个的么？"他们怎样"那个"的，这问题，她也想了好几天好几夜了，但终于苦闷。枪，看见过的，兵，警察背在背上，是乌亮亮的一根管子。难道结果女儿女婿的就是这东西？她不信。女儿女婿的形象，真个画都画得出。哪一处地方该吃枪的呢？她不能想象。血，怎样从他们身体里流出来？气，怎样消散消散而终于断绝，这些都模糊之极，像个朦朦的梦。因此，她有时感觉到女儿女婿实在并没有"那个"，会有一天，搭，搭，搭，叩门声是他们特别的调子，开进来，是肩并肩活活的可爱的两个。但只是这么感觉到而已，而且也有点模糊，像个朦胧的梦。

"他没有看见，"阿弟连忙闪避。"他说那男的很慷慨，几件衣服都送了人，他得一条外国裤子，身上穿的就是。"

"那是淡灰色的，去年八月里做的，"老妇人眯着眼凝视着灯火说。

"这没看清，因为天黑，野里没有灯。湿泥地真难走，好几回险些儿滑跌；幸亏是皮底鞋，不然一定湿透。走到一处，他说到了。我仔细地看，十来棵大黑树立在那边，树下一条一条死白的东西就是棺木。"阿弟低下头来了，微秃的额顶在灯光里发亮。受了那弟兄"十七号，十八号，你去认一认吧"的指示，而向那些棺木走去时的心情，他不敢说，也不能说。种种可怕的尸体，皱着眉咬着牙的，裂了肩穿了胸的，鼻子开花的，腿膀成段的，仿佛即将踢开棺木板一齐撞到他身上来。心情是超过了恐惧而几乎麻木了。还是那弟兄划着几根火柴提醒他"这就是，你看，十七，十八，"他才迷惘地向小火光所指的白板面看。起初似乎是蠕蠕而动的蛇样的东西，定睛再看，这才不动，是墨笔写的十七，那一边，十八，两个外国号码。"甥女儿，我看你来了，"他默默祝祷，望她不要跟了来，连忙逃回小路。——这些不说吧，他想定了，继续说："他说棺木都写着号码，他记得清楚，十七十八两号是他们俩。我们逐一认去，认到了，一横一竖放着，上面外国号码十七十八我识得。"

"十七，十八！"老妇人忘其所以地喊出来，脸色凄惨，眼眶里明莹着仅有的泪。她重行经验那天晚上那个人幽幽悄悄来通报恶消息时的况味；惊吓，悲伤，晕眩，寒冷，种种搅和在一起，使她感觉心头异样空虚，身体也似飘飘浮浮地，不倚着一点什么。她知道搭，搭，搭，叩门声是他们特别的调子，开进来，是肩并肩活活的可爱的两个，这种事情是绝不会有的了。已被收起，号码十七，十八，这是铁一样的真凭实据！一阵忿恨的烈焰在她空虚的心里直冒起来，泪膜底下的眼珠闪着猛兽似的光芒，"那辈该死的东西！"

阿弟看阿姊这样，没精没采回转头，叹着说："我看棺木还好的，板不算薄。"——分明是句善意的谎话。不知道怎么，同时忽然起了不可遏的疑念，那弟兄不要记错了号码吧。再想总不至于，但这疑念仍然毒蛇般钻他的心。

"我告诉你，"老妇人咬着牙说，身体索索地震动。睡着的孩子胳膊张动，似乎要醒来，结果翻了个身。老妇人一面理平孩子的花洋布衫，继续说："我不想什么了，明天死好，立刻死也好。这样的年纪，这样的命！"以下转为郁抑的低诉。"你姊夫去世那年，你甥女儿还只五岁。把她养大来，像像样样成个人，在孤苦的我，不是容易的事啊。她嫁了，女婿是个清秀的人，我欢喜。她生儿子了，是个聪明活泼的孩子（她右手下意识地抚摩孩子的头顶），我欢喜。他们俩高高兴兴当教员，和和爱爱互相对待，我更欢喜，因为这样才像人样儿。唉！像人样儿的却成十七，十八！真是突然天坍下来，骇得我魂都散了。为了什么呢？是我的女儿，我的女婿呀，总得让我知道。却说不必问了。就是你，也说不必问，问没有好处。——怕什么呢！我是姓张的丈母，映川的娘，我要到街上去喊，看有谁把我怎样！"忿恨的火差不多燃烧着她全体，语声毫无顾忌地哀厉而响亮。她拍着孩子的背又说，"说什么姓孙，我们大男姓张，姓张！啊！我只恨没有本领处置那辈该死的东西，给年青的女儿女婿报仇！"

阿弟听呆了，怀着莫可名的恐惧，侧耳听了听外面有无声息，勉勉强强地说："这何必，就说姓孙又有什么要紧？——喔，我想起了，"他伸手掏衣袋。他记起刚才在黑暗的途中，那弟兄给他一团折皱的硬纸，说是那男的托他想法送与亲人的，忘了，一直留在外国裤子袋里。他的手软软地不敢便接，好像遇见怪秘的魔物；又不好不接，便用手心承受了，松松地捏着，偷窃似地赶忙往衣袋里一塞。于是，本来惴惴的心又加增老大的不自在。

"他们留着字条呢！"他说着，衣袋里有铜元触击的声音。

"啊！字条！"老妇人身体一挺，周身的神经都拉得十分紧张。一种热望（切念的人在叩门，急忙迎出去时怀着的那种热望）一忽儿完全占领了她。女儿女婿的声音笑貌，虽只十天还不到，似已隔绝了不知几多年。现在这字条将诉说他们的一切，解答她的种种疑问，使她与他们心心相通，那自然成了她目前整个的世界。

字条拿出来了，是撕破了的一个联珠牌卷烟匣子，印有好几个指印，又有一处焦痕，反面写着八分潦草的一行铅笔字。

阿弟凝着细眼凑近煤油灯念这字条。"'儿等今死，无所恨，请勿念。'嗐！这个话才叫怪。没了性命，倒说没有什么恨。'恳求善视大男，大男即儿等也。'他们的意思，没有别的，求你好好看养着大男：说大男就是他们，大男好，就如他们没有死。只这'无所恨'真是怪，真是怪！"

"拿来我看，"老妇人伸手攫取那字条，定睛直望，像嗜书者想把书完全吞下去那样地专注。但是她并不识字。

室内十分静寂；小孩的鼾声微细到几乎无闻。

虽然不识字，她看明白那字条了。岂但看明白，并且参透了里边的意义，懂得了向来不懂得的女儿女婿的心思。就仿佛有一股新的生活力周布全身，心中也觉充实了好些。睁眼四看，熟习的一些器物同平时一样，静处在灯光里。侧耳听外面，没有别的，有远处送来的唱戏声，和着圆熟的胡琴。

"大男，我的心肝，楼上去睡吧。"她站起来走向楼梯，嘴唇贴着孩子的头顶，字条按在孩子的胸口，憔悴的眼放着母性的热光，脚步比先前轻快。她已决定勇敢地再担负一回母亲的责任了。

"哇——"孩子给颠醒了，并不张眼，皱着小眉心直叫，"妈妈呀——"

一九二七年十一月四日作毕。

赤着的脚

中山先生站在台上，闪着沉毅的光的眼睛直望前面；虽然是六十将近的年纪，躯干还是柱石般挺立着。他的夫人，宋庆龄女士，站在他的侧边，一身飘逸的纱衣恰称她秀美的姿态，视线也注着前面，严肃而带激动，像面对着神圣。

前面广场差不多已挤满了人。望去，窠里的蜂一般一刻不停蠕动着的是人头，大部分戴着草帽，其馀的光着让太阳直晒，沾湿了的头发乌油油发亮。场的四围是些浓绿的树，枝叶一动不动，仿佛特意要严饰这会场。

这是举行第一次广东全省农民大会的一天。会众从广东的各县跑来，经历许多许多的路。他们手里提着篮子或坛子，盛放那些随身需用的简陋的器物。他们的衫裤旧而且脏：原来是白色的，几乎无从辨认，黑色的，则反射着油腻的光。聚集这样的许多人在一起开会，似乎异常新鲜，又异常奇怪。

但他们脸上表现的却是异常热烈虔诚的神情。广东型的凹落的眼凝望着台上的中山先生，相他的开阔的前额，相他的浓厚的眉毛，相他的渐近苍白的髭须；同时恍惚觉着中山先生渐渐凑近他们来，几乎鼻子贴着鼻子。他们的颧颊浮现比笑深得多的表情，厚厚的嘴唇忘形地微开着。

他们有些与同伴招呼，说话，指点。因为人多，声音自然不小。但显然不含浮扬的意味，可以见他们心的沉著。

人还是陆续地来。头颅铺成的平面几乎全没罅隙，却不如先前那样蠕动得厉害了。

仿佛证实了理想一样，一种欣慰的感觉浮上中山先生心头，他不自觉地阖了阖眼。

这会见他的视线向下斜注。看到的是站在前头的农民的脚：赤着，染着昨天午后雨中沾土的泥，静脉管蚯蚓般蟠曲着，脚底胶黏似地贴着在地面上。

如遇见奇迹，如第一次看见那些赤着的脚，他一霎间入于沉思了，虽说一霎间的沉思，却回溯到数十年之前：——

他想到自己的多山的乡间，山路很不易走，但自己在十五岁以前，就像现在站在前面的那些人一样，总赤着脚。他想到那时候家族的运命也同现在站在前面的那些人仿佛，全靠一双手糊口，因为米价贵，吃不起饭，只得吃山芋。他想到就从这一点，自己开始抱着革命思想：中国的农民不应该再这样困顿下去，中国的孩子必得有鞋子穿，有米饭吃。他想到关于社会，关于经济，自己不倦地考察，不倦地研究；从这里知道革命的事业农民应来参加，而革命的结果农民生活当得改善。他想到为了这意思撰文，演说，搜书，访人，不觉延续了三四十年了。

而眼前，他想，满场站着的正是比三四十年前更困顿的农民，他们身上，有形无形的压迫胜过他们的前一代。但是，他们今天赴会来了,向革命的旗帜下聚集来了。这是中国的一股新的力量,革命前途的——

　　这些想念差不多同时涌起的。他重又看那些赤着的脚,一缕感动的酸楚意味从胸膈向上直透,闪着沉毅的光的眼睛便潮润了;心头是燃烧着亲一亲那些赤着的脚的热望。

　　他回头看他的夫人,她在举起她的手巾。

一九二七年十一月九日作。

某城纪事

一

"进去了么?"

菊生不等父亲坐下,看定父亲略感劳顿的灰色脸,就这样问,声音是禁抑得很低的,仿佛只在喉间转气罢了。

父亲听说,本能似地向左右望,看有没有什么靠不住的耳朵。结果是没有;才闭了闭他的近视眼,右手从衣襟,一重一重探进去,掏出两罐美丽牌卷烟来。含有鄙薄意味的笑浮现在他栽着十馀茎短髭的唇边了。

"都是些饭桶!给我带了四罐,你看,都没有印花票;他们查得出来么?"

菊生看父亲继续掏出两罐卷烟摆在桌上,几乎有点悠然的样子,再耐不住了。又问:

"爹爹,这回到上海,进去了没有?"

"忙什么?"

自然是呵斥,但声音里藏不过那种所谓"舐犊之爱"的情调，同时抬起眼光瞅着这虽不壮健却比自己高过半个头的儿子，说：

"进去了；你我两个都进去了。"

嘴里这样说，心里通过一阵的舒适，除了给儿子取亲那一天，这种舒适简直不曾体会过。于是坐下，一手玩弄不贴印花票的卷烟罐，享受这种稀有的舒适的况味。

"进去了怎么样呢？"

肯定的"进去了"三字好像一道电流，菊生只感觉一阵震撼；经了这震撼，似乎全身都改变了，怎样改变当然说不清，总之与以前不同了。勉强打比，有如穿上了一件灿烂的金甲，但也可以说捆上了一条无形的绳索。不胜重负的倦怠心情随着萌生，所以他急于知道"进去了"的下文。

"现在还没有什么工作。"

父亲说向来生疏的"工作"二字，用特别郑重的声调；自己像这样地使用这名词，实在是几乎不能相信的得意事。他接上说：

"可是也快了。待军事势力一到这里，我们的工作要忙不过来呢。"

"唔。"

菊生答应得颇含糊。他离开了学校将近三年，在家里陪夫人，"打五关"消遣；出去吃茶时也偶尔看看流行的小报，小报上都没有讲明白工作是什么的。

父亲又瞥了菊生一眼，意思是"你不明白么？"但中间却没有责备的成分。他疏解说：

"最重要的工作是宣传。四万万民众大家知道要——那个，那个还不成功么？宣传的工作就是让大家知道。先总理（他仿佛觉得这三字很不顺口，但一种亲热之感同时油然而生，自己宛然父母膝下的娇小的孩子了）说行易知难，真是确切不移。可惜没有把那本书带来给你看。其实一点不要紧，莫说搜查，连衣角也没人来碰我一碰。他们胆子小，硬叫我不要带。……"

"莲轩，你回来了？"

父亲的话被这声音打断了；因为是熟极的声音，他不感一毫恐慌，反而略提高声音，得意地说：

"回来了，昨晚在那边多耽搁了一会，没有赶得上今天七点的早车；车是挤得不堪设想，不准时刻，又行得慢，所以这时候才到。"

"这是第三趟来看你了。"

说着坐下来的是陈莲轩的姊丈周仲簾，一撮浓黑的髭须特别吸引人家的注意，就好像耳目口鼻都是普通而又普通的型式，没有描写的必要；皮色很白，衬着浓黑髭须，很明显地给人家白与黑的印象。春寒的傍晚时分，太阳又躲在破棉絮一样的云背后，他的额上却缀着细粒的汗滴。

仲簾把圆顶小帽抬起一点，用手巾揩着额上的汗滴，急切地问：

"进去了么？"

"进去了；我们父子两个都进去了。"

"这也好。"

仲簾像沉在水中的人握住了一棵水草一样，虽然命运尚不可知，这消息多少是眼前的一点安慰。

"单为我，我真不高兴多麻烦。这样的时世，火车窗洞里爬出爬进，到上海去难道是开心的事？我都为的菊生啊！他这么大了，不能不给他开一条路。"

菊生听父亲这样说，搔着头皮，懒懒地坐在父亲侧边。

"他们说起我么？"

仲篪走了三趟，就为这一句。

"没有说起。"

"没有说起？"

"不过连带说起一点。我几乎填不成表格呢；他们说我是周仲篪的内弟。"

"那一定说周仲篪怎么样怎么样了？"

"是呀。他们说你会列名上袁世凯的劝进表；说你平时靠省议员的旧头衔，包揽讼词，把持地方；是十二分合格的土豪劣绅。"

"土豪劣绅……"

仲篪勉强地笑。

"我就驳他们说，古人罪不及妻孥；难道处现在的时代，干那样的事业，只因姊丈是土豪劣绅，就不容参加么？"

"他们又怎么说？"

"又怎么说呢？还不是检出空白表格来就让我填。我填得很不坏呢。表格中有一项须叙述对于改善中国的意见，我就写要中国兴起来，非事事彻底做去不可；譬如打倒土豪劣绅，要打得一个不胜方休。"

"啊！"

仲篪不觉惊喊；他对于土豪劣绅似乎已居之不疑，因而惊讶莲轩怎么会打起他来。

"生豪劣绅是民众的蟊贼，地方的灾殃，不打个干净，就不用说什么革——"

莲轩说得很严正，非惟仲篪的居之不疑没有觉察，似乎连刚才自己说的也忘记了，昨天看的几本小册子在脑子里消化了，这里说的他确信是由衷之谈。他接上说：

"昨天他们在那里拟议，说要规定几个非打倒不可的；等军事势力一到，就大书特书揭示出来，让民众有明确的目标。这的确是个好办法。"

仲篪忽然受了针刺似地，跳起来说：

"我要上海去！我要上海去！"

"怎么？你也——？"

仲篪不答理莲轩的问，只顾在室内来回地走；他的黑与白的脸，白的部分皱起来了，黑的部分抬高，几乎居于中央。一出出可怕的戏文在他脑府里闪现：不知几多短衣服粗臂膀的人涌到家里来，所有的家具都被捣毁，收藏得最隐秘的私蓄也给发见出来；随后是大门上钉上两片交叉的木板，更有墨色印刷加朱批的封条糊在上面，朱批里少不了"土豪劣绅"这几个字；报纸的广告栏就有自己的照片登出，下面的文字——总之是不堪入目的话；大太太姨太太当然被撵走了，老太太在"发逆"时代吃的那些苦，她们一定是全本照钞；至于那所"大仙殿"，不用说，迷信！一把火给烧个精光……

他闭了闭眼,不敢看那凶暴残酷的一把火。眼再张开来时,火仿佛消灭了。阑珊地望着莲轩说:

"我要上海去;我不方便。"

莲轩方才觉醒似地,用两个指头弹着前额说:

"不错。已经到杭州了;现在分两路向这边来,说慢点也不过五六天的工夫,这边抵抗是没有的事;所以你到上海去避避是不错的。"

"我同你商量——"

仲箎弓着身,浓黑髭须几乎扫着莲轩的颧颊,低低地诉说把自己的资产名义上全转移给莲轩的计画。菊生的头也凑拢来,用好奇的眼光看定仲箎的翕张的嘴,心里想,不要说什么名义上,就实际地转移了过来,那多好呢。

仲箎说罢他的急就的计画,结句说:

"我们至亲,一定可以帮忙吧?"

"当然,当然,我们至亲!"

莲轩满口承认,心胸似乎更舒展了许多;虽只是名义上,总算兼并了一份不小的财产。

菊生把身躯坐正,咽了一口馋馋的唾沫。

莲轩夫人不知什么时候进来的,坐在饱和着暮色的角落里,像一个鬼影。她不明白父子两个"进去了"之后是吉是凶;想到前巷那个姓李的小伙子,听说也因为"进去了",才被解到南京去枪毙的,她再也不敢想了,只连续默念着"阿弥陀佛"。对于姑老爷的异乎平时的神态,她知道他遇到什么倒楣的事了,因而又代姑太太担起无所着落的忧愁来。

二

县学的明伦堂作为党部的大会堂,正中挂起中山先生的遗像,两旁是照例的六言联语,上面交叉张着党旗国旗。堂前两旁的斋舍作为各部的办公室,每室都有标识,是用淡墨潦草地写在白纸上的。常务委员办公室的板壁上有一个电话,是新装置的,光亮的色彩同板壁的黯淡对比,像花手帕挂在乞丐的身上。

陈莲轩坐在宣传部里。桌子上一个砚台,满渍着水;三枝"大京水"都秃了头,横横竖竖躺在旁边。他看到桌面,就要叹一口闷气。

他自信有热心,可是几天以来,竟候不到机会效一点力,哪得叫他不闷?预备发布《告民泰书》时,轮到他撰稿,他于是翻检新近公开的《建国方略》《三民主义》等书,以便先立定个主旨;但是常务委员应松厓等他不及,自家一挥而就,书也不曾翻。要给本城新闻纸去一篇文章解释党义时,他自告奋勇说由他担任,明天就能把草稿起好;但是应松厓说这样明天来不及见报,便提起笔来,歪歪斜斜写满三纸,派人立刻送往报馆。类此的事还有三数件。这使他呆看着未被使用的笔砚愤慨地想:不料这几天里却长了这一宗经验;原来小伙子作事这样粗率,不经意,罔知权限的!

虽然闷,又愤慨,他还是每天到;草创时代无所谓规定的办公时间,但他总要吃过晚饭才回家,就是有规定决不会再算他旷缺。他是这样想，才几天的工夫，眉目还没见，无论如何要耐着性儿守；若为些小的不满就掉转头来一走，这是血气之徒的行径，到后难免要懊悔失去了什么机缘的。

破纸窗敞开着，外面时时有几个带着探究神情的脸凑近来。有的竟把整个头颅伸在窗台里面，旋向这边又旋向那边，看有没有一个角隅里藏着什么神秘的东西。甚至于穿黄布寿衣牙齿脱落到不存一颗的老太婆，也扶着孙女儿到县学来看，意思是见识见识这种新花样，待见阎王时也交代得过。尘封了不知多少年的县学，每年只有春秋二丁由县官及士绅仍来这里串一回祭祀的把戏，现在却比庙会市集尤其热闹；"到学里看过么？"成为新流行的寒暄语，而一些卖豆腐浆牛肉汤的，也挑着担子到学门前赶生意来了。

"有什么好看的？"

对于每一个凑近窗边的脸，莲轩都给他们这句嫌厌的问语；问不用口，代替的是近视眼定定地一瞪。这不见是什么有味的事，多问了几眼当然会厌烦；便索性面朝着里，给背心他们看；自己呢，从心头展览几天来做的那些闪动而朦胧的现实的梦——

炮声每隔二三分钟一发，震得玻璃窗都作回响。全城的人心好像再也不能安放在腔子里了，突突地窜动着，只待跳出来撞到枪子或炮弹破毁了完事。然而出乎意料的消息传来，说本来在这里的兵队昨夜开走了，隆隆的炮声并非对垒的事情，便教每一颗心都安定下来，而且都开一朵花；"好了，如今是！"这就是心花的娇嫩可爱的姿态。或人发起出城去欢迎，举起膀臂擎起纸制小旗来响应的就有四五千。几个重要人物，如应松厓等，坐了小汽船先发，让被欢迎的好早一点领受全县的好意。四五千人的队伍多么盛大，多么热烈呵；陆陆续续，延长到三四条巷，步伐是轻快而有力；刚才上口的歌儿，因为简单，很能够谐调，"齐欢唱，齐欢唱"的声音像海潮一样泛滥起来，弥漫在全城的空间；牛肉，馒头，牙刷，毛巾等等慰劳品，成担地挑着，夹在队伍中间，比迎神赛会中的汉玉如意，古铜彝器，更惹路旁观者的注目。路并不少，出了城有二十来里；但大家并不觉得累，反而越走越有劲似地。终于欢迎的队伍与被欢迎的会面了；初次试呼的口号带着好奇跃动的心情喊起来，什么万岁什么万岁接连高唱，多至一二十个，脆弱一点的人感动得只好淌泪。慰劳品是毫不吝啬地分送着；受慰劳的两手捧得满满了，还有牙刷毛巾之类归鸟一样翩然来歇在上面。仔细看那些被欢迎的，正合两句衡文的老话，"入人意中"，但又"出人意外"，那服装的不甚漂亮，面容的多少有点儿憔悴，以及肩着的枪械器用，排着的行列形式，都同其他的队伍无甚差别，这是"入人意中"，然而不甚漂亮的服装里面好像包含着一颗强毅热烈的心；多少有点儿憔悴的面容足以见他们为排除民族的障碍所受的苦辛；他们的态度又好像非常地温和，莫说所谓"国骂"，未必逢人脱口而出，简直叫人兴起走近去同他们抱一抱的愿望；这些是看见了其他的队伍决不会感到的，是所谓"出人意外"。……显然可见的改变跟着来了。凡在大众的意念中，与土豪劣绅多少会引起联想的一些人，移住上海租界的早就走了，没走的也废止了每天上茶馆的常课；虽然揭示土豪劣绅姓名的拟议并不曾实行。各色的人都成了热石头上的蚂蚁，一时不晓得要往哪里走；但是有一个共通的新认识，就是今后每个人必须归属于一个社或会，无所归属的人犹如荒野的孤客，要吃尽意想不到的苦。前县知事是乘欢迎队出发的当儿溜走了，全县的权像风中飞絮一样飘荡无着；但飘荡不到半天，便由临时组织的县行政委员会把它从空中一把抓在手里。而县行政委员会的一切措施又须取决于党部。大众不曾料到这突然涌现的党部竟是全县的主人……

隔壁电话机上一阵铃鸣，把莲轩温理新梦的心思打断了。他听见接电话的仍是劳顿了几天致喉咙沙糙的应松厓的声音：

"……喔，你问'太仙殿'，不是昨天已经发封了么？……你提起僧寺，尼庵，道院，这些都要不得，我们自然也要取缔。……不过须从长讨论，这些与'大仙殿'似乎情形不同。……四点钟的会议时面谈吧。"

听筒刚挂起，铃声又急促地响起来了。

"你们哪里？……，喔，久大米店，什么事？……啊！打伤了人，谁同谁打？……打米司务，打伤了打米司务？他们应该是一伙儿的，怎么打起来了？……唔，明白了；他们要停工组织工会，看见你们店里的司务还在那里工作，就打起来了。是不是这样子，……我们这里就派人去。你们务须劝止他们不要再打：一切待当部里的派员到时再说。"

隔不到一分钟，听得应松厓在那里接待好些客人了；客人的话调都是故作温文而实则粗陋的一流，极易唤起市肆扰扰的印象。

"先生,我们有的是公所;听说现在不行了,要立什么商民协会。可有这句话么?"

"是的,商人须组织商民协会。"

"先生们定出来的章程,我们有什么说的,只有依着章程做。"

"不过我们统都不明白。好比瞎子走生路,全靠别人指点,是不是?商民协会该怎么弄的,怎么发起,怎么召集,……我们现在是两眼墨黑。"

"听说资本家老板不在其内。可有这句话么?"

"商民协会的目的在加薪水;有了资本家老板,再不要想通过加薪水的议案了:当然不让他们加入。你不相信,可以问这位党里的先生。"

"这句话如果实在,兄弟可要先走了。兄弟弄一爿五十千的小杂货店,惭愧之至,也要算资本家老板呢?"

"我想还有资本家协会老板协会吧?"

几个商人毫无间歇地接连说话,各顾表白自己的意思。应松厓只好默不发声,等他们索性把话筐子倒空了。他们见开口的机会还有,又提出入会手续该怎样,每人会费要多少,等等随心想到的问题。

一阵皮鞋声近来,急遽而不沉着,莲轩听得清是儿子菊生。"到底他是小伙子,只一味高兴。"才这样想时,菊生已进来了,差不多是跳进来的;灰哔叽的中山装,衣袖裤脚的折痕笔挺地,脸上现着平时难得的鲜红色,似乎他的血液经过一番清洗了。他站定在父亲桌边,取帽子在手作为扇子扇着,趣味地笑说：

"刚才去调解的是一家理发铺的争执。三个伙计向开店的说，从今起，手里做下来的工钱要对分了。若不答应，那就罢工，开店的也回答得妙，说：'好！你们的办法真妥当！我情愿把剃刀轧剪一切家伙奉送给你们，由你们去开店，我做伙计；做下来的钱对分。'"

"哈哈，伙计碰着钉子了。"

"不，并不。他们只说：'我们不要做什么开店的。大家知道店是你开的，我们就同你讲话。要知道，现在是革命的世界了，革命的世界里，伙计是……'"

"你怎么给他们调解？"

莲轩抢着问，他要看看儿子的才具。

"伙计的话不错呀；世界不同了，他们的要求也不见得过分。"

"啊？"

莲轩诧异儿子有这偏激的见解，不自主地瞥了他一眼；新式的服装带来个异样的灵魂了么？一转念间，又这样想：几天以来，他从应松厓他们那里沾染得太快了。

沾染得快固可以欣慰，说不定也是一条路，但可虑之处究竟不少；父亲的心错综地思忖着。

"不过开店的也有为难之处；小本营生，哪里担得起这么一副重担子。"

"唔。"

莲轩这才颠头，发于内心地赏赞儿子，究竟没有忘失中庸之道；这证明了并不沾染得"太"快，但另一方面的可以欣慰，似乎很足以相抵。

"所以我给他们判断，四六开拆；伙计四，开店的六。"

"他们听从了么？"

"不。伙计一定要对分，做不到就不让开店门。"

"那末还是未了之局呢。"

"是呀，得再给他们调解。"

"这等事你可以回绝不去的。我看局面总不能这样乱糟糟地维持下去；一定会变，变到怎样当然看不定。你何必跟着他们出头露面呢，他们正起劲，所有的几斧头还没使完，让他们去使好了！"

莲轩忽然感到古君子怀才不见用因而激发的一种高蹈心情，低声这样说；他的意思，最好儿子也同他一样，隐居在党部的房间里，这才党而不党，不党而党，是最合适的态度。

"事情太多了，大家尽自己的力量做去。"

菊生是满不在乎的口气；对于父亲的嘱咐，他实在没有充分地了解，只觉几天来跑出跑进，口讲手指，是以前不曾经历的新生活，到此刻还不觉厌倦呢。他用两手拉着上衣的下缘，理平当胸膈部分的些少的皱纹；同时身子一旋，似乎又预备拔脚做"工作"去了。

正好隔壁应松厓听罢了电话，喊道：

"密司脱陈，正三点钟，人力车工会开成立大会，要我们派一个人去指导，就请你走一趟吧。要立刻去，现在三点差十分了。"

菊生不等应松匜说完，头也不回就跑走。

于是莲轩又独留在宣传部里，眼光偶然投到宣传部长的桌子上，同样的满渍着水的砚台，同样的横七竖八的几枝秃笔，不过多了一堆散乱的小册子同单张印刷品。他又叹了口闷气。移身朝外，窗外凑近来的脸还是陆续有，从显有菜色的以至涂脂抹粉的，从十分愕然的以至嘻嘻哈哈的，都有；有几个小孩子竟把上半身爬伏在窗台上，扮了个鬼脸，然后老鼠一样缩了出去。

他想：怎样一个离奇纷扰的境界啊！几天以前，摹拟这将要涌现的新境界，像是渺茫的梦，总钩不成个粗略的轮廓。谁知涌现出来的是这么个样子。似乎太远于愿望了。再改变一下吧，不论改变到怎样，总比现在会使他高兴一点？……然而，在改变的端倪尚未显现以前，他还得天天来看守这一间房子；这固然闷，但是人间事能单顾闷不闷么？

"告诉你一个消息，很怪！"

这人说着夹着喘息，莲轩知道新得"机关枪"绰号的宣传部长在隔壁了。便听应松匜问道：

"什么消息？"

"有人说周仲簴回来了，新任不知第几军的秘书长，有两个'盒子炮'跟着呢！"

"谁看见的？"

"谁看见倒不知道，不过外面传说得很盛。"

"不见得确实吧。我知道他躲在上海旅馆里。"

应松匜的声调故意作得泰然，但掩不住将信将疑的惶惑。

"本该大书特书把他打倒的。我们为什么终于没有做？"

"机关枪"口下颇有"悔之晚矣"的意味。

莲轩不免好笑；昨晚还接到仲箎改姓换名的明信片，说"托庇粗安"，怎么忽然当起秘书长来了。他又笑应松厓他们外强中干；周仲箎就是真个回来，难道就把他们吃掉了，心思更往深处钻，突然间，仿佛撞见了可爱的光明；他的心不免跳得急促了，想道：也许改变的端倪来了吧。

三

半个月以后，县学里远没有先前那样热闹了；大家已经明白，这里头确实同以前一样，没有什么神秘的东西。几所破旧的殿堂斋舍，有什么可看的？电话机的铃子尽在那里默着，好像哑了似地；偶然叮呤呤地响起来，也只是问某人在不在的话罢了。先前为了贡献意见，为了冲突打架，为了请示办法，曾经打电话过来或者亲自跑来的人，现在都在家里搓着眼睛，疑惑地想，"不是做了个梦么？"一阵掀天的恶潮冲过之后，应松厓之流不知到什么地方去了。

然而陈莲轩还是在县学里。不过已移到了隔壁的一间；又，以前是守，现在是——该怎么说呢？说他坐镇，该不辱没吧？——坐镇：这些是不同的地方。

这时候他刚抽罢一枝卷烟，好像生命又经过了一番刷新，有许多的事要做。如介绍姊丈周仲箎就是其中的一件。他投过一眼看那坐在对面捻着浓黑髭须的仲箎，觉得在任何方面，自己都不如他，现在重要事务正堆到自己身上来，他是个必不可少的帮手。便说：

"你现在就填一张表格吧；等会儿我来提出。"

仲簏泰然笑说：

"填就填一张。论参加革命，你是知道的，我的行辈并不低呢，辛亥光复以前就加入了同盟会。"

"现在'继续努力'，正是理所应当。"

"确然应当！"

仲簏的神态显得很庄严；又说：

"他们小伙子革命，我们已经看过了，结果革成了'反革命'！（他相信现在确有资格使用这三个字了。）那只好还是我们老辈来革命了。"

莲轩会心地颠头；对于自己的出任艰巨，更觉有重大的意义。

"我那所房子的事也就提一提吧。"

仲簏像随便说说的一样，悠然的眼光仰望着承塵。

"是的，我马上要提出。"

对于许多要做的事中间的又一件，莲轩很有把握。

"相信大仙，迷信！那当然。不过是人家走上门来烧香求签的，惩罚迷信也罚不到主有房子的人。从今以后，把大仙的神位撤去了也就完事；房子总该要发还的。"

这时候菊生从外面跳了进来，还是从前那副起劲的神气（他现在是宣传部长了），向父亲说例会时间已到，许多人坐在会议室里了。

"赶快把表格填了。"

莲轩向仲篯说，预备站起来，同时暗自循诵等会儿要当众背诵的"遗嘱"。

一九二八年七月六日作毕。

我们的骄傲

我们四个四十五以上的人一路走着，谈着幼年同学时候的情形：某先生上理科，开头讲油菜，那十字形的小黄花的观察引起了大家对于自然界的惊奇；某先生教体操，说明开步走必须用力在脚尖儿，大家听了他的话，就连平时走路也是一步一踢的了；为了教厨夫受窘，大家相约多吃一碗饭，结果饭桶空了，添饭的人围着饭桶大声呼喊，各各显出胜利的笑容；为了偷看《红楼梦》一类的小说，大家把学校发给的蜡烛节省下来，等到摇了熄灯铃，就点起蜡烛来，几个人头凑头的，围在一起看，偶尔听到老鼠的响动，以为黄先生查看寝室来了，急忙吹熄了蜡烛，伏在暗中连气也不敢透……

重庆市上横冲直撞的人力车以及突然窜过的汽车，对于我们都只像淡淡的影子。后来我仍拐了弯，走着下坡路，那难走的坡子也好像没有什么了。我们的心都沉没在回忆里，我们回到三十多年以前去了。

邹君拍着戈君的肩膀说，"还记得吗？那一次开恳亲会，你当众作文，来宾出了个题目，你匆忙之中看错了，写的文章牛头不对马嘴，散会之后，先生同学都责备你，你直哭了半夜。"

戈君的两颊上已经生满浓黑的短髭，额际也有了好几条皱纹，这时候，他脸上显出童稚的羞惭的神情，回答邹君说，"你也哭了的，你当级长，带领我们到操场上去运动，你要踢球，我们要赛跑，你因大家不听你的号令，就哭到黄先生那儿去了。"

"黄先生并不顶严，可是大家怕他，怕他又不像老鼠见了猫，是真心的信服他。"孙君这么自言自语，好像有意把谈话引到别一方面去似的。

我就接着说，"他的话不只是一句话，还带着一股深入人心的力量，所以能敬人信服。我小时候，常常陪着父亲喝酒，有半斤的酒量，自从听了黄先生的修身课，说喝酒有种种的害处，便立志不喝了，一直继续了三年，在那三年之中，真是一点一滴都不会沾唇。"

"教室里的讲谈能够在学生生活上发生影响，那是顶了不起的事情。"当了十多年中学校长的孙君感叹地说。

我们这样谈着走着，不觉已到了黄先生借住的那个学校，由校工引导，走上坡子，绕过了两棵黄桷树和一丛茂盛的慈竹，便到一座楼房的前面。上得楼梯，校工指着靠左的一间屋子，含糊地说了一句什么，便转身走了。我们敲那屋子的门。

门开了，"啊，你们四位，准时刻来了。"那声音沉着有力，和我们小时候听惯的一模一样。"咱们多年不见了。你们四位，往常也难得见面吧？今天在这儿聚会，真是料不到的事情。"

我在上海和黄先生遇见，还在十二三年以前。那十二三年的时间加在黄先生身上的痕迹，仅是一头白发和一脸纤细的皱纹。他的眼光依然那么敏锐有神，他的躯体依然那么挺拔不倚，岂但和十二三年前没有两样，简直可说三十多年来并没有什么改变。我这么想着，就问他一路跋涉该受了很多辛苦吧。

黄先生让我们坐了，就叙述这回辗转入川的经历。他说在广州遇到了八次的空袭，有一次最危险了。落弹的地点就在两丈以外，他在生死浑忘的心境中体验到彻底的宁定。他说桂林的山好像盆景，一座一座地拔地而起，形状尽有奇怪的，可是没有千岩万壑莽莽苍苍的气概，就只能够引人赏玩，不足以移人神情了。他说在海棠溪小茶馆里躲避空袭，一班工人不知道厉害，还在呼么喝六的赌钱，他就给他们讲说，教他们非守秩序不可。

他说得很多，滔滔汩汩，有条理，又有情趣，也和三十多年前授课时候一个样子。

等他的叙述告个段落，邹君就问他自从家乡沦陷直到离开家乡的经过。

"我不能不离开了，"他的声音有些激昂。"我是将近六十的人了，不能像他们一样，糊糊涂涂的，没有一点儿操守。我宁愿挤在公路车里跑长路，几乎把肠子都震断；我宁愿伏在树林里避空袭，差不多把性命和日本飞机打赌；我宁愿两手空空，跑到这儿来，做一个无业难民；我再不愿停留在家乡了。"

听到这儿，我才注意那个房间。以前大概是板报室或者学生自治会的会议室吧，一张长方桌七八个凳子以外，就只有黄先生的一张床铺，底下横放着一只破了两角的柳条提箱，若没有窗外繁密的竹枝，那个房间真太萧条了。

黄先生略为停顿了一下，就从家乡沦陷的时候说起。他说那时候他在乡间，办理收容难民的事情，一百多家人家，男女老小一共四百多人，总算完全安插停当了，他才回到城里，于是这个也找他来了，那个也找他来了，要他出来参加维持会，话都说得很好听，家乡糜烂，不能不设法挽救啊，不入地狱，谁入地狱啊，无非那一套。他的回答非常干脆，他说，"人各有志，不能相强，你们要这么做，我没有那种感化力量教你们不这么做，可是我决不跟你们做。"接着他愤慨地说，"这些人都是你们熟悉的，都是诗礼之家的人物。在临到试验的时候，他们的骨头却酥融了。我现在想，越是诗礼之家的人物，仿佛应着重庆人的一句话，越是要不得！"

一霎间我好像看见了家乡那些熟悉的人的状貌，卑躬屈节，头都不敢抬起来，尴尬的笑脸对着敌人的枪刺。"在他们从小到大的训练之中，从没有机会知道什么叫做民族的吧，"我这么想着，觉得黄先生对于诗礼之家的人物的感想是切当的。

黄先生又说拒绝了那些人的邀请以后，他们好像并不觉得没趣，还是时时和他纠缠不清。县政府成立了，要请他当学务委员，薪水多少；省政府成立了，要请他当教厅科长，薪水多少，原因是他以前当过省督学的职务多年，全省六十多县的教育界人物，没有比他再熟悉的。他为避免麻烦起见，就在上海一个教会女校里担任两班国文，人家有事情在那儿，你们总不好意思再来拖三拉四的了。于是他往上海去，咬紧了牙齿对城门口的日本兵鞠躬，侧转了头给车站上的日本兵检验良民证。说到这儿，他掏出一个旧皮夹子，从中间取出一张纸来授给我们看，他说，"你们一定想看看这东西的。这东西上贴得有照片，我算是米店的掌柜，到上海办米去的。你们看，还像吗？"

我们四个传观了，良民证回到黄先生手里，黄先生又授给孙君说，"送给了你吧。你拿到学校里去，也可以教你的学生知道现在正有不知多少同胞在忍辱受屈，身上给敌人打着耻辱的戳记！"

孙君接了，珍重地放进衣袋里。黄先生又说他到了上海以后，半年中间，教书很愉快，那些女学生不但用心听课，还能够知道这是一个非常严重的时代，一个人必须在书本子以外懂得些什么，做得些什么。但是，在两个月之前，纠缠又来了，上海的什么政府送来了一份聘书，请他当教育方面的委员，没有特定的事务，只要开会的时候出几回席，尽不妨兼任，月薪二百元。事前不经过商谈，突然送来了聘书，显而易见的，那意思是你识抬举便罢，如果要说半个不字，哼，绝对不行！

"我不能不走了，我回想光绪末年的时候，一壁办学校，一壁捧着心理学教育学的书本子死读，穷，辛苦，都不当一回事，原来认定了教育是一种神圣的事业，他的前途展开着一个美善的境界。后来我总是不肯脱离教育界，缘故也就在此。我怎么能借了教育的名义，去教人家当顺民当奴隶呢？我筹措了两百块钱，也不通知家里人，就跨上了开香港的轮船。"

"我们有黄先生这样一位先生，是我们的骄傲，"戈君激动地说着，讷讷地，说得不很清楚。

　　我心里想，戈君的话正是我所要说的。再看黄先生，他的敏锐的眼光普遍注射到我们四个，脸上现出一种感慰的神情。他大概在想，我们四个都知道自好，能够做一点正常事情，还不愧为他的学生吧。

春联儿

出城回家常坐鸡公车。十来个推车的差不多全熟识了，只要望见靠坐在车座上的影儿，或是那些抽叶子烟的烟杆儿，就辨得清谁是谁。其中有个老俞，最善于招揽主顾，见你远远儿走过去，就站起来打招呼，转过身，拍拍草垫，把车柄儿提在手里，这就教旁的车夫不好意思跟他竞争，主顾自然坐了他的。

老俞推车，一路跟你谈话：他原籍眉州，苏东坡的家乡，五世祖放过道台；只因家道不好，到他手里流落蜀成都。他在队伍上当过差，到过雅州跟打箭炉。他做过庄稼，利息薄，不够一家子吃的，把田退了，跟小儿子各推一挂鸡公车为生。大儿子在前方打国仗，由二等兵升到了排长，隔个把月二十来天就来封信，封封都是航空挂。他记不清那些时时改变的地名，往往说："他又调动了，调到什么地方——他信封上写的清清楚楚，下一回告诉你老师吧。"

约莫有三四回出城没遇见老俞。听旁的车夫说，老俞的小儿子胸口害了外症，他娘听信邻舍妇人家的话，没让老俞知道请医生给开了刀，不上三天就呜呼了。老俞哭得好伤心，哭一阵子跟他老婆拼一阵子命。哭了大半天才想起收拾他儿子,把两口猪卖了买棺材。那两口猪本来打算腊月间卖,有了这本钱,他就可以做些小买卖,不再推鸡公车,如今可不成了。

一天,我又坐老俞的车。看他那模样儿,上下眼皮红红的,似乎喝过几两白酒,颧骨以下的面颊全陷了进去,左面一边陷进更深,嘴就见得歪斜。他改变了往常的习惯,只顾推车,不开口说话,呼呼的喘息声越来越粗,我的胸口也仿佛感到压迫。

"老师,我在这儿想,通常说因果报应,到底有没有的?"他终于开口了。

我知道他说这个话的所以然,回答他说有或者没有,一样的嫌噜苏,就含糊其辞应接道,"有人说有的,我也不大清楚。"

"有的吗?我自己摸摸心,考问自己,没占过人家的便宜,没糟塌过老天爷生下来的东西,连小鸡儿也没踩死过一个,为什么处罚我这样儿的凶,老师,你看见的,长得结实做得活的一个孩儿,一下子没有了,莫非我干了什么恶事,自己不知道。我不知道,可以显个神通告诉我,不能马上处罚我!"

这跟《伯夷列传》里的"天之报施善人其何如哉!""倘所谓天道是耶非耶?"是同类的调子,我想。我不敢多问,随口地说,"你把他埋了?"

"埋了,就在邻舍张家的地里。两口猪卖了四千元,一千元的地价,三千元的棺材……只是几块薄板,像个火柴盒儿。"

"两口猪才卖得四千元?"

"腊月间卖当然不止,五千六千也卖得。如今是你去央求人家,人家买你的是帮你的忙,还论什么高啊低的。唉,说不得了,孩子死了,猪也卖了,先前想的只是个梦,往后还是推我的车子——独个儿推车子,推到老,推到死!"

我想起他跟我同年,甲午生,平头五十,莫说推到死,就是再推上五年六年,未免太困苦了。于是转换话头,问他的大儿子最近有没有信来。

"有,有,前五天接了他的信。我回复他,告诉他弟弟死了,只怕送不到他手里,我寄了航空双挂号。我说如今只剩你一个了,你在外头要格外保重。打国仗的事情要紧,不能教你回来,将来把东洋鬼子赶了出去,你赶紧回来吧。"

"你明白,"我着实有些激动。

"我当然明白。国仗打不胜,谁也没有好日子过,第一要紧是把国仗打胜,旁的都在其次。——他信上说,这回作战,他们一排弟兄,轻机关抢夺了三挺,东洋鬼子活捉了五个,只两个弟兄受了伤,都在腿上,没关系。老师,我那儿子有这么一手,也亏他的。"

他又琐琐碎碎地告诉我他儿子信上其他的话,吃些什么,宿在哪儿,那边的米价多少,老百姓怎么样,上个月抽空儿自己缝了件小汗褂,鬼子的皮鞋上脚不如草鞋轻便,等等。我猜他把那封信总该看了几十遍,每个字让他嚼得稀烂,消化了。

他似乎暂时忘了他的小儿子。

新年将近,老俞要我替他拟副春联儿,由他自己来写,贴在门上。他说好几年没贴春联儿了,这会子非要贴一副,洗刷洗刷晦气。我就替他拟了一副：

  有子荷戈庶无愧

  为人推毂亦复佳

约略给他解释一下，他自去写了。

有一回我又坐他的车，他提起步子就说，"你老师替我拟的那副春联儿，书塾里老师仔细讲给我听了。好，确实好；切，切得很，就是我要说的话。有个儿子往前方打国仗，总算对得起国家。推鸡公车，气力换饭吃，比哪一行正经行业都不差。老师，你是不是这个意思？"

我回转身子点点头。

"你老师真是摸到了人家心窝里，哈哈！"

童 话

一粒种子

世界上有一粒种子，同核桃这般大.绿色的外皮非常可爱。凡是看见他的人，没有一个不欢喜他。听说，若是将他种在泥里，就能够透出碧玉一般的芽来。开的花是说不出得美丽，什么玫瑰花，牡丹花，菊花都比不上。而且有浓厚的香气，什么兰花的香气，梅花的香气，芝兰的香气也都比不上。可是从没有人种过他，所以也没有人看见过他的美丽的花，闻过他的花的香气。

国王听见有这样一粒种子，欢喜得只是笑；白而浓的胡子包住他的嘴，仿佛一个树林，现在树林开了个深深的洞——因为笑得合不拢嘴。他说，"我的园里，什么花都有了，北方冰雪底下开的小白花，我派了专使去移了来；南方热带，像盘一样的大莲花也有人拿来进贡。但是，这些都是世界上平常的花，我弄得到，人家也弄得到；又有什么稀奇？现在有这样一粒种子，只有一粒。等他开出花来，世界上就没有第二棵。这才显出我的尊贵和权力。哈！哈，哈！……"

国王就命人把这一粒种子取了来，种在一个白玉盆里。泥是御园里的，筛了再筛，只恐他不细。浇灌的水是金缸里盛着的，滤了再滤，只恐他不干净。每天早晨，国王亲自把这个盆从暖房里搬出来，摆在殿庭之中。晚上又亲自搬进去。寒暑表告诉他天气冷了，就生起暖烘烘的火炉来。

国王睡里梦里，也想看盆里透出碧玉一般的芽来。清醒的时候，不必说了，只在盆的旁边等候。但是哪里有碧玉一般的芽呢？只有一个白玉的盆，盛着灰黑的泥。

时候逃一般地过去，国王种这种子已经两年了。春草发芽的时候，他在盆旁祝福道，"春草回来了，你跟着他们来罢！"秋天许多种子发芽的时候，他又在盆旁祝福道，"第二批萌芽来了，你跟着他们来罢！"但是全没效果！于是国王怒了。他说："这是死的种子，丑陋的种子，恶臭的种子！我要他何用！"他就把种子从泥里挖出来；还是从前的样子，同核桃这般大，绿色的外皮非常可爱。他看了也觉讨厌，就向池里一丢。

种子从国王的池里，跟着流水，流到民间的溪里。渔翁在溪上打鱼，把他网了起来，高声叫卖。

富翁听见了，欢喜得只是笑，肥厚的面孔差不多打足了气的皮球，现在脸皮只是不住地抖动——因为笑得不停。他说，"我的屋里，什么重价的东西都有了；拳头大的金钢钻，鸡子大的蚌珠，都化了金钱买来。但是，这些也是别个富翁所有的；而且只讲金银珠宝，不免带点俗气。现在有这样一粒种子，只有一粒。等他开出花来，既可以比过别个富翁，而且高雅得多了。适才显出我的富足和优越。哈！哈！哈！……"

富翁就向渔翁买了这一粒种子，种在一只白金缸里。他特别雇了四个种花的人，专门看护这一粒种子。这四个种花的人都用考试法选取来的；用极难的题目，种植名花的方法，去考问他们，他们都能回答。选定之后，给他们很厚的工资，并且优待他们的妻子，使他们愿意尽心竭力。这四人确能尽心竭力，轮班在白金缸旁边看护，日夜不离。他们懂得种花的方法很多，一切照着所懂的做。他们知道什么是最好的肥料，只选最好的肥料浇灌。

富翁想，"这么养护这粒种子，发芽开花应得加倍地快。花开的时候，我便大宴宾客，同我相仿的富翁都请到，使他们看看我独有的美丽的奇花。使他们佩服我是最富有，最优越。"他这么想，刻刻向白金缸看。但是哪里有碧玉一般的芽呢？只有一个白金的盆，盛着灰黑的泥。

时候逃一般地过去，富翁种这种子也已两年了。他春季宴客的时候，在缸旁祝福道，"我将宴客了，你帮助我，快点发芽开花罢！"秋季宴客的时候，他又在缸旁祝福道，"我又将宴客了，你帮助我，快点发芽开花罢！"但是全没有效果，于是富翁怒了。他说，"这是死的种子，丑陋的种子，恶臭的种子我要他何用！"他就把种子从泥里挖出来；还是从前的样子，同核桃这般大，绿色的外皮非常可爱。他看了就觉生气，便向墙外一丢。

种子跳出墙外，掉在一家铺子前面。商人拾了起来，大喜道，"奇异的种子掉在我的门前，一定是发财之兆！"他就种在店铺旁边。每天开店时候总去拜望一回，收店的时候也要去看一看。隔了一年多，还不见碧玉一般的芽透出来。商人不高兴了，说，"我自己发了痴，以为这是奇异的种子！原来是死的种子，丑陋的种子，恶臭的种子！现在不痴了，我还是好好儿想赚钱的好。"他就把种子挖起来，向街上一丢。

种子在街上躺了半天，给扫街夫同垃圾一齐扫在畚箕里，倒在军营旁边。军士拾了起来，大喜道，"奇异的种子给我拾得，一定是升官之兆！"他就种在军营之旁。操罢的时候，就蹲在那里等候他发芽，手里抱着短枪。别的军士问他做什么，他只是不响。

隔了一年多，还不见碧玉一般的芽透出来。军士恼了，说，"我自己发了痴，以为这是奇异的种子。原来是死的种子，丑陋的种子，恶臭的种子！现在不痴了，我还是好好儿等打仗的好。"他就把种子挖起来，运出他所有的力气，向很远的空中掷去。

种子飞行了，仿佛乘了飞艇。落下来时，滚在碧绿一片的田里。

田里有一个少年农夫，他的皮肤晒得像酱的颜色；因为用力耕作，臂膊有一块块突起的筋肉。他手里拿一柄四齿耙，在翻松田里的泥。他下了几耙，抬起头来看看四围，现出和平的微笑。

他看见种子落下来，说，"呀，一粒可爱的种子！"就用耙耙松了田中心的一方泥，把种子种在里面。

他照常耕作，照常割草，照常浇灌，——自然，种那粒种子的地方也耕到，也割到，也浇到。

田中心的一方泥里，有碧绿的一线露出了。隔几天，碧玉一般的茎条挺出来了。再隔几天,开出一朵美丽到说不出的花来,颜色是红的。那朵花放出浓厚的香气,谁走近他就沾在身上,永远不退。

少年农夫看见了他手种的花,还是平时的态度,现出和平的微笑。

乡村的人齐走来看新开的花。回去的时候,都现出和平的微笑,沾了满身的香气。

一九二一,十一,二十

画眉鸟

　　一个金铜的鸟笼里，养着一只画眉。明亮的阳光照在笼栏上，发出耀眼的色彩，仿佛国王的宫殿。盛水的盂是碧玉做的，清到极点的水也映得绿了。盛粟子的盂是玛瑙做的，正好盛同样颜色的粟子。还有搁在中间的三根横栏，预备画眉停歇的，是象牙做的。披在笼外的笼衣，预备晚上蒙下的，是最细的丝织成的绸做的。

　　那画眉全身的羽毛光滑和厚，没有一片拂逆或脱落。这因为他的食料很精美，又每天沐浴的缘故。他舒服极了，吃饱了肚皮，浴罢了身体，只在笼中飞舞。有时歇在右边的象牙横栏上，有时歇在中间的，又有时侧歇在笼栏上。停歇的时候，他扑着翅膀；头左右转侧，极玲珑地看视四围。不一会，他又飞舞了。

　　他能发极温柔极宛转的歌声，使听的人耳朵里非常舒服，像喝酒到半醉时的样子。他由一位哥儿特意供养着，将他留在这宫殿一般的鸟笼里。喝的水是哥儿从山泉取来，并且滤过了的。吃的粟子经哥儿亲手检过，粒粒肥圆，而且洗过了的。哥儿为什么这样费心呢？又为什么给他一个宫殿一般的鸟笼呢？

只因为爱听他的歌声；他的歌声能使哥儿异常快活。

他觉得哥儿待他好，又知哥儿爱听他的歌声，便不休不歇地唱歌给哥儿听，哪怕当他极疲困的时候。他很不明白：张开了嘴唱几声，有什么好听？他猜不透哥儿的心思。可是，哥儿的确爱听他的唱，他就为哥儿而唱了。哥儿又常常向同伴的姊妹兄弟们说，"我有很可爱的画眉鸟，请你们来听他的唱歌。"于是姊妹兄弟们来了，大家现出高兴的颜色。画眉想，"我实在听不出自己歌声的好处，何以他们也同哥儿一样的爱听呢？"然而哥儿的同伴不可怠慢，否则伤了哥儿的心，他也就为哥儿而唱了。

一天天的过去，他一切生活都很好，安适地住在宫殿一般的鸟笼里。他为哥儿和哥儿的姊妹兄弟们不休不歇地歌唱。不过始终不明白他自己所唱的有什么意义和趣味。

画眉怀着疑惑，总想有机会弄明白他。有一天，哥儿替他加食添水以后，忘记关上笼门，便走开了。画眉便走了出来，一飞飞到屋顶。看看四围的景物，真同仙境一般。深蓝的天空，浮着小白帆似的云。葱绿的柳梢摇曳得好可爱；几簇红杏也露出微笑。远远的青山笼着淡淡的烟，好似迷离未醒的睡人。他看得出了神，便飞舞了好一会，又眺望了好一会。

他忘记了鸟笼了；直到想离开屋顶时，便张翅而飞，开始作长途的空中旅行。他飞过了绿的平原，壮阔的长江，铺着黄沙的大野，浊流滚滚的黄河，才想要休息。收拢翅膀停下来，歇在一个大都会的城楼上。下望街市，一切情形都十分清楚。

他看见了奇异的景象了。长街之上，一个人坐在一架两旁有轮子的东西上面，另一个人拉着这东西飞跑。来来往往的都是这样一对一对的。他就想，"这些坐在两旁有轮子的东西上面的人，难道是没有腿，不能走的么？为什么要两个人合了伙，才能走路呢？这样的合伙走路，不是一百个人中只有五十个能做正当有益的事么？"他仔细看坐在上面的人，谁说没有腿；极精致的毯子底下，露出乌黑的皮鞋或光亮的缎靴，都是最时髦的式样呢。"既然有腿，为什么要别人拉着走？"他越想越不明白。

"或者那些拉着别人走的人，他们以这事为有意义有趣味的罢？"他又想。可是看看又不对。他们额上的汗渗出来，像蒸笼的盖。面孔涨得通红，因为努力，时时显出可怕的形相。背心弯了，头屡屡向前冲，又屡屡昂起来透气。两脚脚尖才一点地便又跨了起来，轮换得异常迅速，待坐在上面的人略一示意，指点着向右或向左，飞跑的人便竭力收住前冲的势，很敏捷地向右或向左去了。他于是明白了，"飞跑的人原来为别人而飞跑的。至于对他们自己，他们并不露什么笑容，并不唱什么赞美飞跑的歌，可以知道不见得感觉什么意义和趣味了。"

他很觉得悲哀，一个人只替代了人家的两条腿！心里不爽快，嘴里便哀切切地唱起来了。他的歌里可怜那些不幸的人只为着别一个人努力，可怜他们做的事没有一些意义和趣味。

他不愿意再看那些可怜的人，想换一个地方停歇，一飞飞到一家的绿漆栏上。往室中望去，许多体面的人正会食呢。桌上铺的雪样白的桌衣，有耀眼的刀和叉，玻璃的酒杯，花瓷的盘子，盛满各种彩色的东西的瓶和繁插的瓶花。座中的人个个是很有光彩的面孔，表示出他们的高贵和写意。他更向楼下看，一切的形象大不同了。半爿的鱼，切成了丝的肉，去了壳的虾，分割了的鸡鸭，一桶一桶清的浑的各色的水，各式的碗碟盘桶，以及薪柴煤炭，盐油酱醋，都杂乱地塞在一屋子里。在这里边有几个人正做工呢。油腻蒙了他们的周身，腥污之气熏着他们的鼻管。沸油的镬子里，他们的手几乎要浸下去。镬下的火焰燎出来，炙着他们的臂肘。待镬里的东西煮好，盛在花瓷的盘子里，白衣的人接了去，摆上楼上的席面，于是刀叉重又举动，闪闪地发出光亮了。

　　他就想，"这些在楼下作工的人是有病的么？何以一天到晚在那里烘火？又或者他们住在这里，觉得很有意义和趣味，所以肯这样么？"可是都不大对。若说是寒病，何不到家里烘火炉去？若说觉得有意义，有趣味，那末自己也应得盛几盘吃了，或者要显出快活的面容了，看他们受了白衣人的吩咐，皱着眉头，急匆匆拿这样，调那样，煮这件，炒那件，分明只为了一个吩咐才这样做。

　　他很觉得悲哀，一个人只替代了一副煮菜机器！心里不爽快，嘴里便哀切切地唱起来了。他的歌里可怜那些不幸的人只为着别一个人努力，可怜他们做的事没有一些意义和趣味。

　　他不愿再看那些可怜的人，想换一个地方停歇，重又飞了起来。经过一条曲折的胡同，十分幽静，却听得有三弦和女儿歌唱的声音。便歇了下来，站在屋面上，有一扇玻璃的天窗，望进去可见屋内的一切。一个粗黑的大汉弹着三弦，一个十一二岁的女孩子和声唱着。他就想，"这两个人定是很幸福的，他们正奏乐唱歌呢。他们当然知道音乐的趣味，此刻不晓得快活到怎样。"因为羡慕他们，就仔细地听着。

谁知他的推想又有些不大对。那个唱歌的女孩子面孔涨得红了；在进出高声的时候，眉头皱了好几回，颧骨上面的筋也涨粗了，她的胸部屡屡耸起，似乎来不及的样子。歌词从口腔内流水一般的滚出来，几乎塞住了进出的气，因此声音有些沙了。那个弹三弦的人便呵斥道，"这种声音，人家哪里爱听！这一段须重行练习！"女孩子十分恐惧，回转去复唱刚才所唱的。她怕再有沙声出来，勉力耐住，面孔由红而紫了，差不多哭泣的样子。

画眉于是明白了，"原来她为了人家而唱的，至于她自己呢，唱到这等情形，最希望的只在能得歇一歇。可是不能；必须练习纯熟，才能唱给人家听，练习的工夫又岂能短少？那个弹三弦的人呢，也为了人家而逼着她练习。人家听唱歌，要三弦和着，他就弹他的三弦。什么意义，什么趣味，他俩一样的梦想不到！"

他很觉得悲哀，一个人只替代了一件音乐器具！心里不爽快，嘴里便哀切切地唱起来了。他的歌里可怜那些不幸的人只为着别一个人努力，可怜他们做的事没有一些意义和趣味。

画眉鸟决意不再回去，不愿意再住在宫殿一般的鸟笼里。他因为看见了许多不幸的人，觉悟自己以前的生活也是很可悲哀的。没有意义的唱歌，没有趣味的唱歌，本来是不必唱的。为什么要为哥儿而唱，要为哥儿的姊妹兄弟们而唱？当初糊糊涂涂，以为这种生活还可以；现在看见了他同运命的人而觉得悲哀了，对于他自己当然更感深刻的心伤。他哭了好多回，眼泪纷滴，仿佛啼血的杜鹃鸟。

他宿在荒野的荆棘树上；饥饿的时候，随便找些野草的果实吃；也随便在溪水里洗浴。白天还是游动飞舞，不过没有金铜的笼栏围住他了。不论什么地方他都可停歇，看见了不幸的东西，便哀切切地唱一回，发抒心中的悲伤。说也奇怪，惟独这一种歌唱很觉得惬心适意，耐住不唱，转觉十分难受，唱了出来，才得开一开胸臆。他起始辨知歌唱的意义和趣味了。

不幸的东西填满了世界，都市里有，山野里也有，小屋子里有，高堂大厦里也有。画眉看见了，总引起强烈的悲哀。随着就唱一曲哀歌；他为自己而唱，为发抒自己对于一切不幸东西的哀感而唱。他永远不再为某一人或某一等人而唱了。

可是，工厂里做倦了工的工人，田亩中耕倦了田的农夫，织得红了眼的女子，跑得折了腿的车夫，褪尽了毛的老黄牛，露出了骨的瘦骡子，牵上场演戏的猢狲，放出去传信的鸽子，……听了画眉的歌唱，都得到心底的安慰，忘记了所遭的不幸；一齐仰起了头，露出微笑，柔语道，"可爱的歌声，可爱的画眉鸟！"

一九二二，三，二四。

快乐的人

世上有快乐的人么？谁是快乐的人？

世上有快乐的人的，他就是快乐的人。现在告诉你们他的故事。

他很奇怪，讲出来或者不能使你们相信，但他确实是这样地奇怪。他的周身围着一层极薄的幕；是天生这样的，没有谁给他围上，他自己也不曾围上。这层幕很不容易说明白。假若说像那玻璃，透明如无物是像了，但没有玻璃那么厚。假若说像那蛋壳，周围都包裹到是像了，但蛋壳是不透明的。总之，这层幕轻到没有重量，薄到没有质地，密到没有空隙，明到没有障蔽。他被这么一件东西包围着，但他自己不知道被这么一件东西包围着。

他在幕内过他的生活，觉得事事快乐，时时快乐。他更隔了幕看环绕他的一切，又觉得处处快乐，色色快乐。

有一天，他坐在家里，忽然来了两个客人。这两个客人原来是两个骗子。他们打算去喝酒取乐，须要弄到些钱才行。计议定当，两个扮做募捐的样子，一直跑到他的家里。因为他们知道他周身围着一层幕，看不出他们的破绽来。

两个客人开口募捐了。他们的声音十分慈悲，他们的话语十分哀切。他们讲出被灾的同胞是这么惨苦；被旱灾的饿到只剩薄皮包着的骨头；被水灾的病到全身黄肿，随处都渗出水来；被兵灾的提了垂垂欲断的手哀哭，抱了将死未死的孩子狂呼。他们说赈济苦难的同胞是大家应当做的，他们就为此故，所以尽一点四出捐募的微力。

　　他听了十分感动，一则听说同胞的惨苦觉得可怜，二则敬重这两个热心救人的客人。一大块的黄金于是从他的袋里取出来，授入客人的手里。客人诚恳地谢了。辞别退出，两人却互相看视，现出狡狯的笑容。随即走进酒店，自去喝酒取乐。

　　他捐去了一大块黄金，觉得非常快乐，他闭着眼睛在那里摹拟："这两个客人取了我的黄金去，飞一般地奔到被灾的同胞那边，分散给他们。饿瘦了的立刻得吃，个个变成丰肥而强健；浸肿了的立刻得医，个个变成活泼而精壮；将断的手接起来了；将死的孩子活起来了。这多么快活！"他又想，"我得到这个快活，全在客人的到来。我得遇到这样的客人，又多么快活！"他乐极了，对着壁镜里的自己只是笑。

　　他的妻在里边，已知道他给骗子骗去金子的事了。她常常不满意他的所为，很想阻止他。但是，对着他满堆笑意的面孔，不知为什么，又没有勇气直爽地说了。当心里真个气不过的时候，也只冷讽反嘲地说几句。这个使他全然辨不出真意味，因为他用身围着一层幕。

　　一大块的黄金无由无端地到了骗子的手里了，这在他的妻的心里是何等的难过。她想这一回一定要重重实实地骂他一顿,并且教训他以后不要上骗子的当。她满脸怒容,赶了出来。但是一看见他满堆笑意的面孔,怒就发不出来,骂的话语也在喉咙口梗住了。她只得作鄙薄的冷笑,用奚落的声气说,"你做得天大的善事!人家一开口,就是大块的黄金从袋里摸出来,你真是世间唯一的好人!以后这等事尽可以多做呢!做得更多,也见得你这人更好!"

他看着妻的笑脸,这么美丽,这么真诚,已觉得快乐到说不出;更兼听着她的话语这么恳切,这么富有同情,直乐得如醉如痴,不知怎么才好。他的口笑得合不拢了;丰肥的脸肉都起了皱纹;连续的笑声像老鹳鹤的夜鸣。好容易耐住了笑,说道,"我所遇见的人没有一个不是好的,尤其是你,好到使我不会想出适当的话来称赞。你同我一样的心思,同情于我一切的作为。我们俩竟是一个灵魂,不过分成了两个身体。我刚才这快活的行为经你的好意的赞美,更觉得里边含有深浓无极的快活。我当然依你的话,以后要尽量多做呢。"他说着,带了更大的金子多块,向外走去。

前面是一片原野,葱葱的,矮矮的,尽栽的桑树。他远望过去,见有好些人在桑林中行动。原来这时候是初夏的天气,蚕儿正急待哺饲,预备做他们的牺牲的工作。养蚕的人于是十分忙困,接连地采了桑叶去饲养他们。那些人自己没有储蓄的钱,却必得付钱与桑林主人才能动手采,只能将破的棉衣卖了,缺足的桌子当了。因而他们付与桑林主人的钱都染有富翁的臭气,就是廉价买了他们的破棉衣,再去贩卖,从中赚钱的,微钱押了他们的坏桌子,顺便取重利的富翁的臭气。这种臭气弥漫于原野，掩没了野花的芬香，泥土的甘芳。那些人好几夜没有睡眠了，疲倦的神态从什么地方都看得出他们的脸上罩着灰色；眼睛网满了红的脉络，眼角积着许多的垢污。他们大家几乎病倒的样子；但是，勉强支撑着，两手不歇地摘采，不敢懈怠。这种昏倦的人物行动于林中，诚损了春阳的明鲜，草树的葱绿。

他走近桑林了，他绝不觉察他们的昏倦，也嗅不出他们付与桑林主人的钱的臭气，因为他周身围着一层幕，虽然这幕是透明且无质的。他只觉满心的快乐。心想："这景物多么悦目，多么醉心呵！那些人真幸福，采桑饲蚕，正是太古时候的朴美的生活。他们就过的这种朴美的生活呢。"他一壁想，一壁停了脚步，看他们将一条一条的桑枝剪下来，盛满一筐，又换过一个空筐子。不可遏的诗情像泉水一般涌出来了。他的诗道：

  满野的绿云，满野的绿云，
  人在绿云中行。
  采了绿云饲蚕儿，饲蚕儿，
  蚕儿吐丝鲜又新。

  髻儿蓬松的女孃们，女孃们，
  可不是脚踏绿云的仙人？
  健臂壮躯的，健臂壮躯的。
  可不是太古时代的快活人？

他得意极了，反复地吟唱自己的新诗。似乎鸟声也和着吟唱，泉声更跟着赞美。若有人问，"快乐的天地在那里？"他必将跳跃而回答道，"我们的天地就是快乐的天地，因为在中间没有一个人，一块石，一根草，一片叶不快乐。"

他走过了一片原野，来到都市里边。最使他注目的，是一所五层屋的制造厂。那厂屋造得十分精美，墙壁统是白石堆砌的，那白石光滑到使人不肯相信由石匠凿成的。方正的窗孔里，百叶窗一齐开着，里面的玻璃窗也往里开，窗沿上陈着鲜美的盆花。机器的声响从里面送出来，雄大而有韵律。原来这是一所纺纱的工厂。在里面作工的全是妇女。她们的丈夫力量用尽，养不活一家老小，或者父亲命运不好，找不到一个职业，她们做妻子做女儿就想法投入这个纺纱厂里。早上六点半钟，她们便赶忙跑进厂去。傍晚太阳回去了，她们才归家。她们中午吃的是带进去的冷粥硬烧饼等东西。她们没有工夫梳头发，没有工夫洗衣服，没有工夫伸个腰，打个呵欠，便是生下婴儿，也没有工夫给乳。所以她们聚集在一处工作，就发出一种浓厚的混污的气息，更凝成一种惨淡的颓丧的景象。这气息这景象充塞厂屋之内，包笼厂屋之外，这美丽的白石的建筑物就仿佛埋在泥沙里，阴沟里。

他走进厂屋了。他绝不觉察四围的混污和颓丧，因为他周身围着一层幕，虽然这幕是透明且无质的。他只觉到眼的一切都有趣味。心想："这机器的发明真是人类的第一乐事呵！试看机器的工作，多么迅速，多么精巧！那些妇女也十分幸福，她们只作那最轻松的管理机器的工作。"他看着机轮的环转，工女的动作，白纱的纺出，诗情又潮水一般升起来了。他的诗道：

> 人的聪明只要听机器的声音,
> 人的聪明只要看机器的转轮。
> 机器给我们东西,好的东西,
> 我们领受他们的厚礼。
>
> 我赞美工作的女人,
> 洁白的棉纱围着她们的周身,
> 虽然用力这么轻微
> 人间已感激她们的力的厚意。

　　他兴奋极了,反复地吟唱自己的新诗,似乎机轮也和着吟唱,女工们正点头赞叹。若有人问,"快乐的天地在那里?"他必将跳跃而回答道,"这里也就是一个快乐的天地,因为在这里没有一个人,一缕纱,一块铁,一条带不快乐。"

　　当他走出纺纱厂时,一大群的人迎了上来,欢呼的声音像潮水一般,而且齐向他行礼。这辈人探知他带着很多的大块金子,希望拿到手里,大家分了买鸦片吸,所以想了这个方法。但是他哪里知道!他周身围着一层幕呢!

　　众人中一个代表温和地笑着,向他说,"天地是快乐的,人是快乐的,先生是这么相信,我们也是这么相信。我们想,我们在快乐的天地中,做快乐的人,真是快乐不过的事。这不可没有个纪念。我们打算造个快乐的纪念塔,想来先生是赞成的。"

　　"赞成的!赞成的!"他连连高兴地喊着,随将带来的大块金子全数授与他们。他们欢呼了一阵,便走散了。后来将金子分了,大家买了鸦片拼命地吸。他呢,欢欢喜喜地回到家里,只是摹想那快乐的纪念塔怎么美丽,怎么高伟;落成那一天怎么热闹,怎么快乐。这夜里,他的妻听见他在梦中发狂般欢呼。

以上讲的,是他一天的经历。他的快乐的生活都是这么过的。

有一天,大家传说他死了,患的什么病,却不大清楚。后来有人说,"他并不是患病死的。有一个恶神在地面游行,他的意思要使地面没有一个快乐的人,忽然查出了他,便将他的透明且无质的幕轻轻地刺破了。"

一九二二,五,二四。

稻草人

　　田野里边的景物和情形,日间的自有诗人吟成妙美的诗篇,画家描成清丽的画幅,告诉给世间的人。至于夜间,诗人喝着甜美的酒浆微微醉了,画家抱着精雅的乐器低低唱了,更没有工夫来到田野里边。还有谁将夜间的田野里边的景物和情形告诉给世间的人呢?有,还有,这就是稻草人。

　　我们听基督教里的人说,人是上帝手造出来的,我们且不问这句话对不对,只是套一句调子说,稻草人是农人手造出来的。他的骨骼是竹园里的细竹枝,他的肌肤是去年的黄稻草,破碎的篾丝篮或是穿了孔的荷叶都可以做他帽子,下面遮盖着眉眼鼻口不分的脸孔,没有指头的手拿着一柄破坏的扇子;其实不能算拿,线缚住了扇柄,垂垂地悬挂在手上罢了。骨骼的末端伸出于身体之外;农人将他插在田畔旁边的泥土中,他就一天到晚站在那里了。

　　他非常能尽职。若将耕牛同他比,耕牛有时要躺在地上,仰起了头看天,觉得懒惰多了。若将守夜的狗同他比,守夜的狗有时要跑向前村后落,累主人四出找寻,觉得顽皮多了。他没有一刻嫌得烦闷,像耕牛般躺着看天;也没有一刻贪着玩耍,像守夜的狗般跑了开去。他只一动不动地看着田亩;手里的扇子轻轻摇动,驱逐那些飞来的小雀,他们是想吃新结的谷实的。他不用吃饭,也不用睡觉,便是坐下歇一歇也不需要,只永久直挺挺地站在那里。

这是当然的,夜间的田野里边的景物和情形,独有他知道得最明白而丰富了。他知道露水怎样从天上洒下来,露的味道是怎样甘甜,他知道星儿怎样扬他们的美眼,月儿怎样独笑;他知道夜的田野是怎样静默,草树怎样沉睡,他知道小虫们怎样互相访问,蝶儿们怎样恋爱;总之,他知道夜间的一切。以下就讲他在夜间遇见的几件事情。

一个星光灿烂的夜间,他看守着田畦,手里的扇子轻轻摇动。新结的谷实肩擦着肩,轻风过时,发出瑟瑟的低响。他们承受着星光,绿色转得更嫩,胜过当初的新秧。稻草人看着,心里很快活。他想今年的收成,一定可使他的主人,一个可怜的老妇人,笑一笑了。她以前几曾笑过呢?八九年前,她的丈夫死了。她哭得一双眼睛到今还红着,而且自然流泪。她同她的唯一的儿子耕种这一区田,足足三年,才将她丈夫的衣棺埋葬费还清。接着她的儿子染着喉症死了。她当时昏了过去,从此又添了时时心痛的毛病。只剩她一个人了,又没有以前那样的气力,勉勉强强耕种这一区田,挨过三年,才将她儿子的衣棺埋葬费还清。又接着两年水荒,将要收获的谷全浸在水底,不是腐烂,便是发了芽。于是她的眼泪流得愈多,眼睛模糊,看不清五步以外的东西;她的脸上全是皱纹,决不像会露出笑容的,却很像干瘪了的橘子。可是今年的田稻倒很肥足,雨水又不多，大有丰收的希望。所以稻草人预先替她快活。若是到了收割的那一天，她看见收得的尽是丰美的谷实，她想这些将全归她所有，她又想今年的劳力的报酬才由得自己收受了，那时她的皱纹的脸上一定会现出个安慰的满足的笑容来。倘若她真有这一笑，在稻草人便比见了星儿笑，月儿笑都快活，都珍贵，因为他爱他的主人。

他正在思想时，一个小蛾飞来了，是黄白色的小蛾。他立刻认识他是稻禾的仇敌，也就是主人的仇敌。从他的职务想，更从他对于主人的感情想，都必须将他驱逐了开来才是。于是他手里的扇子屡屡摇动了。扇子的风很有限，不足使小蛾惊怕。那小蛾只飞远一点，就在一棵稻草上歇了下来，对于稻草人的驱逐，竟同没有这回事一般。稻草人见小蛾歇下了，心里非常着急。可是，他的身躯同树木一样，栽定在那里，要走前几步也做不到；扇子只管扇动，但没有效果，那小蛾依然稳稳地歇着。他想到将来的田里的情形，想到主人的眼泪和皱纹的脸，又想到她的命运，心里就同刀割一般。但是那小蛾是歇定了，驱逐又没有效果。星儿结队归去，一切夜景退隐的时候，那小蛾也飞去了。稻草人很愁闷地望那棵稻草。果然，在茎的中段折断了，断处上端的绿叶很可怜的垂了下来，而且干枯了。更仔细地望去，叶背还留着好些蛾子。这个使稻草人增加了无量的惊恐，心想祸事真个来了，不只是料度而已。可怜的主人，她所有的是一双模糊的眼睛，要警告她，使她及早看见这个，才有挽救呢？他这么想着，摇动扇子更勤；扇子拍着他的身躯，作拍拍的声响。他不能叫喊，这是他唯一的警告主人的法子了。

　　老妇人下田了。她佝偻着腰背，看看田里的水恰够好，不必再从河里车水进来。又看她所手种的稻，全是非常旺健的样子；摸摸谷实都是饱饱的。又看那个稻草人，帽子依旧戴得很正；手里的扇子依旧拿着，听得拍着身躯的声响；而且站得很好，非但没有移动位置，竟直挺挺的和昨天前天一模一样。她看一切事情都很好，便跨上田岸，预备回家去搓草绳。

　　稻草人看她将要去了，急得不可言说，只将扇子连连地拍着，想靠着这急迫的声响留住她的脚步。这声响里边仿佛说，"我的主人，你不要去呀！你不要以为田里的一切事情都很好，天大的祸事已留下种子在你的田里了。等到发作的时候，便将不可收拾，将要滴干你的眼泪，将要碎裂你的心！此刻趁早扑灭，还来得及。这，就在这一棵，你看这一棵稻的叶背呵！"他反复地靠着扇子的声响表示这些警告的意思，可是老妇人哪里懂得他；她一步一步去得远了。直到他望不见了她的背影，才知他的警告是无效了。

　　除了他之外，没有一个人为田稻发愁的。他恨不能一步两步跨了过去，将祸害的根苗扑灭了；又恨不能托风儿传话，叫主人快快来预防祸害。他本来是身躯瘦弱的，一经愁恨，更见憔悴，站直的劲儿也没有了，只是斜着肩，曲着背，成一个病夫的样子。

　　不到几天，黄白色的小蛾布满在稻茎上了。当夜深静默的时候，稻草人听得他们吸取稻汁的声音，也看见他们欢欣的飞舞。稻穗渐渐无力地垂下了，绿叶也露出死的颜色。他不忍再看，心知主人今年的辛苦又只换得了眼泪和悲叹，他于是低头哭了。

这时候天气很凉了，更兼在夜的田野之中，冷风吹得他的身躯索瑟颤动，只因他正哭着，没有觉得。忽然一个女子的声音"我道谁，原来是你"提醒了他，方觉得身上非常寒冷。这也没有法子，他为着他的职务，虽然寒冷，依旧站在那里。他看那个女子，原来是一个渔妇。田亩的前面是一条河流，她的渔船就泊在那里，舱里露出一粒火焰。她那时正架起一个渔网，沉入河底；预备好了，就坐在河岸，等待举网。

舱里时时发出小孩咳嗽的声音，又时时有困乏而细微的叫唤"妈"的声音。这使她异常焦心，举起网来，没有平时那么顺便，几乎回回是空的。她就向她舱里的病孩子说道，"你好好儿睡罢。待我网得些鱼儿，明天煮粥给你吃。你只管叫，我的心给你叫乱了，鱼儿便网不到了。"

孩子那里耐得住，又喊道，"妈呀，我的喉咙要裂开来了，给茶喝！"他说罢，接着一阵咳嗽。

"这里哪有茶！你安静些罢，我的祖宗！"

"我要喝茶呀！"孩子竟放声号哭了，在这空旷的夜的田野里，这哭声更觉悲凄。

渔妇无可奈何，放下了手中执着的拉网的绳，进舱里，取了一个碗，从河里舀了一碗水，回身授给病孩喝了。孩子咽水，仿佛灌注的样子，他实在渴极了。但放下碗时，咳嗽更为厉害，到后来只有喘气，没有咳嗽声了。

渔妇也不去管他，仍旧登岸拉她的网。好久好久，病孩没有声音了,她也拉了空网不知几回了,才得一尾鲫鱼,有七八寸长。这是今夜第一次的收获,她很郑重地从网里取出,放在一个木桶里,然后再下网。这个木桶,就在稻草人的脚边。

　　这时候稻草人更为伤心了。他可怜那个病孩在喉干欲裂的时候没有一口茶喝,在病得很苦的晚上不能同母亲一起睡觉。他又可怜那个渔妇,在这寒冷的深夜里打算明朝的粥,因而硬着头皮不顾她的病孩。他恨不得将自己给孩子煮茶喝,恨不得躺在孩子的身体底下让他取暖;又恨不得夺下黄白色的小蛾的赃物,给渔妇煮粥吃。他若是能够走动时,一定要照着他的心意做了;最可恨他的身躯同树木一样,栽定在那里,半步也不能动。他没有法子,只有继续低着头哭,哭得更悲切了,直到鲫鱼被投入木桶时,突然的声音引起他的好奇心,才停了哭,看是什么事情。

　　这木桶里盛着一片的水,鲫鱼侧躺在桶底,只有贴底的一面身体略觉潮润。这是他所难堪的。想逃出这个地方,他开始用力地跳。跳了好几回,都给高高的桶框挡住,掉下时依旧侧躺在桶底,且觉身体很痛。他的向上的一颗眼球看见了稻草人,便哀告道,"我的朋友,你且放下手中的扇子,救救苦难的我罢!我离开了我的水乡,只有死而已。你为一点不忍的心起见,救救苦难的我罢!"

　　鲫鱼这么哀告着,稻草人心酸已极,只有抖抖地摇他的头。他的意思是说,"请你饶恕我,我是个柔弱无能的人呵!我的心不但愿意救你,并且愿意救捕你的那个妇人和她的孩子,更愿意救在你和他们以外的。可是我同植物一样,栽定在这里，不能自由地移动半步。我怎能如我的心愿做呢！请你饶恕我，我是个柔弱无能的人呵！"

鲫鱼不懂得他的意思，只见他连连摇头，愤怒就像火一般地炽盛起来了。大喝道，"这又不是困难的事，你竟没有一点人心，只是摇头。原来我错了，自己的苦难，哪有求别人援救的道理！我只当自己努力，努力无效，也不过一死罢了。这又值得什么！"他说着，重又开始跳跃，尾和鳍的尖端都运着十二分的力，不要说别的部分了。

稻草人见鲫鱼误解他的意思，又没有方法向他说明，只有默默地哀叹，怨怛地哭。隔了一会，他偶然抬头，看见那渔妇睡着了，一手还执着拉网的绳；这大约因为她过于疲困之故，虽然注意在明朝的粥，也敌不过睡神了。桶里的鲫鱼呢，跳跃的声音不听见了，只有些无力的尾巴拨动的声音。稻草人想今夜的凄怆是从未经过的了，真是个悲哀的夜呵！看那些黄白色的小强盗，却吃饱了他们的赃物，正飞舞得起劲呢。这些赃物，全出于主人的老筋骨的气力，现在给他们吃掉，世间有比这个更可怜的事么！

星光渐渐微淡，四围给可怕的黑充满了。稻草人忽觉侧面田岸上有一个黑影走来，仔细望去，蓬乱的发髻，宽大的短袄，认得出是一个女子的影子。她立定了，望那停泊着的渔船；不再走过来，却转身向河岸走。不几步到了，就挺挺地立在那里。稻草人觉得奇怪，便一意留心于她。

一种极哀伤的声音从她的口里发出来了，低细而且断续，独有稻草人听得出，因为他听惯了夜间的一切微声。她的声音是以下这些话语："我不是一条牛，也不是一口猪，怎能便听从你卖给人家？倘若此时再不出来，明天便被你迫着，卖到人家去了。你得到一点钱，也不是赌这么一两场便输掉了，或者喝几天黄汤便化掉了，哪里有什么益处！你为什么一定要迫着我？……只有死，除了死没有路呢！死了，去寻我的死小孩作伴罢！"实在这些也不成话语了，不绝的呜咽将各个声音搅糊，只是啼泣而已。

稻草人心惊非常，想这又是一件惨痛的事情给他遇见了，她将寻死呢！他急欲救她，出于一种不自觉的情思；因将扇子重重拍着，希望唤醒那疲困的渔妇。但没有效果，那渔妇同死的一样，一动也不动。他于是自恨，像树木一样，栽定在那里，半步也不能动移。他知道见死不救是一种罪恶，而他自己正犯着这种罪恶。这真是比死还难受的痛苦呵！"天快亮罢！工作的农人们快起来罢！鸟儿快飞去报信罢！晨风快吹散她的寻死的念头罢！"他这样默默祈祷，但四围依然充满着可怕的黑，一切都只默默。他心碎了；然而不能自主，更恐怖地望那河边立着的黑影。

她默立了一会，身子往前顿了几顿。稻草人知道可怕的时候到临了，手中的扇子只是拍拍地响着。但随后她又挺挺地默立了。

不知又隔了多少时间，她忽然两臂上举，身体像倒转来的样子，向河中窜去。稻草人看见这样，不等到听见她落水的声音，就没有知觉了。

明天早晨，农夫从河岸经过，发见了河中的死尸，传告大众。近村的男女都赶出来看。杂沓的脚声惊醒了酣睡的渔妇；她看那木桶中的鲫鱼，已经僵僵地死了。拿了鱼桶回入船舱，病孩的面庞更瘦了一点，咳嗽没有一刻间断了。那老农妇也跟着大众到河边来看；走过她的稻田时，顺便看一看她自己的成绩。完了，一夜工夫，未长足的稻穗都无力地倒了下来，稻叶全转变成干枯的颜色。她于是椎胸顿足地哭。人家回过来问她时，看见那稻草人横倒在田旁了。

一九二二，六，七。

古代英雄的石像

因为纪念一位古代的英雄，大家请雕刻家给这位英雄雕一个石像。

雕刻家答应下来，先去翻看有关于这位英雄的历史，想象他的状貌，更想象他的性情和志概。雕刻家的意思，随随便便雕一个石像不如不雕，要雕就得把这位英雄活活地雕出来，让看见石像的人认识这位英雄，明白这位英雄，因而更崇敬这位英雄。

成功往往跟在专心的背后。雕刻家一壁参考，一壁想象，心里头石像的模型渐渐完成了。他决定石像的姿态应该怎样，面目应该怎样，小到一个小指应该怎样，细到一丝头发应该怎样。惟有依照这决定的雕出来，才是有活气的这位英雄本身，不只是死的石像。

雕刻家到山中采了一块大石，就动手工作。他心里有完成的模型在，望到那块大石，什么地方要留着，什么地方要凿去，都清楚明白。铁凿一下一下地凿，刀子一刀一刀地刻，大的石块小的石块纷纷离开，掉在地上。像神仙显现一样，起初模糊，后来明晰，这位英雄的像终于站在雕刻家面前了。一丝也不多，一毫也不少，正同雕刻家心里想定的模型一样。这石像抬起了头，眼睛直望远方，表示他的志概远大无穷。嘴张开着，好像在那里喊"啊！"左臂圈向里，坚实有力，仿佛围抱着在他手下的群众。右手握拳，伸向前方，筋骨突露像老树干，意思是谁敢侵犯他一丝一毫的，来受领这家伙——拳头！

市的中心有一片旷场，大家就把这新雕成的石像立在旷场的中心。石像的基台用石块砌成，就是雕刻家雕像时凿下来的大大小小的石块。这是一种新的美术建筑法，雕刻家说比较用整块的方石垫在底下好得多。基台非常高，人从市外跑来，第一望见的就是这石像，犹如跑进巴黎第一望见那铁塔。

雕刻家从此成了名。他能够给古代英雄雕一个石像，满大家的意。

为了石像成功会开一个盛大的纪念会。市民在石像下行礼，欢呼，唱歌，跳舞；还喝干了几千罐的酒，拉破了几百身的衣裳，跌伤了好些人的膝盖额角。从这一天起，大家心里有这位英雄，眼里有这位英雄，作一切的事好像比从前特别出劲，特别有意思。无论谁从石像下经过，总是停步，恭恭敬敬鞠躬，然后再走去。

骄傲，若非圣人或愚人就难得免。那块被雕成英雄像的石头既不是圣人，又不是愚人，只不过一块石头罢了，见人家这样崇敬他，当然遏不住他的骄傲。"看我多荣耀！我有特殊的地位，高高地超出一切。所有的市民在下面向我鞠躬行礼。我知道他们中间没有一颗心是虚伪的。这种荣耀最难得，没有一个神圣仙佛能够比得上！……"

他这话不是向浮游的白云说，白云无心，不能懂他的话；也不是向摇摆的丛林说，丛林絮语，没空听他的话。他这话是向垫在他下面的伙伴大大小小的石块说的。骄傲的架子要在伙伴面前摆，也是世间的老规矩。但是他依然抬起了头，眼睛直望远方，并不略微低头凑近他的伙伴，这就见得他的骄傲太过了分。他竟不屑再近他的伙伴，再看他的伙伴；咽住在他喉间没有说出的一句话当然是"你们，垫在我下面的，算得什么呢！"

"喂，在上面的朋友，你给什么东西迷住心了？你忘记了从前！"在基台一角的一块小石慢吞吞地说，宛如在那里唤醒醉人，每个字音都发来清楚，着实。

"怎么样？"上面那石头觉得出乎意料，但不肯放弃傲慢的声气。

"从前你不是同我们混和在一起的么？也没有你，也没有我们，我们是一整块。"

"不错，从前我们是一整块。但是，经雕刻家的手，我们分开了。铁凿一下一下地凿，刀子一刀一刀地刻，你们纷纷掉下了。独有我，成为光荣尊贵，受全体市民崇敬的雕像。我处现在这特殊地位正是应当的，你们在我下面垫底作基台，也适合你们的身份。难道你们同我平等么？如果你们同我平等，先得叫地和天平等！""嘻！"另一小石块忍不住，出声笑了。

"笑什么？没有礼貌的东西！"

"你不但忘记了从前，也忘记了现在！"

"现在又怎么样？"

"现在你其实并没同我们分开。我们还是一整块，不过改了个样式。你看，从你的头顶到我们最下层，不是胶黏在一起么？并且，因为改成现在的样式，你的地位很不安稳。你立足在我们身上，只要我们抛开你，你就不得高高地……"

"除开你们，世间就没有石块了么？"

"再不用寻别的石块了。那时候你一跤跌下来就没有了你！碎作千块万块，同我们毫没分别。"

"没有礼貌的东西，休得瞎说威吓人家！"上面那石头动了怒，又想自家的尊严不可损失，故而大声呵喝，像对着罪犯奴隶。

"他不相信，"砌成基台的全数石块一齐开口，"马上试给他看！我们就此抛开他吧！"

上面那石头惊得忘记了动怒，也忘记了自家的尊严，只提高声音央求道，"慢！慢！彼此是朋友，混和在一起胶黏在一起的朋友，何必作难！我相信你们的话全是真的，你们切莫抛开我！"

'哈！哈！你相信了？"

"相信了，完全相信。"

危险算是过去了。骄傲像隔年的草根，寒冬方过，又透露一丝的芽。上面那石头故意把语声发得软和点，商量一般说道，"我总觉得我比你们高贵些，因为我代表一位英雄，这位英雄在历史上很有名的。"

一块小石带笑带讽说，"历史全靠得住么？几千年以前的人，独个儿在那里想的心思，写历史的人都会知道，都会写下来。你看历史能不能全信？"

另一块石头接着说，"尤其是英雄，也许是个庸人，也许是个坏东西，给写历史的人高兴这么一写，就变成英雄了；反正谁也不能倒过年代来对证。更有趣的，并没有这个人，明明是空虚，也会成为英雄。哪吒，孙行者，武二郎武松，不都是英雄么，这些虽说是小说里的人物，然而确已生存在人们的心里，这些小说和历史相差不了多少。"

"我所代表的那位英雄不见得是空虚吧？"上面那石头有点心寒，竭力想安慰自己，"看市民这样纪念他，崇敬他，应该是历史上真实的英雄。"

"哪里说得定呢！"六七块石头同声接应。

一块伶俐的小石又加上一句道，"市民最大的本领就是纪念空虚，崇敬空虚！"

上面那石头十二分不安，喃喃地独语道，"那末我上当了；那个雕刻家叫我代表了空虚，却把我高高矗起，算是给我光荣尊贵的地位。我起初不明白，还以为足以骄傲。我上当了！"

砌成基台的许多石块也喃喃地说道，"我们又何尝不上当！一辈子堆叠在空虚的底下，有什么意思！"

大家不再开口，各自想心思。

半夜里，石像忽然倒跌下来，像游泳家从高处跳入水中。离地高，跌得重，碎作千块万块，不再存石像的一丝踪影。同时基台也解散，坍到地上，依旧是大大小小的石块。

明天朝晨，市民预备经过石像下恭恭敬敬鞠躬，却见旷场中心堆满乱石块，石像不知哪里去了。大家呆呆相看，说不出一句话；身体里好像被抽去一半的精神，做事就觉懒懒地没有意思。

雕刻家来到乱石块旁边大哭一场，算是哀吊他生平最伟大的成绩。并且宣告说，他从此不会雕刻了。的确，他以后不曾雕过一件小东西。

乱石块堆在旷场中心很讨厌，有人提议用来筑市外往北去的道路，大家都赞成。新路筑成之后，市民由此往各处去更觉方便，不免高兴，又举行庆祝的盛会。

晴美的阳光照在新路上，每一石块露出一个笑脸。他们轮替地赞美自己道：

"我们真个平等！"

"我们毫不空虚！"

"我们集合在一块，铺成真实的路，让人们行走！"

皇帝的新衣

从前安徒生有一篇故事，叫做《皇帝的新衣》，想来看过的人很不少。

这篇故事讲一个皇帝，最欢喜穿新衣服，就给两个骗子骗了。骗子说，他们制成的新衣服美丽无比，并且有一种神奇，凡愚笨的人和不称职的人是看不见的。他们开头织衣料，接着裁剪缝纫，都只空做手势。皇帝几次派大臣去看。大臣没看见什么，但是怕做愚笨的人，更怕做不称职的人，都回说看见了，实在美丽非常。新衣服制成的一天，皇帝正要举行一种大礼，就决定穿了新衣服出去。两个骗子请皇帝把旧衣服脱干净了，做着手势，算是给他穿上新衣服。旁边没有一个愿做愚笨的人，更没一个敢做不称职的人，一齐欢呼赞美。皇帝也就表示满意，裸体走了出去。沿路的民众也像看得十分清楚，一致称颂皇帝的新衣服。但是有一个小孩却照眼见的说，"这个人没有穿衣服呢。"大众听到，渐渐传说开去，终于呼喊起来，"皇帝实在没有穿衣服呀！"皇帝觉得懔然，知道这话不错；但既已算穿了新衣服出来，不好意思再说回去穿衣服，只得挺直身子往前走去。

以后怎样呢？安徒生没有说，其实还有许多的事情。皇帝一路走去，强装着得意的样子，身子挺得格外直，以致肩膀和背脊都有点疼痛了。跟在背后替他捧着空衣裾的侍臣知道自己正在扮演笑剧中的人物，只想要笑；可是又不敢笑，只好紧紧咬住了舌头。护街的队伍里，个个眼注着自己的鼻子，没有一个敢斜过眼去看一看同伴；只怕一看就互相会意，彼此护卫着的是一个怎样可笑的皇帝，因而哈哈对笑起来。

　　民众却来得直爽一点，他们没想到有咬紧舌头和看着鼻子的两个办法，既经说破皇帝没有穿衣服，笑声也就跟着来了。

　　"哈哈，看不穿衣服的皇帝！"

　　"嘻嘻，他莫非发了痴！"

　　"他的身体多瘦多难看！"

　　"吓吓，臂膀大腿都像鸡骨头！"

　　皇帝听到这些话，又羞又怒，站住了吩咐大臣们道，"这些愚笨的人不忠心的人在那里嚼舌头，你们听见了没有？我这一套新衣服美丽无比，穿上身越显得我的尊严高贵，——不是你们都这样说么？以后我将永远穿这一套！凡有说我没穿衣服以及其他荒唐话的，显见是最坏的东西，立刻拿来杀掉。我的国度里要这等最坏的东西什么用呢！这是我新定下的法律，你们去宣布给民众知晓。"

　　大臣们不敢怠慢，命手下吹起号筒来，随即高声把新法律宣布了。一时间居然不再听见喧笑声。皇帝这才觉得安慰，重又阔步前进。

　　但是走不到几十丈路，笑语声又像花炮一样历乱迸发了。

"哈哈！皇帝没……"

"哈哈，皮肤黑……"

"哈哈，肋骨根根……"

"哈哈，从来未有的新……"

皇帝再也耐不住了，满脸的怒容，看着大臣们喝道，"听见没有？"

"听见的，"大臣们抖声回答。

"记不记得我新定下的法律？"

大臣们连"记得"也来不及说，赶忙发命令，叫兵士把所有说笑的人都捉住了。

一阵的扰乱。兵士奔来奔去，用着长枪像拦猪一般拦住逃避的人。有好些人跌倒在地上。喊声哭声代替了刚才的喧笑。结果捉住了四五十人。皇帝吩咐就在街头把他们杀掉，好叫民众知道他的法律是铁一般的。从此以后，皇帝当然不好再穿别的衣服，无论在内宫，在朝廷，他总是裸着身体，还时时做一些虚空的手势，算是理直衣服的褶皱。他的宫妃群臣渐渐练成一种本领，就是看到他装模作样以及他那瘦黑得不堪的身体，能够若无其事，一点不笑，一点不起怪异的心思，好像他原是穿着衣服的。这种本领在宫妃群臣实在是必需的；否则他们的地位就会失掉，甚至他们的生命也难保全了。

然而也有因一时失措，便遭到了不幸的。

一个是最受皇帝宠爱的妃子。一天，她陪着皇帝喝酒，为欲讨他的欢喜，斟满一杯鲜红的葡萄酒献到他唇边，作着娇态说道，"愿你喝这一满杯，祝你的寿命和天地一样久长！"

皇帝欢喜了，嘴凑着酒杯，就一口喝下去。想来是喝得太急了，一阵咳呛，喷出好些的酒，滴在他的胸膛。

"阿呀，沾湿了你的胸膛了！"

"什么？胸膛！"

宠姬方才醒悟，美丽的脸立刻转成灰色，抖抖索索改口道，"不是。是沾湿了你的衣裳……"

"说沾湿了胸膛，不就是说我没穿衣服么，你愚笨！你不忠心！并且犯了我的法律！"便吩咐侍臣道，"把她送交行刑官去吧。"

又一个是很有学问的朝臣。他虽也勉强跟着同伴练习那种本领，可是见着皇帝总觉得不像个皇帝，赤裸地坐在宝座上，说是去毛的猢狲倒有点像。他只怕什么时候不小心，发一声笑或者说一句什么，那是立刻会给灾难收去的。因此他托言要回去侍奉年老的母亲，向皇帝辞去官职。

皇帝说，"这是你的孝思，我准许你辞去官职。"

朝臣谢了皇帝，转身下殿，心里好像解了几重的捆缚，非常松快，不觉咕噜道，"从此以后，再不用天天看见那不穿衣服的皇帝了。"

皇帝没听清楚，问群臣道，"他说些什么？"

群臣一时想不出别的话，只有照实回答。

皇帝大怒道，"原来你不愿意天天看见我，故而要辞官回去。临行时，还犯了我的法律，看我永不让你回去了！"便吩咐行刑官道，"把他绑出去杀了吧。"

内宫和朝廷里，还有谁敢不小心谨慎呢？

民众方面，却没有练成宫妃群臣那样的本领，每逢皇帝出来，看到他那虚空做作的神态，看到他那枯炭一般的身体，总不免要指点，要议论，要笑，于是残酷的杀戮就跟在背后。皇帝祭天的那一回，被杀的有三百人；大阅兵的那一回，被杀的有五百人；巡打京城的那一回，被杀的竟多至一千有馀人，因为皇帝经过的街道多，说他笑他的人也多了。

这样多量的杀戮，感动了一位年老心慈的朝臣，他觉得这太残酷了，应该阻止才对。但皇帝是向来不认错的，谁说皇帝错，谁自己就大大地错了，那老臣想只有设法使皇帝重行穿上衣服，那末说笑的事情不再发生，杀戮的事情也可因而停止。他一连几夜没睡觉，只为想那最妥当最安全的方法。

方法终于想停当了。那老臣就去朝见皇帝，说道，"有一个最忠心的意思，愿你采纳。你一向欢喜新衣服，这最有道理。新衣服穿上身，光彩四射，更显出你的荣耀和威严。可是近来没见你裁制新衣服；恐怕是国家的事情多，所以忘记了。你身上的一套衣服有点旧了；赶快吩咐缝工另制一套，把来换上吧。"

"旧了么？"皇帝看着自己的胸膛和大腿，更用手在周身摩抚，"没有的事，这是一套神奇的友服，永远不会旧的。我将永远穿这一套，你没听我说过么，你要我把这一套换去，莫非要我丑陋，要我倒楣，念你一向忠心，年纪又老，我不杀你。你给我住到牢狱里去吧！"

那老臣算是白吃苦，杀戮的事情依然时有发生。而且，皇帝因说他笑他的人总不会没有，心里很烦恼，又定下一条更严厉的法律来了。这是这样说的：当皇帝经过的时候，民众一律不准开口发声；不问说的什么，只开口发声就错，就要拿住杀掉。

这条法律宣布之后，一般老成人觉得这太过分了，说笑皇帝固然有罪，开口发声说别的事情，怎么也要拿住杀掉呢？于是结合成大大的队伍，齐赴王宫，跪在地上，说有事要见皇帝。

皇帝出来了，脸上有点惊慌，却提高声音喝道，"你们一大批人到来做什么，莫非要造反么？"

一般老成人头都不敢抬，连声说，"不敢，不敢。皇帝所说这样的字眼，我们脑子里想着就是重大的罪恶了。"

皇帝适才定了心，神态就更加威严高贵，抚弄着他的空衣襟问道，"那末你们到来做什么？"

"我们要向皇帝要求，要求言论自由，要求嘻笑自由！那些胆敢对于皇帝说笑的，实在罪大恶极，杀掉他们还嫌刑罚太轻。但我们是决不敢这样的。请皇帝容许我们言论自由，嘻笑自由，把新定下的法律废了吧。"皇帝笑了一笑，说道，"自由是你们的东西么？你们要自由，就不要做我的人民，要做我的人民，就得遵守我的法律。我的法律是铁一般的。废了吧，吓，哪有这么容易！"他说毕，转身踱了进去。

一般老成人不敢再说什么，等了一会，有几个略微抬起头来偷看，见皇帝已不在；知道没法，大家只好回去。彼此相戒，以后皇帝出来时，大家关起大门坐在家里，千万不要出去看；假若出去看，万一不小心发了个声音，那是要把生命付代价的,不是玩耍的事情。

一天,皇帝带了群臣和护街的兵士到离宫去。所经街道,全不见人民。两旁家家关起大门。只听得队伍的脚步声,达,达,达。像查夜的侦缉队寂寂默默地经过。

忽然皇帝站住了,侧耳细听,向大臣们呵喝道,"听见没有?"

大臣们才留心听,陆续回答:
"听见的,是小儿啼哭声。"
"这边是女人唱歌声。"
"那家的人大概喝醉了,那笑声怪可笑的。"

皇帝见大臣们不要不紧地,仿佛在那里闲游,他更动了怒,咆哮道,"你们忘记了我所定下的法律么?"大臣们方才省悟。便命令兵士把各家的门打开,不论大小男女,不论啼笑歌唱,凡是开口发声的都得捉住。

不曾预料的事情发生了。当兵士们打开发出声音的各家的大门,进去搜捕的时候,各家冲出男女大小的许多人来。他们一齐奔向皇帝,举手在他身上乱撕乱拉,嘴里呼喊道,"撕掉你的虚空的衣裳!撕掉你的虚空的衣裳!"

这是一种纷扰而可笑的景象。女人们白润的手臂在皇帝枯黑的胸前上下舞动;老头子们灰白的胡须拂着皇帝露骨的背心;两个孩子爬上皇帝的肩头,意思是要撕掉他的空虚的衣领;另有两个孩子挤到皇帝的腰旁,举起小手揪撮他胁下的毛。四围的人挤得紧紧,皇帝要避没法避;想要蹲下来,缩做刺猬似的一团,也办不到。最难受的是胁下又是痒又是痛的感觉,他只好缩颈,皱眉,掀起鼻子,尖起嘴唇,做种种的丑态。

兵士们从各家回出来,望见皇帝这副形相,简直像一头被乱蜂刺螫得没法的猴子。他们平日见惯的是威严的皇帝,不料他会这样完全失了体统;感觉其间很滑稽,他们都斜拖着长枪,哈哈大笑起来。

同样的情形,群臣们也哈哈地笑了,仿佛受着兵士们的传染。

正在笑,大家忽地想起,这不是犯了罪么?以前是民众笑皇帝,自己帮着皇帝处罚民众。现在自己也到民众一边来了。皇帝确然好笑,为什么笑了他就犯罪呢?——兵士们群臣们这样想,索性加入围绕着皇帝的群众里;也和着呼喊道,"撕掉你的空虚的衣裳!撕掉你的空虚的衣裳!"

你知道皇帝怎样?他看见兵士群臣突然也犯他的法律,好像有一个巨大的铁椎向他头脑猛击一下,他顿时失了知觉。

含羞草

　　一棵小草和玫瑰为邻。小草又矮又难看,篦笋样的叶子,麻线样的茎,站在一旁,谁也不去留心他。玫瑰可不同了,绿叶像翡翠雕成的,花苞饱满满地,像刚生小牛的母牛的乳房,谁从旁边经过,总要停了步看,并且说,"可爱的玫瑰快要开了。"

　　一个玫瑰花苞昂起他的头,得意地说道,"我们好不幸福,到这世间来了!此后的遭逢怎样,虽还不能知道,让我们来谈谈彼此所愿望的吧。春日这样地长,不谈谈话也未免有点儿寂寞。"

　　"我愿望作一回快乐的旅行,"一个脸带微红的花苞抢着说。"我的容貌很不错,这并非夸口,只要有眼睛的就会相信。凭我这副容貌,我料想来此要我同去的,不是豪奢的富翁,便是贵家的小姐。惟有他们才配得上我呀。他们都住在繁华的都市里,带我回去就得乘火车。于是我遭逢到快乐的旅行了。他们衣服上薰得有名贵的香,又时时洒上从远方运来的香水,但是我蹲在他们的衣襟上,我的香味最新鲜,最浓郁,超过了一切,这是何等荣耀!车当然是头等。椅子是鹅绒铺的,你一坐下去周身密贴，软绵绵地把你托住了。窗帷是整幅的锦，上面的图案是著名美术家的手笔，把它下了，你可以欣赏那名画；而且车中的光线柔和极了，你要睡一会午觉也正好。拉开窗帷望出去，就看见可爱的山林，可爱的田野，在那里飞，飞，飞，转，转，转。这样舒服的旅行，我想是最有意思的了。"

"你这愿望很不错呀！"好些的玫瑰花苞本来都有点春倦，听得这么说，就个个精神百倍，仿佛他们自身已经蹲在富翁或小姐的衣襟上，已经在头等火车里作快乐的旅行了。

但是一个声音在他们近旁慢慢说道，"你要去旅行，这确是有意思的事情。但是，为什么要蹲在富翁的小姐的衣襟上呢？你不能不靠傍谁，独往独来么？并且，你为什么中意头等车呢？同样乘火车，我劝你乘四等车。"

"谁在说这些别调的话呀？"玫瑰花苞们仰起头看，天是青青的，灌木林中只有些蜜蜂的嗡嗡，鸟儿们不知哪里去了，大概是在林深处做他们的心爱的游戏，——不见有谁是说这些话的。于是低下头看，这才明白了，原来是邻居的小草，他正抬着头，摇摆着身躯，像一个辩论者等待对方答复的样子。

"头等车比四等车舒服，我当然中意头等车，"愿望旅行的玫瑰花苞随口答复。既而想，像小草这样微贱的东西，一定不懂得什么叫做舒服，非给他解释明白不可。便用教师一般的声口说道，"舒服是生活的量尺，你得知道。过得舒服，才算是有意义的生活；过得不舒服，生活一辈子也是白活。所以吃东西要求山珍海味，穿衣服要求绫罗绸缎。吃点青菜穿点布，本来也可以敷衍过去。可是，及得来山珍海味绫罗绸缎的舒服么?及不来,当然及不来。因此,我们就不中意青菜和布。同样的道理,四等车虽然也可以乘了去旅行,我可绝对不中意,那样肮脏的座位,那样狭小的窗洞,说像牢监也未见过分。你倒劝我去乘,你存的是什么心思?"

小草诚恳地说道,"哪一样舒服,哪一样不舒服,我到底也明白一点。只是我们来到这世间,难道单为寻求舒服么?我以为不见得,并且不应该。我们不能离开了同伙,独个儿住在一处地方。一己舒服了,看到旁边有好些不得舒服的同伙,这时候舒服反变成了烦恼,觉着一己的舒服完全从他们那里夺来的,一己有了,他们就没有;这是多大的罪过!知道是罪过,又哪里肯去犯着呢,世间要求吃得舒服,穿得舒服,用得舒服的事情,都是不会自省,不明白自己犯着什么罪过的人做的。"

愿望旅行的玫瑰花苞藐视地笑了一笑,说道,"照你所说,大家挤在牢监似的四等车里出去旅行,才是合理。那末,最舒服的头等车用不到了,只消让可怜的四等车在铁轨上赶来赶去;这不是表白世界向着退化的方向走么?你大概还没知道,我们的目的在世界的进化,决不愿意它向着退化的方向走。"

"你居然说到进化,"小草也不禁一笑,"恕我忍不住失笑了,你自己乘着头等车,看别人猪一样牛一样在四等车里挤,这样的世界就算向着进化的方向走么?据我所知,凡是有一点公平心的,他一样也巴望世界进化;可是在不能大家有头等车乘的时候,他宁愿乘四等车。四等车虽然不舒服,比起亲自干不公平的事情来,却舒服多了。"

"嘘!嘘!嘘!"玫瑰花苞们嫌小草讨厌,齐发这样的声音阻止他,有如戏场里的观众遇到不中意的角色。"不懂事的小东西,你再不要开口胡说了!"

"我们还是继续谈谈彼此的愿望吧。谁先接上来说?"一个玫瑰花苞这样提示。

"我愿望在群花会里得到第一名的奖赏,"说这话的是一朵开了小半的玫瑰花,他含着娇态,像美女郎临对群众,故意表示美丽的那副样子。"群花会里的比赛者都是世间的珍品,没有一种凡花野花,又曾经过细心的栽培,优厚的抚养,完全从高等生活里出来,在这中间得到第一名的奖赏,犹如女郎被选为那一州那一国甚至全世界的美人,再没别种荣耀能够比得上,那些批判的人绝不是一知半解的人物;他们有丰富的学问,有审美的标准;花的姿势怎样才是好,花的颜色怎样才是好,他们都有从前传下来的记录作参考,一点也不会错。从他们眼光里判定下来的第一名,是货真价实的第一名,决不该是第二,这一点,又何等足以骄傲!彩色鲜明气味芬芳的会场里,差不多给高兴的闲雅的华贵的男女游客挤满了;而我站在最高的红木几上的古瓷瓶里,作全会场的中心,收集所有游客的注意的目光。爱花的老翁捻着胡须向我颠头了,风趣的富人突着肚皮向我出神了,美丽的女郎嘻开红唇,露出洁白的牙齿,向我微笑了,——这当儿,我将快活得醉了!"

"你这愿望也不错呀,"好些的玫瑰花苞又一致赞美,但是想到第一名只能有一个,便又巴望第一名属于他们自己,而不属于那半开了的一朵;他们以为从种族,生活,姿势,颜色各方面讲,他们自己都不见得及不来他。

但是饶舌的小草又开口了。他依然诚恳地说,"你要超群出众,比别人家强,这确是可贵的志气。但是,为什么要巴望在群花会里得第一名呢?你不能离开了群花会,显显你的优越么?并且,你为什么相信那些批判的人到这样地步呢?同样的批判,我劝你宁愿相信野老村儿嘴里所说的。"

"又要胡说了么?"玫瑰花苞们现在是知道谁在开口了,低下头看,果然,那邻居的小草又正抬着头,摇摆着身躯,在那里等待答复。

愿望得奖的玫瑰花苞不屑似地侧转点脸儿,独语一般说道,"相信野老村儿的批判,这句话未免太可笑了,对于一切的事情,总有识者,有不识者;一百句不识者的赞美,及不来识者一句的称赏。我不是说过么?群花会里那些批判的人有学问,有标准,又有丰富的参考,关于花,唯有他们是百分之百的识者。为什么不要相信他们的批判呢?"说到这里,他止不住心头的骄傲,于是作一个漂亮的姿态,来表示他自己无比的美丽,随又说道,"如果我同你这不懂事的小东西摆在一起,他们一定会选中了我,踢开了你。这就见得他们的真实本领,他们能够辨别哪是美,哪是丑。为什么不要相信他们的批判呢?"

"我并不想同你比赛,抢夺你的第一名,"小草很平心地说。"不过你得知道,你们以为最美丽的东西,只是他们看惯了的东西罢了。他们看惯了把花朵扎成一片圆平面的菊花,他们看惯了把枝干弯曲得不成样子的梅花桃花,就说惟有这样的是最美丽的了。你们玫瑰的祖先有这样的痴肥臃肿么?没有的。也因为他们看惯了痴肥臃肿的花，园丁才把你们栽培成现在这样子，——你还自以为美丽到无比呢！什么爱花的老翁，风趣的富人，美丽的女郎，以及有学问有标准的批判者，他们是一伙儿，全都是用习惯来代替辨别的人物。从他们中间得到荣誉，其实没有什么意思。"

愿望得奖的玫瑰花苞努起他的小嘴，含怒说道，"依你所说，群花会里没有一个人有辨别的眼光。难道野老村儿反而有么？辨别的眼光存在野老村儿那里，咳，世间的艺术也就完了！"

"你也提到艺术，"小草不觉兴奋起来。"你以为艺术就是做些歪斜屈曲的姿势，或者高高地站在红木几上的古瓷瓶里么？据我所知，艺术要有跃动的生命，真实的力量。而野老村儿……"

"不要听那小东西乱说吧，"是另一个玫瑰花苞的声音。"看，买花的人来了，我们立刻要有新的遭逢了。"

走来的是一个肥胖的厨夫，臂弯里挂一只篮子，中间盛着割破了喉颈的鸡，快要绝命还在那里动嘴的鱼，以及青菜莴苣之类。厨夫的背后跟着弯背的老园丁。

老园丁举起剪刀喀嗒喀嗒一阵地剪，剪下一大把的玫瑰花苞。这时候有一个蜜蜂从叶底下飞出来，老园丁以为这蜜蜂将刺他的手，便用衣袖把他拍到地上。

被剪下来的玫瑰花苞们一半好意，一半恶意，辞别小草说，"我们去了，前途想有光荣的遭逢在那里等着。你独个儿留在这里，好不孤零寂寞呀！"他们顺便推动小草的身体，算是致临别的殷勤。

　　一阵羞愧通过小草的全体，篦箅样的叶子立刻合拢，而且垂下了；正像一个害羞的孩子，低下了头，又垂直了臂膀。他代替无知的浅陋的玫瑰花苞们羞愧，明明是非常无聊，而他们以为他们所愿望的十分光荣！

　　静了一会儿，他忽听得一个低微的嗡嗡的声音，像病夫的呻吟。他动了怜悯的心肠，向四下里望，问道，"谁在这里呻吟？谁遭逢到不幸的事情了？"

　　"是我呀。我在这里，我被老园丁拍了一下，一条腿受伤了，痛得很厉害。"声音从玫瑰丛下的草间发出。

　　小草对那方向看，原来是一个蜜蜂。他带着愁容说道，"伤了腿，最好赶快找医生去。不然就要成为跛子了！"

　　"成了跛子，不是很不容易稳定在花枝上采蜜么？那是最可怕的事情！我要赶快找医生去。只不知什么地方有医生。"

　　"我也不知道呀。——喔，我想到了。常听人家说'药料里的甘草'，甘草惯充药料，一定知道医生所在。我隔壁刚好有一棵甘草，待我来问他。"小草说罢，便回身问甘草。

　　甘草回答说，在那边大街上，医生何止有十个，凡门口挂起金字招牌，大书某某医生的都是。

　　"那末你就到那边大街上，找个医生给你诊治吧，"小草催促蜜蜂说。"你还能飞不能，如能飞，你要让那受伤的腿给其馀的腿抱着，莫使它再碰到另外的损伤。"

　　"多谢你的好意。我要依你的盼咐做。我飞是还能飞的。只因腿儿痛，翅膀就好像短少了好些力气，待我耐着性儿慢慢飞过去吧。"蜜蜂说罢，便很费力地拍动他的翅膀。

小草看蜜蜂去了，心里还是切切念着他，不知医生给他诊治能否速效，假若他的病要延长到十天半个月的话，这可怜的小朋友就要耽误他的工作了，一壁想，一壁等，直等了大半天，才见蜜蜂哭丧着脸回来，翅膀没有一丝力气，停下来竟是滚下来的样子，受伤的腿还是由其馀的腿抱着。

"怎么？"小草急急问，"医生给你诊治过了么？"

"没有。我找遍了大街上的各个医生，但是他们都不肯给我诊治！"

"难道你的腿伤得太厉害，他们都没有本领给你诊治么？"

"不。他们并不看我的腿，却先向我索取很重的诊金。我回说我没有钱。他们说没有钱就不给诊治。我就问了，'你们医生不是专给人家诊治疾病的么？我现在受了伤，为什么不给诊治？'他们回问说，'如果无论谁有病都给诊治，我们真个吃饱饭没事做么？'我这样回答，'你们懂得医术，给人家诊治疾病，这是你们对于世间尽力，说什么吃饱饭没事做呢！'他们倒也老实，说，'我们尽不来这种力，你对我们的希望太远大了。我们只知道诊金到手里才给治病。'我又问，'你们诊金诊金不离口，金钱和治病到底有什么分拆不开的关系？'他们说，'我们学医术，先得花金钱，现在给人家诊治疾病，目的就在乎诊金。你看金钱和治病的关系怎么分拆得开？'我再没有什么对他们说了。我拿不出诊金，只好带了受伤的腿回来。朋友，你想，世间有了他们这些医生，却不是给一切疾病者作保障的！"蜜蜂伤感极了，把身体靠着小草的茎，否则他将支持不住跌倒了。

又是一阵羞愧通过小草的全身，篦笄样的叶子立刻合拢，而且垂下了，正像一个害羞的孩子，低下了头，又垂直了臂膀。他代替不合理的世间羞愧，疾病者走进医生的门，却有被拒绝回来的事情！

隔不多时，一个穿短衣服的男子到来，把小草买了，装在盆要带回去，摆在屋门前。这是草盖的屋，泥土打成的墙，没有窗，只有一个狭窄的门，从门望进去，里面是墨黑。这里每一所屋都是这样子。两排的草屋中间是一条狭街。地上是湿泥，很脏，苍蝇成群飞舞；有几处积了水，水作深黑色，泛着油光；留心看时，水面细细地在那里动，其中游泳着无量数的蚊虫的前身——孑孓。

小草正向四处看，忽见几个穿制服的警士走来，唤出那个穿短衣服的男子，喝问道，'早已关照你搬开，你为什么还赖在这里？"

"我没有地方搬呀！"男子愁眉苦脸地回答。

"胡说，市里空房子多得很。你自己不去租来住，倒说没有地方搬。"

"租房子要钱的，我没有钱呀！"男子显示他的两张空手掌。

"谁叫你没有钱呢？你们这些草屋最可恶，容易惹火，一烧就是几百家。地方这样脏，又容易发生瘟疫，传来染去害人。本来非拆毁不可的。况且这里要兴造壮丽的市场了，后天就开工。去，去，去，立刻去，赖在这里没有用！"

"叫我住在露天么？"男子的愁脸转为怒容。

"谁管你住在什么地方。可是这里必须立刻离开。"警士们就钻进墨黑的草屋里去。一件东西即飞出来了，掉到地上，嘭！是一个饭锅。饭锅在地上转了几转才停，触着了小草的盆子。

又是一阵羞愧通过小草的全身，篦笄样的叶子立刻合拢，而且垂下了；正像一个害羞的孩子，低下了头，又垂直了臂膀。他代替不合理的世间羞愧，要兴造壮丽的市场，却有不管人家住在什么地方的事情！

人们称这小草为"含羞草"，可是不知道他所羞愧的是上面所讲的一些事情。

蚕儿和蚂蚁

撒,撒,撒,像秋天的细雨声。所有的蚕儿都在那里吃桑叶。他们也不管桑叶是好是坏,只顾吞,好像他们生到世上来,只有吃桑叶一件大事。

一会儿桑叶剩了些脉络,蚕儿的灰白色的身体完全显露,构成个蠕动的使人肉麻的平面。于是养蚕的人又把大批的桑叶盖上去。撒,撒,撒的声音又响起来,而且更响了,像一阵秋风吹过,送来紧急的雨声。

有一条蚕,蹲在竹器的边缘,挺起胸,抬起头,一动也不动,他独个儿不吃桑叶。他将要入眠了么?他吃得太饱了么?不,他正在那里思想。看他那副神气,就像个沉默深思的思想家。

什么事情只要能想,到底会弄明白的。

他开头想自己生在世上究竟为了什么的,是不是专为吃桑叶这一件大事。他查考祖先的历史,看他们遇到些什么。祖先是吃够了桑叶做成茧,人们把茧投到沸滚的汤里,抽出丝来制成光彩的衣裳。他就明白蚕儿生在世上来,唯一的大事就是做茧。吃桑叶并不是大事,只是一种手段,不吃桑叶做不成茧,为要作茧就得先吃桑叶。想到这里，他灰心极了；辛辛苦苦工作了一辈子，不过为着那全不相干的"人"！他再不想吃桑叶了，只是挺起胸，抬起头，一动也不动。

又一批新桑叶盖到蠕动的使人肉麻的平面上，急雨似的声响又播散开来。只有他一看也不看。

近旁有个细微的声音招呼着他，"朋友，又是一顿新鲜的大餐来了。你吃呀，客气会吃亏的。"

他头也不回地骂着："你们这班饿鬼似的东西，只知道说'吃呀''吃呀'！我饱得很，太饱了，不想吃。"

"你在什么地方吃到了更鲜美的东西么？"一句话刚说完，那发问的小嘴连忙沿着桑叶的边缘一上一下地啃着。

"更鲜美的东西！你们就不能离开了口腹的事情去动动脑筋么？使我饱的是厌恶，是很深的厌恶。"

"你厌恶什么？"

"我厌恶工作。没有比工作更讨厌的了，从今以后，我决意永不工作。刚才做成一个歌儿，唱给你听听。

> 什么叫做工作！
> 没意思，没道理，
> 什么也得不着，白费气力，
> 我们不要工作，
> 看看天，望望地，
> 一直到了老死，落得省力。

但是跟他对话的那条蚕儿不等听完他的新歌，就爬到另一张桑叶的背面去了。其馀的蚕儿全没留心到有一位朋友不吃桑叶的事。

　　什么叫做工作！

　　没意思，没道理，……

　　他一边唱，一边离开竹器的边缘。既然已经决意不再工作，那何妨离开工作的场所，这些只晓得吃，什么也不明白的同伴，又实在使他看着生气；他从木架上爬下；一对对的脚移动得很快，他觉得离开越快越好，一口气爬到室外的地面，听不见同伴的吃叶声了，他才停了脚；又挺起胸部，抬起头，开始过那"看看天，望望地"的"不要工作"的日子。

　　忽然像针刺似的，尾部觉着一阵痛，身体不自主地扭曲一下。他连忙回头看，原来是一个蚂蚁。

　　那蚂蚁自言自语地说："想不到还是活的。"

　　"你以为我是死的么？"

　　"你像掉在地上的一截儿枯树枝，我以为至少僵了三天了。"

　　"你说我的身体干瘦么？"

　　"不错。你既然还是活的，为什么身体这样干瘦呢？"

　　"你知道我决心不吃东西了么？"

　　"你碰到什么倒楣的事情了，要想自杀，把自己饿死？"

　　"我厌恶工作。我看穿了，吃东西只是为了工作的一种方便，所以不想再吃东西。小朋友，我有一个新编的歌儿，唱给你听听。"

　　蚂蚁听蚕儿有气没力地唱他的宣传歌，忍不住笑起来说："哪里来的怪思想，你说不要工作，就差不多说不要你的生命，不要你的种族呢。"

蚕儿呆呆地看了蚂蚁一眼,叹息着说:"生命和种族,在我看来,也没有什么意思。滚沸的汤!把一丝一缕完全给抽去!我想到这些,只见前面一团黑。"

"我生了耳朵从没有听见过这样的话,大概你工作太多,神经有点混乱了。我唱一个我们的歌给你听听,让你清醒一下吧。"

"你也有歌儿?"

"我们个个都能唱歌。唱歌是我们精神的开花。"

蚂蚁用触角一动一动地按着拍,他唱出下面的歌儿:

  我们赞美工作,
  工作就是生命。
  它给我们丰富的报酬,
  它使我们热烈地高兴。
  我们全群繁荣,
  我们各个欣幸。
  工作!工作!——
  我们永远的歌声。

蚂蚁唱完了,哈哈大笑,又仰起了头,摆动着脚,舞蹈起来。一边问:"我们的歌比你那倒楣的歌怎么样?看:谁有光明的前途?"

蚕儿揣想那小东西一定也是什么都不知道的,跟那些死守在竹器里吃桑叶的同伴们一模一样;不然,就想不透他这一团高兴从哪儿来的。他问道,"难道没有一锅滚沸的汤等候在你们前面么？"

蚂蚁摇摇头。"我们喜欢冷饮。那边池塘里的清水是我们的饮料。"

"不是说这个。没有'人'来抽你们的丝么？"

"什么叫做'人'，我不懂。"

蚕儿感到表白心意的困难。停顿了一会儿，转换了话头问："难道你们的工作不是白做的么？"

"你问这个么？"蚂蚁觉得惊奇，"世界上哪里会有白做的工作？"

"我的意思正跟你相反，世界上哪里会有不白做的工作！"

"你不相信，只要看我们就明白了。我们的工作完全不是白做的，一丝一毫的气力都贡献给全群，增加全群的福利。"

"我想象不出像你所说那样的事。我只知道全群的结果只是做了沸汤里的僵尸。"

蚂蚁觉得有些不耐烦，"顽固的先生，跟你说不明白的了。只有请你亲眼看见我们的生活情形，才会使你相信我的话不是骗你。这时候我还有工作，要去找寻食物，不能陪你同去。带了这封介绍信去吧。"说着，伸出前足，把介绍信交给蚕儿，这在人类，是要用了最好的显微镜才能看得清楚。

蚕儿接了介绍信，懒懒地说："谢谢你。我反正不想工作，停留在这里同到你们那里去看看都是一样的。"

他们分别了。蚂蚁匆匆地跑去，跑过一段路停住脚，向四周探望，换个方向，又匆匆地跑去，蚕儿是懒洋洋地爬着，好像每一个环节移前一步都要停顿好久似的。

蚕儿爬得虽然慢，终于到了蚂蚁的国土。他把介绍信递给门前的守卫，就得到很优厚的招待。他们让他参观一切的工作，运粮食，开道路，造房屋，管孩子；又引他参观一切的地方，隧道，会堂，育儿室，储藏室。他好像在另一个天地里，只见他们起劲，努力，忙碌，愉快，真个工作就是他们的生命。最后他们开会款待他，齐声合唱先前那蚂蚁唱给他听的那个歌儿。

蚕儿听到末了的"工作！工作！——我们永远的歌声"，忍不住掉下眼泪来。他这才相信世界上真有不是白做的工作，蚂蚁们的赞美工作的确有道理。

绝了种的人

　　考古家发掘很深的地层,得到一副骸骨,不像现在的人,但确是人的骸骨。髑髅同平常一样大。脊骨又细又短,与髑髅不相称;好像一个萝卜拖着一条小尾巴。四肢的骨更细到不成样子,简直像四根很粗的毛连在那小尾巴上,粗心一点的就会看不清。

　　这新发见哄动了所有的考古家,他们要知道这是一种什么人,这种人过怎样的生活,为什么缘故绝了种。你得相信,考古家真有那种本领,只须看到一块骨头,就能知道一种动物的生活和历史;何况现在有全副的骸骨在面前,一小节也不缺少。

　　经过了多时的研究,考古家把这种人的生活和历史完全弄明白了。这种人不是人类学上已经登记过的古代人,那些名字叽哩咕噜怪难记的;这是另一种族,时代比人类学上已经登记过的古代人还要早几十万年。关于这种人生活的情形和绝种的经过,考古家作有详细报告书,刊印专册行世。现在把报告书的大概讲讲。

　　这种人的祖先并不是这般形相的,头颅,身体,四肢,都很相称，同现在的人差不多。他们各自劳力过活，或种田地，或制货品。因为大家这样做，生产出来的东西足够大家吃用。他们的身体都很强健，——身体全靠劳动而强健，这虽是小学教科书里常见的话，确实很有道理。

后来有一些人贪起懒来，仿佛觉得不劳一丝的力，白吃白用，更为幸福。他们就这样做了。自己既不努力，吃的用的当然是别人生产的。他们遇着这种幸福的新生活，还有一点不大宁帖：以前自己也生产的时候，吃东西下咽很滑溜的，现在却似乎梗梗的了；以前享用一件东西，舒舒服服，称心适意，现在却像做贼偷了人家东西似的。这是羞惭的一念在那里透出芽来。怎么办呢？要去掉这一点不宁帖才好。这些人于是想出一个理由来，给自己辩护，遏住那羞惭的芽。

理由是说他们劳了心；劳了心再不消劳力，两件之中劳了一件就好了。

特地想出来给自己辩护的理由，往往是越想越觉得对的，犹如相信自己美好的人越照镜子越觉得自己美好。这理由对，那么劳心岂不是一件很有价值的事，值得尊敬歌颂的么？他们便想出自己尊敬自己歌颂的种种方法来；譬如说，劳心是要安安逸逸坐在宫殿里的，不比劳力不妨冒着风霜雨雪，这是一；劳心是要写起方丈的大字刻在高山的石壁上的，不比劳力力量用尽就完事，这是二……

还有一种方法必得讲一讲。他们请教变戏法的替他们布置一个魔术的场面，布置停当时，就开大会，让所有的人来看。魔术开始了，轰然一声，五彩的火光耀得人眼睛昏眩，火光中仿佛有龙，凰，麒麟，驺虞等等禽兽在那里舞蹈。不知什么地方奏起音乐来，那些禽兽的舞蹈应合着音乐的节拍。在中央，高高显出那些劳心的人，似乎凌空的，并不倚着或者坐着什么东西。他们穿的衣服画着莫名其妙的花彩，质料不像普通的丝棉毛羽。他们的神色非常庄严，眼睛看着鼻子，一笑也不笑，像庙里头的神像。不等众人看得清楚，又是轰然一声，火光全灭了。大家鼻头边拂过一阵浓烈的松脂气和硫黄气。但是大家不免这样想："他们劳心的人好像具有点特殊；不然，怎么能高高地显现在中央，而且凌空并不倚着什么东西呢？"

自己尊敬自己歌颂的结果，羞惭的芽早就烂掉了，代替它的是骄傲的粗干。"劳心的人和劳力的人应该分属于两个世界，比方说劳心的人在天上，那么劳力的人岂止在地下，简直在十八层地狱底里，"那些骄傲的心这么想。

劳心的人到底劳的什么心呢？一定有人要这样问。这里不妨大略讲一点。

有些人自信有特别的才能，会替天下人想各种的方法。譬如有人问，做人应该怎么做的？他们就回答，做人要一天到晚，一晚到天亮，一刻不停地劳力，直到临死就把这样的好模范传给子孙。譬如再问，崇拜什么样的人妥当一点？他们就回答，最切实最可靠只有崇拜他们，因为他们是现成的摆在那里的伟大高尚人物。他们代天下人想法的许多意见往往写成书籍，流传后世，成为宝贵的经典。

有些人懂得算学，能够计算劳力的人所生产出来的东西，譬如有三百十七升谷子，他们能算明白这就是三石一斗七升。

又懂得兑换的事情，一块大洋可以换几个小银元，一个小银元可以换几个铜元，他们弄得很清楚。计算和兑换的结果，他们家里谷子和银洋积得很多，人家称他们为富翁。

有些人编成一种戏文，分配停当脚色，排练纯熟，预备喜庆祝贺的时候演唱；或者过闲空日子过得太无聊了，也就敲起锣鼓来演唱。戏文里的故事往往是滑稽的，不是美公主同小兔儿结婚，便是穷书生梦里中了状元。看演戏文的自然也是劳心的人，他们劳心，所以能懂得那戏文的高妙。

也说不尽许多，总之这班劳心的人没有生产出一粒谷子，一个瓦罐来。他们取各种东西吃用，也不想想这些东西怎么生产出来的。

中间有少数的人专门帮助劳力的人想法的。他们或者研究种植的道理，使本来收一升的得收升半；或者研究制造的技巧，使本来粗陋的制品得以精良。但他们自己是不动手的；倘使你要从他们那里得一点可吃可用的东西，他们也只能给你一双空空的手。

劳力的人一方面怎样呢？一部分人传染了贪懒的毛病，同时羡慕那劳心的生活体面显耀，也想加入劳心的群。可是这时候不比以前了，不能够想怎样便怎样，要加入劳心的群先得受一番训练。正好那些老牌的劳心的人开出许多学校来，专收想慕劳心的人，教授劳心的功课。向学的学生便塞满了每一间教室。他们个个明白，只待毕了业，那就堂而皇之是劳心的人，地位在上面的一个世界，有种种的安适和光荣。

每一个努力的父亲送儿子进学校，对他这样祝祷："现在送你进学校,祝你永与劳力无缘!你将来是劳心的人,一切的安适和光荣都属于你;你尽可白吃白用,快乐无穷!"

儿子自然笑嘻嘻地跳进学校,连吞带咽学习那些劳心的功课。有些因为用功异常,没有到规定的年限便毕了业。毕业以后的情形完全合着父亲的祝祷,那是不待说的。

学校里学生越来越多,就是劳力的人越来越少。生产出来的东西渐渐不够大家吃用,这成为全种族的重大问题。有什么方法增多生产的东西呢?

劳心的人到底劳惯了心的,略微一想,方法就来了;"这很容易,只须叫劳力的人加倍劳力就行了。"

事情就照这样做了。劳力的人加倍劳力,生产的东西也加一倍,虽然有许多的人白吃白用,尚勉强足够分配。于是劳心的人开庆祝大会,庆祝他们那意见的成功。那一天,单是葡萄酒一项就倒空了几千万桶。这酒是劳力的人酿的。

但是劳心的人还有一件未免懊丧的事。他们取历代祖先的照相本对比时,发现一代又一代在那里瘦弱下来,他们看看自己的躯体,细得像一竿竹,四肢像枯死的树枝,只有头颅还同祖先一样,不会打折扣;皮色是可怜地白,好像底层没有一丝的血流过。生活虽安适而光荣,但这样的瘦弱总是大可忧虑的。

在劳心的人当然极容易明白这原因,他们知道这完全由于太不劳力之故。他们想这样下去不行,也得劳点力才好。于是做一种打球的游戏。打了一下走前去,寻到那个球再打一下,再走前去:这是全身的运动。但是他们不高兴自己带那些打球棒，另外雇一些人给他们背一个袋子，把打球棒插在里面。那些被雇的是劳力的人。

这种游戏成为一时的风尚。无数的田亩辟作打球的场地。本来是种稻麦菜蔬的，现在铺着一碧如绒的嫩草。一组比赛者跟着另一组比赛者，脚步匀调而闲雅，像电影片中特别慢摄的动作。可爱的小白球在空中飞过。背打球棒的人追赶着小白球，看落在什么地方，弄得满头是汗。

中间有少数眼光远一点的人说这样不大好，与其劳了力打这无谓的球，何不径去耕一亩田，织一匹布。人要生活，总得吃用各种东西。而各种东西总得由劳力生产。看眼前的情形很危险，劳力的人好像中了魔术，大批大批地向劳心的群里钻，说不定会有不剩一个的一天，那真不堪设想。不如预先防备，每个劳心的人劳一点力，不论研究什么事情的都兼做劳力的工作。

这意见引得全体劳心的人哄然笑了。

"谁愿意听这样没出息的意见！劳力的人尚且要拥进学校升为劳心的人，难道我们反而要降下去么？在地上的人希望爬到席上，我们在天上，却自己跌到十八层地狱底里，我们没有这么傻。所说危险也不是不能排除的，方法很简捷，再叫劳力的人加倍劳力就是了。"

那些眼光远一点的人见大众的意思这样，他们自己又本没有真个去劳力的勇气，也就罢了。

打球的游戏太轻松了，并不能恢复劳心的人的体格。他们摇摇摆摆在路上往来，像盂兰盆会中出现的那些纸糊的大头鬼——头颅实在并不大，因为肢体太小，就显得特别大了。

劳力的人当不住加倍又加倍的重任，就是本不想贪懒的也只好投入劳心的学校，希望透一透气。到最后一个劳力的人进了学校时，这种族便绝灭了。他们是饿死的。

附 录

过去随谈

一

在中学校毕业是辛亥那一年。并不曾作升学的想头；理由很简单，因为家里没有供我升学的钱，那时的中学毕业生当然也有"出路问题"；不过像现在的社会评论家杂志编辑者那时还不多，所以没有现在这样闹嚷嚷地。偶然的机缘，我就当了初等小学的教员，与二年级的小学生作伴。钻营请托的况味没有尝过；依通常说，这是幸运。在以后的朋友中间有这么一个，因在学校毕了业，将与所谓社会者对面，路途太多，何去何从，引起了甚深的惆怅；有一回偶游园林，看见澄清如镜的池塘，忽然心酸起来，强烈地萌生着就此跳下去完事的欲望，这样生怕孟脱的青年心情我却没有，小学教员是值得当的，我何妨当当；依实际说，这又是幸运。

小学教员一连当了十年，换过两次学校，在后面的两个学校里，都当高等班的级任；但也兼过半年幼稚班的课——幼稚班者，还够不上初等一年级，而又不像幼稚园儿童那样地被训练着,是学校里一个马马虎虎的班次。职业的兴趣是越到后来越好;这因为后来的几年中听到一些外来的教育理论同方法,自家也零星悟到一点,就拿来施行,而同事又是几个熟朋友的缘故。当时对于一般不知振作的同业颇有点看不起,以为他们德性上有着污点,倘若大家能去掉污点,教育界一定会大放光彩的。

民国十年暑假后开始教中学生。那被邀请的理由是很滑稽的。我曾写一些短篇小说刊载在杂志上。人家以为能作小说就是善于作文,善于作文当然也能教文,于是,我仿佛是颇适宜的国文教师了。这情形到现在仍旧不衰,作过一些小说之类的往往被聘为国文教师,两者之间的距离似乎还不曾经人切实注意过。至于我舍小学而就中学的缘故,那是不言而喻的。

直到今年,曾在五处中学三处大学作教,教的都是国文;这大半是兼务,正业是书局编辑,连续七年有馀了。大学教员我是不敢当的;我知道自己怎样没有学问,我知道大学教员应该怎样教他的科目,两相比并,不敢是真情。人家却说了:"现在的大学,名而已!你何必拘拘?"我想这固然不错;但从"尽其在我"的意义着想,不能因大学不像大学,我就不妨去当不像大学教员的大学教员。所惜守志不严,牵于友情,竟尔破戒。今年在某大学教"历代文选",劳动节的那天,接到用红铅笔署名"L"的警告信,大约说我教那些古旧的文篇,徒然助长反动势力,于学者全无益处,请即自动辞职,免讨没趣云云。我看了颇愤愤:若说我没有学问,我承认;却说我助长反动势力,我恨反动势力恐怕比这位 L 先生更真切些呢;或者以为教古旧的文篇便是助长反动势力的实证，更不用问对于文篇的态度如何，那末他该叫学校当局变更课程，不该怪到我。后来知道这是学校波澜的一个弧痕，同系的教员都接到 L 先生的警告信，措辞比给我的信更严重，我才像看到丑角的丑脸那样笑了。从此辞去不教；愿以后谨守所志，"直到永远"。

自知就所有的一些常识以及好嬉肯动的少年心情，当当小学或初中的教员大概还适宜的。这自然是不往根柢里想去的说法；如往根柢里想去，教育对于社会的真实意义（不是世俗所认的那些意义）是什么，与教育相关的基本科学内容是怎样，从事教育技术上的训练该有哪些项目，关于这些，我就同大多数的教员一样，知道得太微少了。

二

作小说的兴趣可说由中学校时代读华盛顿·欧文的《见闻录》引起的。那种诗味的描写，谐趣的风格，似乎不曾在读过的一些中国文学里接触过；因此这样想，作文要如此才佳妙呢。开头作小说记得是民国三年；投寄给小说周刊《礼拜六》，被登载了，便继续作了好多篇。到后来，"礼拜六派"是文学界中一个卑污的名称，无异"海派""黑幕派""鸳鸯蝴蝶派"等等。我当时的小说多写平凡的人生故事，同后来的相仿佛，浅薄诚有之，如何恶劣却未必，虽然所用的工具是文言，也不免贪懒用一些成语古典。作了一年多便停笔了，直到民国九年才又动手。是颉刚君提示的，他说在北京的朋友将办一种杂志，作一篇小说付去吧。从此每年写成几篇，一直不曾间断；只今年是例外，眼前是十月将尽了，还不曾写过一篇呢。

预先布局，成后修饰，这一类 ABC 里所诏示的项目，总算尽可能的力实做的，可是不行；作小说的基本要项在乎有一双透入的观世的眼，而我的眼够不上；所以人家问我哪一篇最惬心时，我简直不能回答。为要作小说而训练自己的眼固可不必，但眼的训练实是生活的补剂，因此我愿意对这上边致力。如果致力而有进益，由这进益而能写出些比较可观的文字，自是我的欢喜。

为什么近来渐渐少作，到今年连一篇也没有作呢？有一个浅近的比喻，想来倒很确切的，一个人新买一具照相器，不离手的对光，扳机，卷干片，一会儿一打干片完了，便装进一打，重又对光，扳机，卷干片。那时候什么对象都是很好的摄影题材；小妹妹靠在窗沿憨笑，这有天真之趣，摄它一张；老母亲捧着水烟袋抽吸，这有古朴之致，摄它一张；出外游览，遇到高树，流水，农夫，牧童，颇浓的感兴立刻涌起，当然不肯放过，也就逐一摄它一张。洗出来时果能成一张像样的照相与否似乎不很关紧要，最热心的是"搭"的一扳；面前是一个对象，对着他"搭"的扳了，这就很满足了。但是，到后来却有相度了一会终于收起镜箱来的时候。爱惜干片么？也可以说是，然而不是。只因希求于照相的条件比以前多了，意味要深长，构图要适宜，明暗要美妙，更有其他等等，相度下来如果不能应合这些条件，宁可收起镜箱了事；这时候，徒然一扳是被视为无意义的了。我从前多写只是热心于一扳，现在却到了动辄收起镜箱的境界，是自然的历程。

三

　　《中学生》主干曾嘱我说一些自己修习的经历，如如何读书之类。我很惭愧，自计到今为止，没有像模像样读过书，只因机缘与嗜好，随时取一些书来看罢了。书既没有系统，自家又并无分析的综合的识力，不能从书的方面多得到什么是显然的。外国文字呢？日文曾读过葛祖兰氏的《自修读本》两册，但是像劣等的学生一样，现在都还给教师了。至于英文，中学时代不算读得浅，读本是文学名著，文法读到纳司非尔的第四册呢；然而结果是半通不通，到今看电影字幕还未能完全明白（我觉得读英文而结果如此的实在太多了。多少的精神时间，终于不能完全看明白电影字幕！正在教英文读英文的可以反省一下了）。不去彻底修习，弄一个全通真通，当然是自家的不是；可是学校对于学生修习的各项科目都应定一个毕业最低限度，一味胡教而不问学生果否达到了最低限度，这不能不怪到学校了。外国文字这项工具既不能使用，要接触一些外国的东西只好看看译品，这就与专待喂饲的婴孩同样的可怜，人家不翻译，你就没法想。讲到译品，等类颇多。有些是译者实力不充而硬欲翻译的，弄来满盘都错，使人怀疑何以外国人的思想话语会这样的奇怪不依规矩。有些据说为欲忠实，不肯稍事变更原文文法上的排列，就成为中国文字写的外国文，这类译品若请专读线装书的先生们去看，一定回答"字是个个识得的，但不懂得这些字凑合在一起讲些什么"。我总算能够硬看下去，而且大概有点懂，这不能不归功到读过两种读如未读的外国文。

说起读书，十年来颇看到一些人，开口闭口总是读书，"我只想好好儿念一点书"，"某地方一个图书馆都没有，我简直过不下去"，"什么事都不管，只要有书读，我满足了"，这一类话时时送到我的耳边，我起初肃然生敬，既而却未免生厌。那种为读书而读书的虚矫，那种认别的什么都不屑一做的傲慢，简直自封为人间的特殊阶级，同时给与旁人一种压迫，仿佛惟有他们是人间的智慧的葆爱者。读书只是至平常的事而已，犹如吃饭睡觉，何必作为一种口号，惟恐不遑地到处宣传。况且所以要读书，从全凭概念的哲学以至真凭实据的动植矿，就广义说，无非要改进人间的生活。单只是"读"决非终极的目的。而那些"读书""读书"的先生们，似乎以为单只是"读"很了不起的，生活云云不在范围以内：这也引起我的反感。我颇想标榜"读书非究竟义谛主义"——当然只是想想罢了，宣言之类是不曾做的。或者有懂得心理分析的人能够证明我之所以有这种反感，由于自家的头脑太俭了，对于书太疏阔了，因此引起了嫉妒，而怎样怎样的理由是非意识地文饰那嫉妒的丑脸的。如果被判定如此，我也不想辩解，总之，我确然曾有了这样的反感。至于那些将读书作口号的先生们果否真个读书，我不得而知；只有一层，从其中若干人的现况上看，我的直觉的评判成为客观的真实了。他们果然相信自己是人间智慧的宝库，无所不知，无所不能，得便时抛开了为读书而读书的招牌，就不妨包办一切；他们俨然承认自己是人间的特殊阶级，虽在极微细的一谈笑之顷，总要表示外国人提出来的"高等华人"的态度。

四

我与妻结婚是由人家作媒的，结婚以前没有会过面，也不曾通过信。结婚以后两情颇投合，那时大家当教员，分开在两地，一来一往的信在半途中碰头，写信等信成为盘踞心窝的两件大事。到现在十四年了，依然很爱好，对方怎样的好是彼此都说不出的，只觉很适合，更适合的情形不能想象，如是而已。

这样打彩票式的结婚当然很危险的，我与妻能够爱好也只是偶然；迷信一点说，全凭西湖白云庵那月下老人。但是我得到一种便宜，不曾为求偶而眠思梦想，神魂颠倒；不曾沉溺于恋爱里头，备尝甜酸苦辣各种味道。图得这种便宜而去冒打彩票式的结婚的险，值得不值得固难断言；至少，青年期的许多心力和时间是挪移了过来，可以去应付别的事情了。

现在一般人不愿冒打彩票式的结婚的险是显然的，先恋爱后结婚成为普通的信念。我不菲薄这一种信念，它的流行也有所谓"必然"。我只想说那些恋爱至上主义者，他们得意时谈心，写信，作诗，看电影，游名胜，失意时伤心，流泪，作诗（充满了惊叹号），说人间至不幸的止有他们，甚至想投黄浦江：像这样把整个生命交给恋爱，未免可议。这种恋爱只配资本家的公子"名门"的小姐去玩的。他们享用的是他们的父亲祖先剥削得来的钱,他们在社会上的地位在未入母腹时早就排定,他们看看世界非常太平,一点没有问题;闲暇到这样子却也有点难受,他们于是去做恋爱的题目,弄出一些悲欢哀乐来,总算在他们空白的生活录写上了几行。如果是并不闲暇到这样子的青年,而也想学步,那惟有障碍自己的进路,减损自己的力量而已。人类不灭,恋爱也永存。但恋爱有各色各样。像公子小姐们玩的恋爱,让它"没落"吧!

一九三零年十月二九日作。

　　《中学生杂志》以《出了中学校以后》一题征文,因作此篇。一九三一年六月一七日记。

随便谈谈我的写小说

我做过将近十年的小学教员,对于小学教育界的情形比较知道得清楚点。我不懂什么教育学,因为我不是师范出身,我只能直觉地评判我所知道的。评判当然要有尺度,我的尺度也只是杜撰的。不幸得很,用了我的尺度去看小学教育界,满意的事情实在太少了。我又没有什么力量把那些不满意的事情改过来,我也不能苦口婆心地向人家劝说——因为我完全没有口才。于是自然而然走到用文字来讽他一下的路上去。我有几篇小说,讲到学校,教员和学生的,就是这样产生的。

其实不只是讲到学校,教员和学生的小说,我的其他小说的产生差不多都如此。某一事象我觉得他不对,就提起笔来讽他一下。我的叙述当然不能超越我的认识与理解的范围,认识与理解不充分,因而使叙述出来的成为歪曲变态的形相,这样的事情是不能免的。但是我常常留意,把自己表示主张的部分减到最少的限度。我也不是要想取得"写实主义""写实派"等的封号;我以为自己表示主张的部分如果占了很多的篇幅,就超出了讽他一下的范围了。

若问创作的经验,我实在回答不来。我只觉得有了一个材料而不曾把他写下来的当儿，心里头好像负了债似的，时时刻刻会想到他，做别的工作也没有心路。于是只好提起笔来写。在我，写小说是一件苦事情。下笔向来是慢的；写了一节要重复诵读三四遍，多到十几遍，其实也不过增减几个字或者一两句而已；一天一篇的记录似乎从来不曾有过，已动笔而未完篇的一段时间中的紧张心情，夸张一点说，有点像呻吟在产褥上的产妇的。直到完篇，长长地透一口气，这是非常的快乐。然而这不是成功的快乐；我从来不曾成功过。有人问我对于自己的小说哪一篇最满意，我真个说不出来，只好老实说没有满意的。也有人指出那一篇还可以，那一篇的那些地方有点儿意思，我自己去复阅，才觉得果然还可以，有点儿意思。不懂得批评之学，这样不自知也是应该的，无足深愧。

我一直不把写小说当作甚胜甚盛的事，虽然在写的时候，我也不愿马马虎虎。所谓讽他一下也只是聊以自适而已；于社会会有什么影响，我是不甚相信的。出一本集子，看的也是作小说的人以及预备作小说的人，说得宽一点，总之是广大群众中间最少最少的一群。谁没落了，谁升起了，都是这最少最少的一群中间的事，圈子以外全然不知道。这与书家写字，画家作画有什么两样？所以要讲功利，写小说不如说书，唱戏，演电影，写通俗唱本，画连环图画。我最近一年间写了一部《初级小学国语课本》，销行起来，数量一定比小说集子多；这倒是担责任的事，如果有什么荒谬的东西包含在里边，贻害儿童实非浅鲜。小说要对于社会发生影响，至少在能够代替旧小说《三国演义》《红楼梦》的时候；如果大多数的同胞都识了字，都欢喜读新小说，那时候自然影响更大了。

在一篇回忆"一·二八"的《战时琐记》里，我曾经说过这样的话："你说作宣传文字么，士兵本身的行为的宣传力量比文字强千万倍呢。你说制作什么文艺品，表现抗斗精神么，中国却是一种书卖到一万本就算销数很了不得的国家，在这一点上，我以为执笔的人应该没落。"我是真切地这样感到才这样说的。谁知就有人称我为文学无用论者，说我这说法是一种烟幕弹。我并不在这里应战，用了烟幕弹预备袭击谁呢？说的人没有说明白，我至今也还想不透。

我以后大概还要写小说，当职业的工作清闲一点，而材料在我心头形成一个凝合体的时候。

图书在版编目(CIP)数据

叶圣陶选集/叶圣陶著. --北京：开明出版社，2023.6(2024.3 重印)
(新文学选集)
ISBN 978-7-5131-7922-5

Ⅰ.①叶… Ⅱ.①叶… Ⅲ.①短篇小说-小说集-中国-当代 ②童话-作品集-中国-当代 Ⅳ.①I217.2

中国版本图书馆 CIP 数据核字(2022)第 229613 号

责任编辑：卓玥　程刚

书　名：	叶圣陶选集
出版人：	陈滨滨
著　者：	叶圣陶
编　者：	新文学选集编辑委员会
主　编：	茅　盾
出　版：	开明出版社(北京市海淀区西三环北路 25 号青政大厦 6 层)
印　刷：	三河市同力彩印有限公司
开　本：	889 * 1300　1/16
印　张：	25.25
字　数：	252 千字
版　次：	2023 年 6 月第 1 版
印　次：	2024 年 3 月第 2 次印刷
定　价：	75.00 元

印刷、装订质量问题,出版社负责调换。联系电话：(010)88817647